POTENCIAL PARA MATAR

HANNAH DEITCH

POTENCIAL PARA MATAR

Tradução de
Marina Vargas

Rio de Janeiro, 2025

Título original: *Killer Potential*

COPIDESQUE Victoria Rebello
REVISÃO Bonie Santos e Fernanda Marão
DESIGN DE CAPA Kalany Ballardin
DIAGRAMAÇÃO Abreu's System

Dados Internacionais de Catalogação na Publicação (CIP)
(Câmara Brasileira do Livro, SP, Brasil)

Deitch, Hannah
Potencial para matar / Hannah Deitch; tradução de Marina Vargas. – Rio de Janeiro: HarperCollins Brasil, 2025.

Título original: Killer Potential
ISBN 978-65-5511-831-5

1. Ficção norte-americana I. Título.

25-264383 CDD-813

Índice para catálogo sistemático:
1. Ficção : Literatura norte-americana 813
Bibliotecária responsável: Eliete Marques da Silva – CRB-8/9380

Rua da Quitanda, 86, sala 601A – Centro
Rio de Janeiro/RJ – CEP 20091-005
Tel.: (21) 3175-1030
www.harpercollins.com.br

Para minha família.

PARTE I

Custo de vida

1

Já fui uma assassina famosa. Matei uma família rica, ao estilo Charles Manson, depois fugi. Mas meu objetivo não era dar início a uma guerra racial para chegar à terra prometida, nem nutria o desejo secreto de ser um dos Beatles. De acordo com as notícias, eu era apenas mais uma assassina sedenta por fama, desesperada para esculpir meu rosto no Monte Rushmore dos grandes psicopatas americanos.

Não é verdade, mas ainda assim: esse negócio de ser uma ex-assassina é divertido. Já pensei até em colocar na minha bio em um aplicativo de relacionamento. Duas verdades e uma mentira: (1) Larguei o doutorado; (2) Entendo como funciona o mercado de ações e já fiz meus primeiros milhões!!!; (3) Já fui uma assassina famosa.

Também já fui professora particular, especializada na preparação para o vestibular, e foi assim que entrei em contato com a família que definitivamente não matei. Uma das regras gramaticais idiotas que ensinamos (estou usando o grande "nós" dos professores particulares, minha família, meus camaradas, meus colegas vigaristas que vendem um bando de asneiras em troca do dinheiro do aluguel) é a diferença entre a voz passiva e a voz ativa. Eu faço coisas. Coisas são feitas por mim. A primeira é ativa; a segunda, passiva. A voz passiva é dúbia. É um convite à fantasia. Crimes cometidos sem criminosos. Sujeitos ocultos e desaparecidos. A voz ativa é melhor, mas a voz passiva é útil. Se você for um assassino, por exemplo.

Atos foram cometidos por mim. É mais fácil contar a história assim. O "por mim" é quase um detalhe; ele se torna a parte menos importante da frase. O foco passa a ser o ato. A família Victor foi encontrada morta. Os corpos foram encontrados por mim.

Agora, quando penso no dia em que cheguei para dar aula a Serena Victor e encontrei o pai dela envolto em algas marinhas no lago de carpas, azulado, inchado e indiscutivelmente morto, quase parece uma cena de filme. Quando me deparo com o rosto ensanguentado e estraçalhado da mãe dela, sinto-me como um espectro se defrontando com uma cena de crime. Não tenho forma material. Não toco em coisa alguma, afastada do universo dos efeitos em cascata e da entropia. Estou apenas de passagem.

Mas é claro que eu fiz coisas. Decisões foram tomadas: eu as tomei. Violência foi cometida: eu a cometi. Cenas de crime foram evadidas: eu as evadi. Pessoas se feriram: eu as feri. Alguém foi amado: eu amei essa pessoa. Nem tudo o que fiz foi ruim. Só a maior parte.

Penso muito em um conto que li na adolescência. "O jardim das veredas que se bifurcam", de Jorge Luis Borges. Na história, um professor chinês descobre a obra de seu ancestral Ts'ui Pen, que queria produzir tanto um romance labiríntico quanto um labirinto físico impenetrável. O romance permaneceu inacabado e ininteligível, e acreditava-se que o labirinto nunca tivesse sido localizado; na verdade, o romance e o labirinto eram uma coisa só. O professor conhece um estudioso da obra de Ts'ui Pen, que lhe diz que o que ele tinha imaginado era um labirinto não de espaço — um labirinto físico real — mas de tempo. Nossas decisões não são escolhas que eliminam todas as outras possibilidades por meio de sua certeza, mas uma multiplicação do tempo na qual todas as outras escolhas possíveis de fato existem, criando planos temporais simultâneos. Em outras palavras, todas as decisões estão sendo tomadas, o tempo todo, ao mesmo tempo.

Existe um universo em que eu nunca vou à casa da família Victor. Em que o meu colega de apartamento e eu bebemos além da conta na noite anterior. Eu mando uma mensagem de texto para eles: "Desculpa. Estou muito doente. Podemos remarcar?". Mais tarde naquele dia, vou ficar sabendo dos assassinatos pelo noticiário, da mesma forma que o resto do mundo. Vou absorver as especulações sanguinárias dos comentaristas e as teorias ansiosas dos aficionados por crimes reais no Reddit. Contarei o caso em festas: Sabem os Victor, a família rica assassinada em Los Angeles? Eu dava aula particular para a filha deles. Já fiz xixi no banheiro deles, bebi do chá deles e ensinei trigonometria para a filha deles. Eu não seria nem mesmo uma nota de rodapé.

Agora eu sou a história. Eu a escrevi. Ela me escreveu.

2

Serena Victor era meu domingo à tarde. Era um daqueles alunos que eu ajudava em tudo. Estava trabalhando com ela havia quase oito semanas, e nos encontrávamos por duas horas toda semana: preparação para o vestibular na primeira hora e ajuda geral com o dever de casa na segunda. Não fui a primeira professora particular de Serena: Dinah mencionou que houvera outra antes, mas tiveram que dispensá-la. A mensagem era clara: *Se Serena não se der bem, você também não vai.*

Em geral, Serena precisava de ajuda com língua inglesa e redação avançadas e, às vezes, com química avançada. Ela havia passado as duas semanas anteriores sem ir à escola, então eu a estava ajudando a colocar as matérias em dia. A doença misteriosa de Serena não era contagiosa, a mãe dela me garantiu, mas era grave o suficiente para que ela tivesse que ficar em casa, onde os pais pudessem vigiá-la. A preparação para o vestibular continuava sendo o foco principal. Nos simulados, ela fazia uma média de 1.350 pontos. A nota mais alta foi 1.480; e a mais baixa, 1.220. Para uma garota que desejava ir para uma faculdade de Artes de elite, o fato de sua melhor matéria ser matemática era bastante surpreendente. Era a matéria que eu mais gostava de ensinar, as fórmulas elegantes, os macetes e a repetição. Era mais difícil aplicar uma metodologia confiável para melhorar a interpretação de texto. O progresso dos meus alunos nesse quesito era irregular e imprevisível, as quedas e os impasses nas notas mais difíceis ainda de explicar aos pais.

Esses pais geralmente se enquadravam em uma de duas categorias: ou demonstravam uma gratidão excessiva por "toda a minha ajuda" ou ficavam profundamente desconfiados das minhas habilidades e do valor que eu cobrava. Os Victor, entretanto, pareciam realmente gostar de mim. Peter, o pai de Serena, trabalhava no mercado financeiro. Uma espécie de banqueiro, acho. Era tudo o que eu sabia. O dinheiro se acumulava em cima das dívidas de outras pessoas; zeros se multiplicavam nas contas bancárias enquanto ele passava os verões em Mallorca, Mônaco e Martha's Vineyard. Ele era baixo e estranhamente bronzeado, tinha cabelo loiro-escuro com fios prateados. Nem sempre estava em casa nos dias em que eu dava aula, mas nas raras ocasiões em que me recebia na porta exibia a mansidão encantadora de um homem solitário em uma casa cheia de mulheres. Eu conhecia o tipo. Era o tipo de pai que se considera o conciliador, a voz equilibrada da razão que contrabalança todo o descontrole do estrogênio.

Não sei ao certo quando ou como Peter conheceu Dinah, mas sei que ela era uma atriz razoavelmente famosa antes de se casarem. Abandonou a carreira depois que teve Serena. No auge da fama, participou de um filme indicado ao Oscar sobre uma estrela do atletismo azarona que consegue uma vitória inesperada. Uma vez, meus amigos e eu ficamos chapados e assistimos ao filme. Dinah fazia a namorada gostosa que se recusava a abandonar o protagonista depois que ele sofria uma lesão no joelho, lesão da qual, graças ao apoio inabalável dela, ele se recuperava bravamente. Gostei do filme mais do que estava disposta a admitir.

E havia Serena. Serena Victor era uma garota tímida de dezessete anos, com cabelos brilhosos cor de trigo e rosto de boneca de porcelana. Usava vestidos, saias e suéteres surrados de brechó, e suas pernas eram cobertas por uma penugem cor de pêssego. Quando a conheci, o cabelo ia quase até a cintura e, na terceira semana, estava cortado bem curto, como o de Jean Seberg: essa foi a referência que ela me deu, sua maneira de me informar que sabia quem era Jean-Luc Godard. Eu suspeitava de que, apesar da beleza, ela não fosse popular na escola. Buscava uma identidade por meio do gosto literário, cinematográfico e musical, se constrangia com facilidade e era crítica. Tive uma predisposição injusta a não gostar dela. Sua timidez me lembrava dos ricos antissociais com quem eu tinha estudado na faculdade, jovens que perambulavam pelo campus, fumavam sem parar e eram mal-humorados. Eu podia ver o futuro dela com perfeição: mestrado em Poesia ou doutorado em Literatura Moderna. Fingindo pobreza boêmia em uma casa geminada em estilo vitoriano no bairro de Mission. Eu sabia o suficiente sobre o namorado dela, Lukas, para entender qual era o tipo dela. Tinha visto fotos dele na tela de bloqueio do celular dela e na Polaroid que ficava na parte de trás da capa do iPhone. Ele tinha cabelo comprido e desgrenhado, loiro sujo, uma versão desbotada do dourado brilhoso de Serena. Tinha o maxilar muito quadrado e bochechas muito côncavas, como cera derretida sobre um crânio. Lukas era vegetariano e enrolava os próprios cigarros. Aos vinte e poucos anos, Serena já terá trocado Lukas por versões aprimoradas do mesmo tipo, homens cujos gostos culturais sinalizam sua credibilidade alternativa. Camisetas desbotadas de bandas das quais ninguém nunca ouviu falar, cabelo oleoso, tênis vintage, bigode, tatuagens feitas só com agulhas, sem máquina. Eles serão ricos, assim como Serena, mas esconderão isso bem. No fim das contas, ela vai ficar noiva de um sujeito que trabalha na área de tecnologia, talvez de origem sueca ou norueguesa, que desenvolve aplicativos, consome muito MDMA e se considera uma autoridade em hip-hop. Ou talvez o herdeiro de uma fortuna nascido em Nova York que trabalha no mercado imobiliário e toca em uma banda cover da Dinosaur Jr. nos fins de semana. Enquanto isso, Serena pinta, ou compra obras de arte, ou abre uma clínica de bem-estar cara enquanto termina sua dissertação sobre melancolia e corpo feminino na poesia pastoral inglesa.

Posso parecer cruel ou mesquinha, mas não vou tentar me defender. Se serve de consolo, garanto que os sentimentos de Serena ficaram protegidos dos meus pensamentos maldosos. Eu era muito boa em fingir que gostava dela quando estávamos cara a cara, e sejamos sinceros: não importava se eu gostava dela ou não. Ela morava na casa mais bonita na qual eu já tinha posto os pés, uma casa na qual eu nunca poderia morar, uma casa tão fantástica que nem parecia pertencer ao meu mundo. Mas lá estava ela, nas colinas de Los Feliz, aninhada entre as casas no estilo inglês da era Tudor, as casas coloniais espanholas e os chalés suíços.

Na sala de estar, a única luz se infiltrava em um tom de verde-água por um prisma de vitrais inspirado na *Árvore da vida*, de Klimt. Havia um labirinto de corredores que não pareciam ter lógica, improváveis e surreais. Os móveis de Dinah Victor eram no estilo da Hollywood antiga, com longos sofás de veludo e lustres medievais. Tapetes persas, azulejos marroquinos verde-água no banheiro, banheiras opalescentes como o interior de uma concha, com pés dourados em forma de garra. Por duas horas a cada semana, estudávamos na sala de jantar e, às vezes, na sala de estar ou na cozinha. Durante essas duas horas, metade da minha mente se concentrava na tarefa em questão: ensinar a Serena parábolas, sintaxe e o teorema de Pitágoras. A outra metade vagava por aqueles cômodos, deleitando-se com cada detalhe. O sabonete artesanal de cem dólares, feito de jasmim e açafrão. Uso de vírgulas. A mesa cujo tampo era um corte rústico de madeira portuguesa. Polinômios. O papel de parede De Gournay, de seda pintada à mão. Paralelismo.

Confesso que, em momentos de fraqueza e autodepreciação, sou suscetível à pornografia imobiliária. Gosto de imóveis antigos. E é na internet que alimento meu vício. Mas, com a casa dos Victor, tive que colocar meu sofisticado diploma de História da Arte para funcionar. O arquiteto era um artista surrealista chamado Emmanuel Besos, um aristocrata espanhol que veio para a Califórnia trabalhar na indústria cinematográfica ainda em seus primórdios. Construiu cenários para musicais e épicos históricos: escadas tão grandes que desapareciam em meio às nuvens, salões de baile de contos de fadas, jardins e cadeias de montanhas. A Casa Victor foi uma das três residências que ele projetou em Los Angeles na década de 1920. Queria usar a casa para experimentar uma nova maneira de construir alojamentos para empregados. Besos concebeu um labirinto de passagens secretas e portas ocultas, projetado para que os funcionários ficassem fora de vista. De acordo com o artigo que encontrei, as passagens eram um mito: ninguém jamais havia encontrado provas da existência delas, e não constavam na planta oficial da casa. Eram apenas um dos caprichos de Besos, nunca concretizado.

A rotina com Serena era sempre a mesma. Eu estacionava na rua. Dirigia um PT Cruiser 2003 preto que herdei de um tio-avô falecido. O carro tinha uma aparência ameaçadoramente podre naquela rua cheia de Teslas. Do porta-malas, eu tirava quatro livros: o livro de revisão para o vestibular da Universidade de Princeton, um livro de preparação para o exame publicado pelo College Board, um livro de exercícios de matemática e o romance que ela estivesse lendo para as aulas de literatura avançada. Naquela semana, era *Frankenstein*. Caminhava pela entrada do lado de fora, passava pelo fosso (sim, um fosso de verdade), pelo exuberante jardim da frente com suculentas e limoeiros, até a enorme porta de carvalho, que, no domingo em que esta história começa, já estava escancarada.

Aquilo era estranho.

— Serena?

Não entrei. Da porta, senti o cheiro familiar da casa: aquele odor de mofo que parece estar impregnado em muitas casas em Los Angeles, todas aquelas mansões dos anos 1920 que decoram as colinas. Dinah Victor gostava de incensos caros e chá de hortelã. Senti esses dois aromas também.

— Serena? — chamei de novo.

Ninguém respondeu, exceto o cachorro, que saiu derrapando das sombras e se lançou sobre minhas pernas. Ele mordeu meu tornozelo.

— Picles, seu desgraçado.

O cachorro me mordeu de novo. Mordidas suaves e úmidas que não perfuravam a pele, mas eram incrivelmente irritantes.

— Dinah? Você está aí?

Lembrei que Dinah não tinha estado em casa nas últimas semanas. Era Peter quem vinha atendendo a porta.

— Peter? — chamei.

Nada. Entrei. O hall principal tinha o pé-direito baixo e era escuro, e era seguido por uma sala de jantar à esquerda, onde Serena e eu ficávamos estudando. Coloquei a pilha de livros sobre a mesa. Ouvi sons pela casa. De algum lugar naquela acústica sombria, um baque. Uma torneira aberta.

Voltei para o corredor principal. A luz do sol implorava para entrar, escorrendo por uma fresta das venezianas e espalhando feixes de luz sobre o piso de madeira gasto. Ao lado da sala de jantar havia um pequeno banheiro, que eu usava assim que chegava. Fazia parte da minha rotina em todas as casas onde eu dava aula: um momento de privacidade para fazer xixi ou cocô em um lindo banheiro, e me preparar para o papel de Evie Gordon, professora particular. Os Victor mantinham guardanapos de papel em um prato dourado. Às vezes eu me perguntava se seria para que os empregados não usassem as toalhas de mão. "Os empregados" era uma categoria flexível, na qual eu nunca tinha certeza se me encaixava. Esse é o problema dos professores particulares. Não somos professores. Não temos essa autoridade. Ainda assim, entre meus alunos e eu, há pelo menos a ilusão de que estou no controle: um contrato silencioso entre ambas as partes, por meio do qual concordamos em participar dessa performance. Às vezes, para dar início à performance, os pais insistem em me chamar de "srta. Gordon". E eu, com ares de boazinha, lhes digo: "Não, não. Por favor, me chamem de Evie".

Voltei para a sala de jantar, esperando encontrar Serena. Ela ainda não estava lá. Mesmo assim, eu me sentei. Pensei em acender a luz ou abrir as cortinas. Meu celular estava no bolso. Mandei mensagem para Serena e Dinah separadamente: "Oi! Cheguei".

Um celular vibrou em algum lugar.

Havia alguém em casa, então. Pensei em enviar uma carinha sorridente em seguida. Serena e Dinah gostavam desse tipo de detalhe. Tornava menos constrangedor o fato de elas me pagarem e permitia que pensassem que eu era apenas uma amiga mais velha de Serena que gostava muito de corrigir a gramática dela. Para algumas famílias para as quais trabalhei, essa ilusão ajudava: lembrar da origem transacional da nossa relação fazia com que se sentissem mal. Os Victor eram assim. Dinah sempre me oferecia chá. Queria saber o que eu pensava a respeito do Afeganistão, qual dos romances de Virginia Woolf era o meu favorito e o que significavam minhas tatuagens.

Ninguém apareceu.

Olhei o celular. Nenhuma das duas havia respondido. Escutei atentamente, procurando os suspiros e murmúrios das tábuas do assoalho. Tinha certeza de ter ouvido uma torneira aberta. Mas já não ouvia mais nada.

Lentamente, me levantei da mesa. Parecia necessário fazer tudo em silêncio, por razões que eu ainda não entendia. Fui me esgueirando pelo corredor escuro, passando pelo banheiro com sabonetes e hidratantes caros, pelo escritório escuro do sr. Victor, até chegar à cozinha.

Eu já havia estado ali algumas vezes, para tomar chá, jogar conversa fora e, uma vez, para dar aula na mesa de café da manhã que ficava sob a janela de vitral. O fogão era francês e retrô. Panelas de cobre pendiam de uma viga grossa de madeira, no estilo de uma casa de fazenda. As paredes e o piso eram de pedra: o cômodo parecia ter saído direto de um castelo, como se fosse algo de outro mundo. Um par de portas em arco dava para o jardim dos fundos.

Uma das portas estava aberta. Perto dela, havia uma mala e uma bolsa caída. Talvez Dinah tivesse chegado de onde quer que estivesse. A luz entrava pela porta aberta, espessa e dourada, repleta de partículas de poeira.

— Dinah? — chamei, hesitante, abrindo ainda mais a porta, e saí, cobrindo os olhos com a mão para protegê-los do sol.

Azulejos terracota formavam um caminho sinuoso, ladeado por treliças de ferro cobertas de hera. Uma piscina azul-escura parecia algo saído de uma casa de banho romana. Hortelã e manjericão perfumavam o ar vindo da horta. Tomates maduros pendiam das treliças. A horta se abria para um quintal rodeado de ciprestes. Uma jacuzzi, que eu suspeitava que não fosse usada com muita frequência. Havia suculentas e cactos lovecraftianos, com línguas grossas e espinhentas cobertas de teias de aranha. A carne lisa das plantas tinha cores alienígenas: roxo, verde-menta e tangerina. Fileiras e mais fileiras de "dentes". Havia uma pequena ponte e, abaixo dela, um lago de carpas. Havia tanta coisa para olhar, tanta cor, vida e luz solar que, a princípio, não vi Dinah nem Peter.

Foi o corpo de Dinah que identifiquei primeiro. Não me lembro de muitos detalhes. O cérebro se anestesia. Eu podia vê-la com clareza — era tão real e palpável quanto você e eu —, mas logo assumiu uma espécie de irrealidade. O que quer que Dinah fosse, não era uma pessoa. Não mais. Dinah era carne. Seu rosto era tecido e vísceras. Ao lado, havia uma rocha salpicada de sangue.

A cabeça de Peter estava no lago de carpas. O rosto e o pescoço exibiam um tom roxo-azulado, o corpo estava pálido. Uma carpa nadava desorientada perto da boca aberta. Ao nadar em torno da cabeça dele, o peixe deixava para trás um rastro de bolhas, de modo que quase parecia que ele estava respirando. Eu nunca tinha visto um cadáver antes, muito menos dois, mas sabia o suficiente para perceber que eles tinham morrido havia pouco tempo. O sangue no rosto desfigurado de Dinah estava úmido e brilhante, e nenhum dos corpos cheirava ainda.

Não consegui gritar nem emitir qualquer outro som. Apenas fugi. Tropecei em alguma coisa. Uma pedra, talvez. O sangue rugia nos ouvidos, como um martelo pneumático reverberando no fundo da cabeça. Meu corpo se movia por conta própria, descendo o caminho de azulejos, passando pela hera e pela hortelã, entrando na cozinha fria e escura e no corredor ainda mais escuro, passando pelo escritório, pelo banheiro e pela sala de jantar, até chegar à porta da frente, que ainda estava entreaberta.

Quando estendi a mão para pegar a maçaneta, ouvi um som horrível. Um som humano.

Parecia muito com "socorro".

Não sou uma pessoa boa ou virtuosa: quero deixar isso bem claro. Àquela altura, eu nem ia chamar a polícia até estar a alguma distância da cena do crime. Ia contar a verdade: "Alô, é da polícia? Eu sou professora particular, estava no lugar errado na hora errada, vocês conhecem a história, sabem como é. Por favor, me digam que sabem como é. Desculpem eu ter fugido, mas não queria morrer, não agora, não hoje. Não por eles".

Mas havia algo naquele "socorro". Segui o som até a escada. Embaixo dela havia uma pequena porta, com um formato arredondado e vagamente sinistro, como a porta de um chalé.

— Por favor — disse a voz.

Era grave e rouca. Não era a voz de Serena.

Ouvi o som de algo sendo forçado e, em seguida, um suspiro de dor. Um soluço suplicante, debilitado. Tentei abrir a porta. Estava trancada.

— Eu não consigo... não consigo alcançar... — Aquela voz rouca e desesperada de novo.

— Merda.

Forcei a maçaneta com toda a força. A pessoa gritou mais alto.

— Por favor — arfou a voz. — Por favor.

— Merda, merda, merda.

Joguei o corpo contra a porta. As dobradiças tremeram. Fiz isso várias vezes, ignorando a dor no ombro, até que, finalmente, a porta cedeu e se abriu. Olhei lá dentro.

Olhos na escuridão. Olhos assombrados, de um rosto feito de sombras e cavidades. Eu não conseguia distinguir se pertenciam a um homem, uma mulher ou uma criança. A cabeça era uma bagunça de cabelo descolorido e preto, as raízes escuras tão oleosas que pareciam molhadas. As feições foram se tornando visíveis como a tela de um computador sendo reiniciado. Lábios ressecados. Bochechas encovadas e sujas. A marca de uma mão, avermelhada e contornada de gotas de sangue, formava um hematoma no pescoço. O espaço embaixo da escada tinha o teto baixo e inclinado, e a prisioneira — uma mulher, pelo que percebi, mais ou menos da minha idade — estava encolhida perto da parede, a cabeça encaixada no teto inclinado. Ela parecia um garoto de uma banda punk dos anos 1970, vivendo de heroína, cigarros e o que quer que conseguisse encontrar em latas de lixo. Usava coturno preto, calça jeans preta tão fina que grudava em suas pernas como papel de seda. Uma camiseta amarelada que parecia já ter sido branca e jaqueta de couro. Nós nos encaramos, atônitas. O peito dela, tão reto quanto o de um garoto, subia e descia com dificuldade. Ela não se mexeu.

Eu entrei. Demorei um momento para perceber que a mulher estava amarrada. Não com uma corda, mas com um fio elétrico desfiado, cheio de marcas de mordida. A mulher tinha tentado roê-lo para se soltar. Estava presa à viga mais baixa, a cerca de um metro e meio de profundidade no cômodo, que era estreito, estendendo-se para dentro, mais longe do que minha vista podia alcançar na escuridão. A mulher tremeu quando me aproximei. O cheiro. Ela exalava um fedor terrível, mas não era de suor nem de sujeira. Era podridão. Frutas vencidas e animais mortos na estrada. Há quanto tempo ela estaria embaixo da escada?

— Eu vou desamarrar você — falei, com suavidade.

Por um momento, tive medo de que ela tentasse me atacar, movida por algum instinto animal aterrorizado. Pensei em cães de rua encurralados, mostrando os dentes espumando. Mas ela não lutou; recuou o máximo que conseguiu para abrir espaço para mim. O fio estava enrolado em uma viga, quase sem folga. As mãos dela se fecharam em punhos e depois se abriram, lutando para recuperar a circulação.

Quando toquei sua mão, ela se sobressaltou. Eu podia ouvir o chiado de seus pulmões, como se cada expiração estivesse escapando de algo perfurado. Os lábios, a um sopro azedo de distância dos meus, estavam tão rachados que sangravam. Uma paciência fria e estranha tomou conta de mim enquanto eu trabalhava no nó apertado até que ele se afrouxasse o suficiente para liberar os pulsos. Ela olhou para os próprios dedos e articulações como se fossem algo que não lhe pertencesse. Então olhou para cima e seus olhos encontraram os meus na escuridão.

Eu estava tão concentrada na mulher e no ruído de sua respiração entrecortada que não ouvi o som de passos se aproximando. Foi a mulher que me alertou: ela me agarrou pelo braço e me arrastou com ela para o corredor principal.

Serena levou um momento para registrar nossa presença. Ela estava enviando uma mensagem de texto quando entrou em casa, mas sua expressão mudou ao nos ver.

A mulher correu na mesma hora para a porta aberta, mas Serena bloqueou sua saída com um grito assustado.

A mulher congelou, agarrando-se ao corrimão da escada com medo, os olhos disparando entre Serena e a porta.

Serena pegou o celular, a voz estridente de pânico.

— Um-nove...

A mulher avançou para a porta. Serena a fechou com força, ainda segurando o celular.

— Nove-um...

Ela tentou de novo, gritando, mas a mulher conseguiu arrancar o telefone da mão dela e jogá-lo do outro lado do corredor.

Ele caiu bem aos meus pés.

Serena olhou para mim e em seguida para o celular.

Sem pensar, eu o peguei e estendi minha mão em sinal de alerta.

— Serena — falei, devagar —, me deixe explicar o que está acontecendo. Acho que você não está entendendo.

Eu também não entendia, mas podia imaginar o que Serena estava pensando. Ela achava que a mulher tinha invadido a casa e pretendia chamar a polícia para prendê-la.

Para prender nós duas.

Serena arfava como um animal encurralado enquanto recuava lentamente pelo corredor. Com um soluço, ela pegou um abajur da mesa da entrada; tinha uma base dourada pesada.

— Não chegue perto de mim — balbuciou ela, erguendo o abajur como se fosse um taco de beisebol. — Eu... eu...

— Serena, por favor, só me deixe explicar...

Ela gritou aterrorizada quando me aproximei, a mão tateando a parede, como se estivesse procurando algo.

Um telefone fixo.

Eis como eu vi a sequência de acontecimentos seguintes se desenrolando.

Primeiro: Serena acreditaria ter flagrado a mim e a uma desconhecida suja tentando roubar sua casa. Se a polícia chegasse, seríamos presas.

Segundo: a polícia e Serena descobririam os corpos de seus pais recém-assassinados no jardim, e nós seríamos imediatamente acusadas de homicídio.

Terceiro: Um julgamento sangrento e sensacionalista.

Quarto: *Orange Is the New Black: a história de Evie Gordon*. Uma sentença de prisão perpétua.

E foi então que cometi o terceiro dos meus grandes erros, depois de resgatar a mulher amarrada e, bem, ter ido trabalhar naquele dia.

Tentei pegar o telefone fixo.

Serena não hesitou. Ela ergueu o abajur e golpeou minha cabeça.

É impossível descrever a dor, ainda mais difícil me lembrar dela. Eu nunca havia sido atingida com tanta força por algo tão pesado. Parecia que o espaço entre meus ouvidos estava vazio, um crânio sem cérebro, enchendo-se lentamente de sangue. Achei que minha cabeça ia rachar como um ovo, sangue e gema escorrendo pelo meu rosto. Caí em cima da escada, em cima da mulher, cambaleando para trás. O celular de Serena deslizou pelo chão. O sangue escorria pelo meu rosto, e senti a mulher pegar minha mão e me puxar para que eu ficasse de pé, chutando o celular de Serena para longe.

Vi o abajur vir na minha direção de novo. Cambaleei para trás e agarrei a primeira coisa que consegui para me defender do golpe. Era um vaso, muito mais pesado do que eu imaginava.

— Serena, pare!

Serena estava gritando sem palavras. Um som cru e involuntário. Ela ergueu o abajur e tentou desferir outro golpe. Arremessei o vaso com toda a força que pude.

O som do vaso atingindo a cabeça de Serena foi denso e grotesco. Ela caiu, ainda tentando se afastar, mesmo com os olhos revirando na cabeça.

Ela ficou mole.

Engatinhei para a frente, em choque.

Ela não se movia.

Tentei sentir seu pulso.

Nada.

Pressionei o tecido macio do pescoço dela, procurando, buscando algo

Não consegui sentir nada.

Subi no corpo dela, abrindo suas pálpebras, mas não encontrei coisa alguma, apenas veias azuladas se espalhando pelo branco de seus olhos. Passei o dorso da mão em seu rosto. A cabeça tombou, sem vida.

Ela não podia estar morta. Não era possível.

Tentei sentir seu pulso outra vez.

Ainda nada.

— Não... — Minha voz soava estranha. — Não. Não...

Minha mente começou a ceder.

— Uma ambulância... a gente poderia... a gente deveria...

Não poderíamos e não deveríamos. Se chamássemos uma ambulância, estaríamos convidando os paramédicos para uma cena de crime. Eles me prenderiam por ter assassinado toda a família Victor.

Mas é isso que as pessoas fazem. Na TV, quando isso acontece — quando alguém morre, quando uma pessoa está viva e depois não está mais, quando não é velhice nem câncer, e sim uma arma, uma faca, o Coronel

Mostarda com o candelabro no salão de baile, ou alguém pegando o objeto mais pesado que consegue encontrar e arremessando-o com toda a força possível — a polícia aparece. Na TV, você chama a polícia, o elenco de *Law & Order* surge, os bandidos vão para a cadeia, a justiça é feita, e você assiste ao próximo episódio e acontece tudo de novo e de novo e...

Eu estava chorando. A mulher — que não estava chorando — pegou meu queixo e virou meu rosto para o espelho acima da mesinha da entrada. Eu já havia me olhado tantas vezes naquele espelho. Tirado selfies furtivas para um story no Instagram, checado se tinha alface presa nos meus dentes depois de devorar um taco no carro no caminho. Aquele espelho devia ter custado milhares de dólares. Uma antiguidade valiosa, com moldura dourada. Fui confrontada com a realidade do nosso reflexo. A calça jeans da Target, as botas de segunda mão, o sangue escorrendo pelas mãos e pelo rosto. Eu já tinha me visto antes, em documentários de crimes reais da Netflix sobre assassinos em série, em fotos de fichas criminais, em filmes de suspense de baixo orçamento. Sabia a que conclusões um policial chegaria se me visse ao lado do corpo morto de Serena.

No reflexo do espelho, os olhos da mulher se fixaram nos meus. *Olhe só para nós*, diziam seus olhos. Ela parecia ter acabado de sair do banheiro em *Trainspotting*. Eu parecia Carrie, de *Carrie, a estranha*.

Ela queria fugir.

— Por favor — foi tudo o que conseguiu pronunciar, e precisou juntar todas as forças no seu corpo para fazê-lo. Fechou os olhos, os dentes batendo no esforço para produzir outra palavra. Ela estava tremendo.

Alguma coisa tinha acontecido com ela naquela casa. Ela havia sofrido ali. Um dos Victor a havia machucado. Peter ou Dinah. Talvez até mesmo Serena.

Talvez todos eles.

— Serena? — arfou uma voz atrás de nós.

Meu sistema nervoso sofreu um último espasmo, como em um leito de morte.

Eu quase ri. É claro que havia mais um.

Era um adolescente. Eu o reconheci na mesma hora, das fotos no celular de Serena.

Lukas. O namorado dela.

Ele me viu coberta de sangue. Viu a mulher. Viu Serena, sua namorada, imóvel como um cadáver.

— Que porra é essa? — Ele se aproximou correndo. — Ah, meu Deus, Serena, *ah, meu Deus...*

Nós já estávamos fugindo. A escolha foi feita por nós. A mulher agarrou minha mão e me puxou, passando por Lukas, que começou a gritar. Minha visão girava, caleidoscópica, vendo plantas, o fosso, a grama, o sol ofuscante. A rua. Meu carro. A mulher me pegou pelos braços e me sacudiu até eu me concentrar nela. Aqueles olhos, de novo. Pretos e atentos.

— A chave — disse ela.

— A chave — repeti.

Eu mal conseguia enxergar.

Ela enfiou a mão no bolso da frente da minha calça jeans e pegou a chave, pressionando-a contra minha palma trêmula. De alguma forma, entramos no carro. Virei a chave na ignição e a adrenalina tomou conta de mim. A mulher estava no banco do passageiro, olhando em choque para a rua ensolarada à frente. Ao longe, uma sirene policial soou.

— Para onde nós vamos? — perguntei.

Nós. Essa foi a rapidez com que a decisão foi tomada.

3

O sol se punha enquanto fugíamos. O trânsito em Los Angeles era sempre ruim, mas aos domingos era um pouco melhor. Ainda assim, eu nunca tinha ficado tão grata pelas rodovias imundas e lotadas de Los Angeles, onde era fácil desaparecer em meio aos grafites, no anonimato dos carros que iam e vinham, das vans da Amazon, dos caminhões de reboque, dos Teslas e Porsches e Camaros vintage, dos Civics e Corollas enferrujados, de uma limusine branca e elegante. Meu PT Cruiser entrou no fluxo. Eu sentia a cabeça latejar. Estava cheia de perguntas, um barulho tão denso que era quase um silêncio. As mãos no volante não pareciam minhas. Eram de outra pessoa. Evie não estava ali. Evie estava em casa, curando a ressaca com um indulgente brunch de domingo. Evie e seu colega de apartamento, Harvey, estavam deitados no sofá vermelho que haviam comprado por quarenta dólares no Craigslist, assistindo a um reality show sem graça.

A cidade passava em um borrão: outdoors anunciando filmes de super-heróis e advogados duvidosos para os quais ligar em caso de acidente de trânsito. Condomínios residenciais, acampamentos de pessoas em situação de rua, cafés hipsters que pareciam laboratórios de química. Um centro da Cientologia frequentado por celebridades. Um bar tiki, um posto de troca de óleo Valvoline, um McDonald's. Um hotel barato mal-assombrado. Conseguimos chegar à 101. O sangue estava coagulando no meu ouvido, espesso como cera. Dei um pulo quando a mulher me tocou.

Ela havia tirado a camiseta rasgada, ficando apenas de sutiã e jaqueta de couro. Havia uma garrafa d'água amassada e pela metade que eu havia abandonado semanas, talvez meses antes, no compartimento do lado da porta do passageiro. Ela tomou um gole trêmulo, levando o plástico quente aos lábios como se fosse um sacramento. Em seguida, derramou algumas gotas na camiseta e a aproximou da minha orelha.

Eu dirigia enquanto ela me limpava com cuidado. Prendi a respiração para não sentir seu cheiro.

— Eles podem ter visto a placa do carro — falei.

Era nisso que eu estava pensando, entre todas as coisas. Meu carro, a placa enferrujada da Carolina do Norte que nunca tinha me preocupado em trocar. Lukas provavelmente tinha tentado vê-la enquanto fugíamos. Daria o número para os policiais quando eles chegassem. Será que já tinham chegado?

A estrada ficou fora de foco, depois ficou nítida de novo. Carros. O outdoor de uma nova série da HBO sobre uma representante farmacêutica viciada nos remédios que ela mesma vende. Um caminhão cheio de galinhas emparelhou com a gente. Havia uma viatura da polícia três carros atrás de mim.

— Minha placa — repeti.

A mulher acenou com a cabeça na minha visão periférica, concordando.

A placa do carro era um problema.

Serena, morta, era um problema.

Um problema de cada vez.

— Será que deveríamos — comecei, lambendo os lábios secos, sentindo o gosto de sangue. — Será que deveríamos…

Será que deveríamos ligar para a polícia? Não, não, não, nem pensar, por milhares de razões. Será que deveríamos parar e pensar? Não, não podemos parar, temos que sair de Los Angeles. Será que deveríamos ligar para nossos pais e pedir ajuda? Será que deveríamos contar a eles que matamos alguém sem querer? Será que deveríamos perguntar se eles iriam continuar nos amando mesmo que fôssemos assassinas? Será que deveríamos ligar para nosso colega de apartamento e dizer a ele que não íamos chegar em casa a tempo de assistir a *RuPaul*?

Uma histeria alucinadamente maravilhosa encheu meu peito. Um balão de mania nauseante, bombeando como um coração.

Minha mente evocou rostos nos quais eu não pensava havia anos. Minha professora do terceiro ano, a sra. Cuttler, que me deixava levar para casa livros da coleção da sala de aula para que eu pudesse manter meu hábito de leitura. A mãe da minha melhor amiga de infância, a srta. Diane, que percebeu meu medo de escadas rolantes quando fomos à Build-A-Bear no shopping e recompensou minha coragem com um pretzel macio da Auntie Anne's. Amigos do Ensino Fundamental e do Ensino Médio, com quem não falava havia anos, e que viraram dentistas, professores e donas de casa com filhos pequenos e nunca saíram de Hendersonville, Carolina do Norte. Não sei por que pensei no rosto daquelas pessoas do outro lado da tela da televisão, as mãos cobrindo a boca em choque quando descobrissem o que Evie Gordon — *logo Evie Gordon* — havia feito àquela família tão boa de Los Angeles. Eu era uma boa menina, a melhor aluna da turma. Meus pais eram pessoas gentis e membros respeitados da nossa comunidade. *Como isso tinha acontecido?*, diriam eles. *Como ela tinha se perdido tanto?*

Pensei nos amigos do Ensino Médio de quem eu ainda era próxima e com quem viajava todo ano: será que os veria novamente? Meus amigos da faculdade que ainda moravam em Nova York: quando a notícia chegaria na bolha deles? Será que a polícia entraria em contato? Ou jornalistas? E meus amigos de Los Angeles: será que a polícia arrombaria a porta da casa deles à minha procura, fazendo perguntas? Minha ex, será que ela também seria procurada? Como eu iria explicar tudo isso?

O que eu iria dizer aos meus pais?

Pensar nisso fez minha mente ficar em branco. Um monitor registrando uma parada cardíaca. Era impensável. Minha mãe, que cheirava a spray de cabelo Pantene e chiclete de hortelã, uma loção corporal barata chamada Brisa de Zimbro e cigarros Virginia Slims. Minha mãe, que tratava cada volta minha para casa, não importava o quão insignificante ou banal, como se eu fosse um soldado voltando da guerra. Ela estacionava o Chrysler Sebring 1998 no aeroporto e me esperava, gritando meu nome quando me via sair do portão de desembarque. Meu pai sempre com os óculos de leitura, os olhos enormes por trás deles como os de um garotinho. O robusto relógio à prova d'água, as prateleiras e mais prateleiras de livros de história. O bronzeado de fazendeiro, a marca das meias. O leve mancar, devido a uma ruptura do ligamento cruzado anterior que ele havia sofrido jogando na liga adulta de beisebol nas noites de quarta-feira. Meus pais eram divorciados, mas continuavam amigos. Sempre comemorávamos o Dia de Ação de Graças e o Hanukkah juntos, como uma família. Meus pais, que nunca foram bons em me disciplinar, porque nunca sentiram necessidade. Meus pais, que confiavam em mim implicitamente. Será que iriam cooperar quando o FBI batesse à porta? Será que iriam acreditar quando a manchete "Evie Gordon procurada por assassinato" aparecesse no noticiário?

A estrada pulsava à frente. Havia tantos carros em Los Angeles. Tantas pessoas. Cada vez que o carro parava e voltava a se mover no trânsito, eu sentia a cabeça latejar. A mulher se inclinou para limpar mais um pouco do sangue respingado em mim. Quanto mais ela se aproximava, mais eu sentia o fedor. Eu nunca iria me acostumar com aquele cheiro.

— Nós precisamos... — comecei de novo, desejando que ela terminasse a frase. — Nós precisamos...

De algumas coisas básicas. Um kit de primeiros socorros. Uma faca, talvez. Dinheiro. Dinheiro vivo, para ser mais específica. Não podíamos usar o cartão de débito. Não podíamos nem mesmo usar o celular. Se eu ligasse para meus pais, se contasse a eles o que tinha feito, se dissesse que precisava de ajuda, uma antena de celular poderia denunciar minha localização. O cartão de débito desbotado, a conta corrente patética, tudo isso deixaria um rastro de migalhas de pão pelo caminho.

— Meu celular — falei. — Você pode pegar o celular na minha bolsa?

Ela o pegou, hesitante.

— Me dê — pedi.

Ela me encarou como se perguntasse se aquilo era uma boa ideia.

— Eu não vou fazer nada idiota — murmurei, entre dentes. — Me dê isso.

A mulher me entregou o celular.

Eu o joguei pela janela do carro.

Ela ficou me encarando.

— Antenas de celular — falei, parecendo uma lunática. — Sabe? É verdade. Eu já ouvi falar sobre isso. Elas rastreiam a gente. Digitalmente. Com os sinais. Ouvi aquele podcast, *Serial*. Todo mundo ouviu *Serial*. Sabe qual é?

A mulher me olhava com a exaustão de uma mãe que atura os delírios de um filho pequeno. Mas eu sabia que a história da antena de celular fazia sentido. Fazia mesmo. Sarah Koenig havia explicado.

— O quê... Para onde... — comecei de novo, procurando a pergunta certa.

O pânico investia contra minha cabeça, querendo beber, entrar, querendo se infiltrar e me paralisar.

— Para onde vamos? — Foi o que decidi perguntar.

A mulher não respondeu. O plástico estalou na mão dela quando tomou outro gole da garrafa de água. Ela a ofereceu para mim, sem dizer nada. Balancei a cabeça. Seus lábios estavam rachados e sangrando. A boca estava escura demais por dentro, como se tivesse engolido tinta ou bebido muito vinho. Eu não queria que minha boca encostasse em algo que a dela houvesse tocado.

— Pode beber tudo — falei. — Nós vamos... nós vamos conseguir mais. — De alguma forma.

A mulher assentiu. Ela bebeu o que ainda havia na garrafa. Eu podia ouvir a água descendo pela garganta, entrando nos órgãos sedentos do corpo como uma moeda caindo em um poço.

Os policiais provavelmente estavam interrogando Lukas àquela altura. Ele contaria o que viu, e sua palavra seria o suficiente. O uniforme escolar, a aparência de membro da Juventude Hitlerista, a carta de aceitação da Vassar College esperando na caixa de correio. Serena tinha me contado que ele já havia sido aceito. Tinha me contado muitas coisas. Ele andava de bicicleta porque era melhor para o meio ambiente. Seu escritor favorito era Jack Kerouac. Era o único garoto na escola inteira que tinha um celular flip antigo em vez de um iPhone. Tinha uma guitarra Les Paul de 1957 que, segundo o Google, custava mais de sete mil dólares.

O que Lukas sabia sobre mim? O que Serena teria contado a ele? "Evie, minha professora particular, sempre cheira a maconha e odeia quando eu demoro muito para resolver problemas de geometria, ela estudou em uma faculdade de elite e age como se soubesse tudo, mas olha só pra ela agora, ela é uma fracassada." Provavelmente algo assim.

E o que ele diria à polícia? "Duas mulheres cobertas de sangue. Foi o que eu vi. Uma delas era Evie Alguma Coisa, eu não sei o sobrenome, ela é professora particular da minha namorada. A outra era magra e estava imunda, tinha cabelo curto, preto e descolorido. Uma desconhecida. Talvez asiática? Ah, vocês não perguntaram? Bem, esse seria o meu palpite. Permitam-me especular sobre a etnia dela de forma minuciosa..."

Àquela altura, haveria policiais por toda a casa.

Eles estariam isolando o lago de carpas. Tirando fotos. Sangue, medonho contra a pele translúcida de Serena. Escorrendo pelo cabelo dourado e brilhante. Coagulado sobre a pele perolada e as veias azuis do pescoço e da testa. Eu conseguia imaginá-la, bonita e simpática na foto do anuário do Ensino Médio, no estilo Laura Palmer. Uma âncora de telejornal diria ao mundo como ela era inteligente, tímida e adorável, transmitindo ao vivo para mães entediadas tomando goles trêmulos de café, ansiosas para saber os nomes perversos das assassinas, nossas histórias conturbadas, os lares desfeitos e os corações vingativos, migalhas saborosas para alimentar sua sede de sangue.

"Ela era *professora particular* dela", diria a âncora, balançando a cabeça. As mães prenderiam a respiração. Mão no coração, misteriosamente excitadas. "Evie Gordon."

O trânsito diminuía conforme avançávamos. O sol estava bem à nossa frente, queimando nosso rosto. Abaixei o quebra-sol. Já a mulher encarou a luz, tensa e com as costas eretas como uma vampira enfrentando a inevitabilidade da morte. A estrada adentrou o deserto. Passamos pelo que parecia ser uma típica paisagem californiana: o suave contorno jurássico das montanhas, as colinas cobertas de arbustos secos, a terra rachada, sedenta por água. Não estávamos distantes o suficiente da cidade, ainda não. O sol tinha se posto, mas o céu ainda estava tingido de um roxo apocalíptico e sangrento, a cor da poluição luminosa.

A mulher tremia violentamente no banco do passageiro.

— A pessoa que matou os Victor — comecei, com cuidado —, foi essa pessoa que amarrou você?

Ela parecia atônita. Quase confusa.

Não sabia que Peter e Dinah estavam mortos.

Os olhos perderam o foco. O tremor se intensificou e o rosto ficou impassível de novo, como se ela estivesse tão acostumada a dissociar que se tornara algo banal.

Se a mulher não sabia que Peter e Dinah estavam mortos, isso significava que ela não tinha visto o assassino, ou seja, ela já estava amarrada naquele armário sinistro embaixo da escada quando ele chegou.

— Quem amarrou você?

A mulher olhava entorpecida para o deserto.

Senti um nó na barriga.

— Foram eles, não foram? — insisti. — Os Victor.

Talvez tenha sido uma bênção ela não ter ouvido o assassinato. Ou talvez tenha sido uma tragédia. Talvez eles a tivessem machucado tanto que ela teria gostado de ouvi-los morrer.

Eu a olhei de novo. Ela não tinha dito uma palavra desde a nossa fuga. Talvez por causa do trauma. O hematoma no pescoço era de um marrom-avermelhado cruel e angustiante. Talvez precisasse de um hospital. De atendimento médico. Era arriscado. Eu poderia deixá-la em algum lugar e desaparecer.

Mas, então, eu estaria sozinha. E não queria ficar sozinha. A mulher tinha me ajudado. Eu a ajudara, a salvara. Isso tinha que significar alguma coisa. Mas salvara do quê? Esse "do quê" percorria meu cérebro, de pesadelo em pesadelo. Câmaras de tortura e masmorras sexuais. As casas de Los Angeles não têm porão. Aprendi isso quando me mudei para a Costa Oeste. Então imaginei uma segunda casa, em miniatura, escondida no armário como uma casa de bonecas esquecida. O inverso da exuberante mansão dos Victor saído direto de um filme de terror. Coberta de teias de aranha e escura como breu. A mulher encolhida no canto. Risadas ecoando pelas paredes, o som de talheres, panelas, pratos. Os Victor eram filantropos. Às vezes, Dinah me oferecia as sobras do bufê de eventos que havia organizado. Os Victor davam festas beneficentes, presidiam instituições de caridade, patrocinavam santuários de focas e elefantes, e de qualquer animal ameaçado de extinção, exceto sua própria espécie miserável. Dinheiro prometido, canapés saboreados, champanhe aberto, conversas triviais sobre as próximas férias em Bora Bora, documentários interessantes assistidos no fim de semana, artigos da *New Yorker* lidos e casas de veraneio reformadas. O chiado da chaleira no domingo de manhã. A campainha no domingo à tarde. Meus passos, atravessando a soleira daquela porta, em tantos domingos. Minha voz, dando aulas sobre Shakespeare, *Beowulf*, Mark Twain e Nathaniel Hawthorne; quem quer que Serena estivesse lendo nas aulas de literatura. Corrigindo os deveres de geometria, ensinando-a a encontrar o valor de *x*. Fazendo testes cronometrados, oito de dez, forçando algum entusiasmo, "bom trabalho, Serena!". Guardando meus livros, trocando gentilezas vazias com Dinah a caminho da porta, dando uma última mijada ou cagada no banheiro elegante deles. Secando as mãos na toalha felpuda, não nos guardanapos de papel dos empregados, porque pequenos atos de mesquinharia são o único recurso que tenho. Meus passos. O fechamento da porta da frente, o rangido dos pneus. Deixando-a sozinha, mais uma vez. O tique-taque de um relógio antigo do outro lado da parede. Passos, lentos e ameaçadores. A longa sombra de Peter Victor aparecendo em uma porta aberta. Os convidados finalmente tinham ido embora.

— Quer que eu a leve para algum lugar? — perguntei. — Para casa? Alguém deve estar procurando você... Seus pais, eles vão querer saber se você está bem. Eu posso... Não é melhor...?

Nada do que eu sugeria parecia sequer fazer sentido para ela.

— E a polícia? — sugeri. — Eu posso deixar você em algum lugar? A polícia pode...

Prender os cadáveres recém-assassinados de Peter e Dinah Victor por [insira o crime cometido contra você: sequestro? Tortura? Tráfico sexual?].

A mulher continuou em silêncio.

A estrada se estendia à frente, uma fita escura, interminável, desenrolando-se no horizonte. O céu estava mais escuro, escuro de verdade. Estrelas salpicavam o firmamento, e os olhos vermelhos dos caminhões pareciam nos encarar.

— Sinto muito — falei.

Ela olhou para mim. O rosto inexpressivo, como se estivesse concentrando toda a sua energia em mantê-lo assim. Mas os olhos estavam entorpecidos, cansados de uma forma que parecia impossível de compreender.

— Não por eles. Por… por você — acrescentei, de forma patética.

Eu esperava que o pedido de desculpas fosse vago o suficiente para abranger qualquer crime que tivesse sido cometido contra ela.

A mulher desviou o olhar, o rosto quase carrancudo, como se eu a estivesse entediando.

— Olhe — falei —, eu posso procurar a polícia. Eu posso dizer… sei lá. Sei lá. Alguma coisa boa. Alguma coisa que tire o seu da reta. A verdade. Talvez funcione. Pode dar certo. Você não deveria estar aqui. Não precisa fazer parte disso. Eu posso levar você para casa.

Ela cutucava a pele morta e ensanguentada ao redor das unhas destruídas.

— Fui eu que fiz aquilo — continuei, baixando a voz. — Eles estão atrás de mim. Sou eu quem eles querem. Fui eu que…

Matei Serena.

E mesmo que eu não tivesse matado Peter e Dinah, é claro que todo mundo ia achar que sim.

— Eu pareço culpada — falei à mulher. — Mas você, não. Você não precisa se envolver nisso. Não deveria. Quero dizer, você foi… foi… foi…

Eu não sabia como terminar. Não queria dizer "vítima".

A mulher estremeceu antes mesmo de eu terminar a frase. Ela se encolheu, como se todo o corpo estivesse concentrado em conter uma explosão. Eu queria ouvir a voz dela de novo.

— Quanto tempo ficou naquele armário?

Luzes de freio vermelhas iluminaram seu rosto. Uma lágrima abriu caminho em meio à sujeira. Os nós dos dedos rachados a enxugaram, como se fosse um incômodo. A ideia de fazer mais perguntas me deixou com o estômago embrulhado. Eu já estava enjoada. O cheiro dela, de sangue e podridão. O silêncio. Durante quantos domingos havíamos compartilhado as paredes daquela casa? Em quantos domingos eu tinha bebido o chá de Dinah, contado piadas ruins e mexido no Instagram debaixo da mesa, enquanto aquela mulher sofria a poucos metros de distância?

Senti a bile subir pela garganta, para logo em seguida se acomodar. Fantasmas tomaram forma na beira da estrada escura, cambaleando e depois desaparecendo. Motoristas passaram por mim: tinham garotas com sacos na cabeça no banco do passageiro. Cordas pendiam de caminhões, cordas ao redor de pescoços quebrados, pés sendo arrastados. Quando olhei de novo, tinham desaparecido.

Não sei o que teria acontecido com a mulher se eu não a tivesse encontrado. Ela tinha dito "por favor", e eu ouvira. Ela tinha pedido socorro, e eu a salvara. Achei que tivesse salvado. Mas e se, em vez disso, eu a tivesse condenado a um destino ainda pior? A polícia acabaria revistando a casa. Eles a encontrariam e tirariam conclusões muito diferentes das que deveriam estar tirando naquele momento. As manchetes talvez dissessem: "Horror nas colinas"; "Segredos de família rica expostos".

Mas ela acabara como eu. Seu fio vermelho emaranhado ao meu.

— Comida — falei, com a voz rouca. — Você precisa de comida. E água.

Ela não discordou, mas também não assentiu.

— Nós precisamos de dinheiro — continuei. Ela me olhou de um jeito frio e cínico. — Posso conseguir algum dinheiro. Se encontrarmos um caixa eletrônico.

A polícia conseguiria rastrear minhas movimentações bancárias, é claro, mas era a única opção. Se continuássemos dirigindo naquela noite, se fôssemos longe o suficiente, talvez não importasse.

Estávamos perto de Indio, onde havia um Walmart. Nos cantos escuros e distantes do estacionamento, famílias dormiam em carros, os painéis cheios de embalagens de comida, lixo e bichos de pelúcia.

Estacionei longe da entrada. Desliguei o motor. A mulher lambeu os lábios com a língua escura. Percebi que era sangue.

— Eu vou entrar — avisei.

Ela parecia cética. Sabia que eu não fazia a menor ideia do que estava fazendo.

— Fique aqui e tente se limpar.

Uma indiferença carrancuda tomou conta de seu rosto, mas o joelho balançava sem parar. Percebi que ela estava com medo. Com medo de ser deixada lá, sozinha. Relutante, tirei a chave do carro do bolso e a coloquei no porta-copos. Eu não queria deixar a chave, mas talvez assim ela ficasse menos assustada.

— Pronto. Você pode deixar o carro ligado, se quiser. Para se aquecer.

As luzes fluorescentes lá dentro eram frias e ofuscantes. Passei rapidamente pelos corredores em busca do banheiro, que, é claro, ficava escondido nos fundos. Havia uma funcionária no banheiro, uma adolescente de cabelo oleoso, limpando o chão de forma desinteressada. Ela fez contato visual comigo pelo espelho, e eu tive um vislumbre aterrorizante do meu rosto antes de entrar em uma das cabines. Fiquei mijando pelo que pareceram horas. Por fim, ouvi a porta se fechar e o som dos passos da funcionária se afastando. Dei descarga e fui até a pia.

A mulher havia feito um bom trabalho ao limpar o sangue de mim. Mas eu ainda estava com uma aparência péssima, e fedia a sangue. Sentia a perda dele, a leveza trêmula dos membros, enfraquecidos pela falta de ferro. Meus olhos estavam amarelados ao redor da íris, as pupilas dilatadas. Respirei fundo, ajeitando a expressão de uma forma que esperava que parecesse casual.

Evitando chamar a atenção de outros clientes noturnos — mães cansadas, bandos de adolescentes chapados — voltei para a frente da loja para pegar um carrinho. Vasculhei os corredores cavernosos do supermercado, pegando coisas das prateleiras sem pensar. Eu não era uma sobrevivencialista. Não acampava. Não fazia a menor ideia do que estava fazendo. Enchi o carrinho com água, analgésico, um kit de primeiros socorros, algumas latas de sopa e alimentos não perecíveis, carne desidratada, frutas secas e nozes. Peguei um canivete. Sabonete, para podermos nos limpar. Algumas roupas, como calças de moletom e camisetas, tentando adivinhar os tamanhos. Quase comprei roupas da seção infantil para ela. Esse era o nível de magreza da mulher.

No caixa de autoatendimento, mantive a cabeça baixa e paguei em dinheiro. Depois, levei as sacolas de compra até o caixa eletrônico do lado de fora. Havia um segurança fumando um cigarro perto das portas automáticas. Ele me observou enquanto eu inseria o cartão na máquina e sacava todo o dinheiro da conta corrente. Tive que fazer isso em várias etapas, já que o limite era de quinhentos dólares por vez. Saquei todo o dinheiro que tinha: mais ou menos seiscentos e cinquenta dólares na conta corrente e dois mil e trezentos na poupança. Sentia os olhos do segurança me seguindo enquanto eu enfiava as notas nos bolsos, pegava as sacolas e ia para o estacionamento.

Achei que me lembrava de onde havíamos estacionado. Era perto de um Kia Soul vermelho e um Honda Civic azul. O Soul ainda estava lá. Mas o meu PT Cruiser preto, não.

Senti o coração disparar enquanto procurava em meio aos carros, passando entre os postes de luz tomados de mariposas, os braços doendo com o peso das sacolas. Ainda podia sentir o segurança me observando. Aqueles olhos me seguindo enquanto eu me movia entre os veículos, procurando desesperadamente pelo carro.

Mas tinha sumido. E ela também.

4

Acredite ou não, eu nem sempre fui uma idiota. Já fui inteligente. Uma criança prodígio.

O título me foi concedido quando eu tinha oito anos. Eu era uma aluna nota dez e lia rápido. Minha professora do segundo ano me escolheu para fazer o teste para o programa de alunos prodígio. A prova era estranha: em uma página, havia uma série de latas em branco. Munidos apenas de nossa criatividade, tínhamos que transformá-las em algo diferente. Eu criei vários animais: um cachorro salsicha gordo, um papagaio, um tubarão-baleia. Um garoto, Greg Cusimano, escreveu diferentes sabores de sopa Campbell's nelas. Greg Cusimano não era uma criança prodígio. Em outra página, havia uma série de formas complexas em uma matriz, e tínhamos que identificar o padrão. Isso determinava se éramos capazes de raciocínio sequencial.

Tenho um raciocínio sequencial incrível. Toda quinta-feira, os escolhidos eram levados para uma sala separada para as aulas do programa. Com rabos de cavalo balançando e sorrisos presunçosos, deixávamos os medíocres para trás. Aos onze anos, todas as minhas aulas faziam parte do programa de alunos prodígio: matemática, linguagens, sociologia. No oitavo ano, as turmas de crianças prodígio passaram a ser de distinção acadêmica. No nono, as de distinção acadêmica se tornaram as de nível universitário. No último, minha grade consistia inteiramente delas.

Cresci em Hendersonville, Carolina do Norte, uma pequena cidade montanhosa perto de Asheville. Ficava a apenas meia hora de carro da Biltmore Estate: "A maior residência da América". Outdoors anunciando ingressos para a Biltmore lotavam a estrada. Quando eu estava no quarto ano, a nossa turma fez uma excursão à Biltmore, onde ficamos maravilhados com a piscina e a pista de boliche. Meu pai era um professor de escola pública que teve um breve momento de fama no jornal local quando um grupo de pais conservadores o acusou de promover bruxaria. Livros sobre feitiçaria — no caso, *As bruxas*, de Roald Dahl — não têm lugar em sala de aula. Minha mãe era cabeleireira em um salão. Quando eu era criança, pessoas ricas para mim eram as famílias que tinham piscina no quintal, as meninas da escola que tinham bolsas da Coach e Paris Hilton. A ideia da minha família de "esbanjar" no jantar de sexta à noite era fazer uma reserva para um fast-food como o Chili's e pedir entradas.

Não sei se foi essa excursão à Biltmore, ou todas as vezes que fiquei acordada até tarde me entupindo de biscoito Chips Ahoy! enquanto assistia a episódios de *Cribs* na MTV, ou o fato de que todos os meus professores não paravam de repetir que eu era brilhante, mas, de alguma forma, meus pais e eu colocamos na cabeça que eu iria ser alguém. Alguém importante. Ganhei uma bolsa de estudos para uma escola particular. Depois da aula, varria cabelo no salão da minha mãe. Nos fins de semana, trabalhava como babá. Meu primeiro negócio foi um esquema clandestino e mercenário de trabalhos escolares. Eu cobrava quarenta dólares por texto. Foi um fenômeno de propaganda boca a boca, e os aviõezinhos eram os jogadores de futebol e prodígios na área de exatas que eram uma negação em gramática. Minha professora da turma avançada de história dos Estados Unidos foi a única que pareceu perceber: um dia, antes da aula, ela me interrogou depois que usei, por descuido, a mesma expressão nos trabalhos de três alunos diferentes, incluindo o meu próprio. Expliquei que tínhamos um grupo de estudo. Ela não conseguiu me desmentir.

Como uma das poucas bolsistas, eu poderia ter sido uma pária na escola particular cara de Asheville. Mas isso nunca aconteceu. Eu tinha um namorado chamado Nick Faust. Nick era meu loiro burro *shiksa*. Ele dirigia um Jeep Wrangler com estampa de camuflagem e queimava como um vampiro se usasse qualquer coisa com FPS menor que 70. Ele era de uma daquelas famílias que criavam golden retrievers e assistiam a futebol americano juntas nas noites de domingo e, secretamente, ficavam muito desconfortáveis com a namorada judia e cheia de opiniões do filho. Eu fui a princesa do baile de formatura. Era capitã do time de futebol feminino. Na era de transição entre o MySpace e o Facebook, desenvolvi um talento para o *cyberbullying*. Eu trabalhava, estudava, trabalhava e estudava até os primeiros raios de sol irromperem sobre os picos suaves das montanhas Blue Ridge, dormia por uma hora e meia e ia para a escola. À noite, depois do treino de futebol, depois do trabalho, depois do jantar, depois de horas e horas de dever de casa, artigos, listas de problemas e os trabalhos dos outros alunos, eu depilava as pernas, clareava os dentes e submetia meu cabelo encaracolado à tirania dos alisamentos de farmácia até ele ficar liso e reluzente como uma lâmina.

No fim das contas, acabei sendo a segunda oradora da turma. O título de orador principal foi para um garoto chamado Warren Calvin Manning III, cujo pai era vereador da cidade e cuja mãe era uma ex-rainha de concursos de beleza, dona de um império de pílulas para emagrecer. Como vingança, eu e meus amigos — amigos que eu havia tirado de Warren, pelos quais eu havia lutado, e que eu nunca deveria ter tido — ficamos chapados e cobrimos a fachada da casa dele com papel higiênico. Era uma mansão em estilo colonial na rua sem saída mais luxuosa do clube de campo. Um clube de campo onde todos os meus amigos moravam, menos eu.

Você é como nós, eu podia senti-los pensando enquanto me tratavam como a um animalzinho de estimação e me admiravam. Era o maior elogio em que conseguiam pensar.

Não, eu pensava. Sou melhor. Vocês nasceram. Eu fui criada.

Não, também não era bem assim. Ninguém me criou. Eu fui minha própria criadora.

A ironia era que eu achava que eles eram ricos. Eu nem sabia o que era ser rico de verdade, ainda não. Não até a faculdade. Escolhi uma que, ironicamente, não considerava os resultados do vestibular em seus critérios de admissão. A anuidade havia triplicado desde a geração dos meus pais e, mesmo em meio aos números já assustadores, a faculdade que me aceitou era uma das mais caras de todas. Ganhei uma bolsa de estudos e um auxílio estudantil generoso, e mesmo assim tivemos que pegar empréstimos. Mas iria valer a pena, nos disseram. Esta faculdade é especial, e você é especial por estar entre os poucos sortudos que foram aceitos. Eles nem sequer nos davam notas, o que indicava como éramos especiais. Transcendíamos os sistemas arcaicos de avaliação. Lá, podíamos assistir a filmes em preto e branco, escrever peças de um ato terríveis e acumular pilhas abstratas de dívidas com empréstimos estudantis sem medo. Uma faculdade especial cheia de alunos especiais, cada um de nós se esforçando para ser mais especial do que o outro, usando o mesmo uniforme especial: coturnos, resíduo de cocaína sob o nariz, livros de Sylvia Plath na bolsa de pano da *New Yorker*, rejeição do nome de batismo e da cor natural do cabelo, adaptações queer de *Um violinista no telhado* usando apenas fantoches, transtornos mentais, citações de Foucault durante o sexo, fetiches por figuras paternas. Cada um de nós era tão especial quanto a pessoa ao lado.

Fiz amizade com outros jovens cujos pais comandavam impérios da indústria do entretenimento, que eram tecnicamente princesas de pequenos países africanos, que tinham dinheiro o suficiente para trazer seus cavalos de estimação do exterior. Jovens cujos palácios em Malibu fariam a McMansão de cinco quartos de Warren Calvin Manning III com piscina — a maior e mais grandiosa casa que eu poderia imaginar — parecer um barraco de classe média. E lá estava eu, entre eles. Enrolando baseados em dormitórios decorados com pisca-piscas. Indo de bar em bar em Manhattan. Sendo convidada para passar férias em Saint-Tropez.

Eu me enturmara lá também. Aprendi as regras muito especiais daquela faculdade especial. Lançada naquele cenário novo e rarefeito, onde jovens de dezoito anos conheciam palavras como "tartare" e "fideicomisso", apoderei-me da linguagem deles como uma viciada. Não que eu achasse que poderia desaparecer entre eles. Na verdade, cobiçavam o símbolo sujo da minha inclusão, o capital social perverso que meu status de "ferrada" lhes proporcionava. Nunca tinha me ocorrido que eu pudesse me sentir mais provinciana do que na escola particular. O mundo era maior e mais assustador do que parecia na MTV, a escalada até o topo muito mais sombria e difícil do que eu imaginava. A diferença entre nós me envergonhava, e minha vergonha me envergonhava mais do que qualquer outra coisa.

Você tem muito potencial, diziam pais e professores. Tinha passado a vida ouvindo essa frase. Esse consenso confiante deles tinha que significar alguma coisa. Eu era um campo gravitacional, carregada de íons, em busca de uma rede de energia para eletrificar.

Até que me formei e não consegui arrumar emprego. Eu procurei. Continuei procurando por dois anos. Ainda havia possibilidades. Sempre há possibilidades. A fantasia de ascensão da pobreza à riqueza está tão profundamente enraizada na consciência americana que é de nível celular, o fio invisível na hélice do nosso DNA. Uma limpadora de chaminés de olhos doces trabalha com afinco e chama a atenção de um príncipe encantado de Wall Street. Histórias de pessoas que vencem na vida por conta própria deixam os capitalistas de pau duro desde a Era Dourada.

Mas o problema do potencial é que ele é puramente especulativo: é o território dos operadores do mercado de ações, que fazem cálculos matemáticos fantasiosos; dos olheiros esportivos nas universidades, que brincam de Deus com o gado adolescente; dos meteorologistas, que profetizam a fúria dos oceanos. Lentamente, as vendas começaram a cair dos meus olhos. Comecei a enxergar que tinham me vendido uma falsa promessa. Não importava quantos livros eu lesse, quanta teoria eu me esforçasse para internalizar, ainda sentia desprezo por mim mesma e pela minha ingenuidade de garotinha do interior — pela minha família e pelo lugar de onde eu vinha, pelos nossos móveis cafonas, nossos pratos descartáveis e nosso hábito de acumular cupons, pelas férias no Holiday Inn e pela fé idiota dos meus pais nas minhas habilidades fora da curva, pela minha própria fé idiota na ficção da mobilidade social e pela maneira esplêndida com que eu havia arruinado a possibilidade de realizar qualquer uma dessas promessas.

Quando eu era criança, o dinheiro parecia algo tão simples. Paris Hilton tinha porque era herdeira; as Real Housewives tinham porque haviam se casado com homens ricos; Leonardo DiCaprio tinha porque era um ator famoso; os Huxtables tinham porque ele era médico e ela era advogada; e, para ser sincera, eu nunca entendi muito bem de onde vinha a grana dos adolescentes de *Gossip Girl*, mas sabia o suficiente sobre dinheiro de família para elaborar uma hipótese razoável.

Depois que me formei na faculdade, no entanto, a riqueza assumiu uma forma diferente e mais evasiva. Era uma mulher de óculos escuros de gatinho e lenço na cabeça, uma *femme fatale*, uma assassina em série: tinha se tornado, em outras palavras, um grande mistério. *O* grande mistério. Como o estagiário conseguia pagar pelo belo apartamento em Chelsea? Como comediantes de improviso com quem eu tinha tomado benzodiazepínicos em festas de merda no dormitório da universidade já tinham uma casa em Westchester, com apenas dois anos de formados? O que exatamente um "consultor" faz? Eu procurava pistas. Tentava questionar os suspeitos, com cautela, durante os *happy hours*. Fazia tentativas patéticas de ligar os pontos: um quadro de cortiça, fios vermelhos que não levavam a lugar algum, um post-it que dizia apenas "vida dupla como atriz pornô???".

Então virei professora particular. A história do meu declínio pós-universitário não é muito interessante, então vou resumir. Depois de me formar, morei em um grande apartamento em Bed-Stuy com algo entre oito e doze outras pessoas especiais (algumas listadas no contrato de aluguel, outras ocupantes ilegais, outras ainda namoradas de ocupantes ilegais; eu estava no contrato de aluguel). Acadêmicos, aspirantes a rappers, vendedores de maconha, assistentes, babás, garçons e DJs. O apartamento era imundo. O sofá vivia coberto de farelo de maconha e cinza de cigarro. A pia, incrustada de restos de comida: lentilha e massa de panqueca, tudo preparado de madrugada, casca de ovo e de fruta. Cogumelos selvagens cresciam no chuveiro, que não tinha cortina. Sem a dose narcótica recorrente de educação para me lembrar de como eu era especial ou um emprego estável para me ocupar, minha autoestima se tornou instável e indeterminada. Passei treze meses chapada desde o momento em que acordava até o segundo em que adormecia. Na primavera, fiquei muito doente e decidi parar de fumar, inclusive cigarro. Entrei em uma depressão relacionada à abstinência de nicotina e precisava desesperadamente de dinheiro. Vendi alguns óvulos. Estava tão necessitada que aceitei ir a alguns encontros com *sugar daddies*: ganhei algumas centenas de dólares por uma hora e meia de jantares superfaturados e conversas constrangedoras. Finalmente, por meio de uma antiga colega de quarto, consegui um emprego temporário em uma agência criativa no Flatiron District. Mesas comunitárias em forma de parábola, teto estilo armazém, uma torneira da qual saía cerveja gelada, uma geladeira retrô Smeg cheia de kombucha. Eles me pagavam catorze dólares por hora para "inserir dados", mas, na verdade, eu estava lá para ser uma mobília feminina descolada. Eu procurava emprego, em geral enquanto estava na empresa. Administrava romances com colegas de trabalho sem muito entusiasmo. Checava meu e-mail. Candidatava-me a mais vagas. Fui a um último encontro com um *sugar daddy*, um sujeito que passou o jantar inteiro tentando me convencer de que era primo do Keanu Reeves. De maneira impulsiva e desesperada, inscrevi-me em um programa de mestrado em História da Arquitetura depois de ver um anúncio no LinkedIn — se você já se perguntou que tipo de otário cai nesses anúncios, a resposta é: eu. O prazo era em dez dias.

Fui aceita. Mudei-me para Los Angeles. Quando meus pais ligavam, parentes intrometidos perguntavam ou inimigos do Ensino Médio acessavam meu perfil no Facebook, eu pelo menos podia dizer que estava fazendo mestrado em Artes, o que soava mais impressionante do que dizer que estava ganhando um salário mínimo em um emprego temporário indeterminado. Recuperei heroicamente o status de alguém especial e logo em seguida fui cuspida de volta em um mercado de trabalho inexistente. Especial demais para conseguir um emprego de verdade e sem dinheiro para pagar a dívida de noventa e nove mil dólares em empréstimos estudantis, voltei ao emprego precário que havia me sustentado de forma consistente durante e após a faculdade: professora particular especializada em preparação para o vestibular. Em Nova York e Los Angeles, esse trabalho rendia sessenta dólares por hora. Eu tinha, em média, quatro ou cinco alunos por semana e fazia com que nossas sessões durassem pelo menos duas horas. Faça as contas e conclua se eu estava ou não vivendo abaixo da linha da pobreza: isso daria uma baita questão de vestibular.

Tirando o fato de que eu mal conseguia pagar o aluguel, o trabalho em si não era terrível. Eu tinha a oportunidade de conhecer um monte de casas bonitas. Todas as terças e quintas, dirigia por quase uma hora e meia de East Hollywood até Calabasas para dar aula a uma garota chamada Spencer. O nome era em homenagem a Diana Spencer. Ela morava em um condomínio de luxo enorme e era vizinha de Drake e de uma das Kardashian. Meu aluno de quarta-feira, Jagger, era doce e apático, filho de um produtor de R&B de Bel-Air, vencedor do Grammy. A mãe dele era quase uma Real Housewife de Beverly Hills. Nós estudávamos ao lado da piscina de borda infinita enquanto bebíamos água com gás saborizada LaCroix. Às segundas, era uma garota inteligente, bonita e terrível que morava em uma casa deslumbrante às margens do reservatório de Silver Lake e estudava em uma das melhores escolas particulares do país. Ela passava a maior parte do tempo testando minhas habilidades matemáticas, tentando me pegar em um deslize. Nunca conseguiu, é claro. Ela era esperta, mas eu sou mais. Uma criança prodígio, não se esqueça.

5

Não havia seminários para alunos prodígio sobre como lidar com seguranças de supermercado. Eu só tinha tido problemas com a polícia algumas vezes, sempre relacionados a substâncias ilícitas, sempre sem grandes repercussões. Meu contato mais assustador com a lei foi no Ensino Médio, quando fui pega tentando comprar maconha de um traficante que eu não sabia que estava em liberdade condicional. Chamaram mais três policiais e um cão farejador para revistar meu carro, como se eu fosse uma baronesa do tráfico, e não uma estudante do Ensino Médio tentando comprar menos de quatro gramas para os amigos.

O segurança do Walmart estava se aproximando. Eu me preparei para o pior. Ele apagou o cigarro com o calcanhar e se aproximou de maneira preguiçosa, sem pressa. Tinha todo o tempo do mundo.

— Ei — disse ele. Até isso, a maneira como ele vociferou "ei", parecia me rotular como criminosa. — Está procurando alguma coisa?

De perto, ele parecia jovem. Eu tinha acabado de fazer vinte e nove anos, e ele era definitivamente mais novo do que eu. Vinte e poucos, no máximo. Não era alto, tinha quase a minha altura, mais ou menos um metro e setenta. O cabelo era cortado bem curto, estilo militar, e ele tinha uma cara de cachorro arrependido, com olhos grandes, sérios e injetados.

— Oi? — perguntei, para ganhar tempo.

— Está procurando alguma coisa? — repetiu a pergunta, devagar, como se eu fosse uma idiota. — Você está andando pelo estacionamento há uns… — Ele olhou para o relógio. — Dez minutos.

— Você estava cronometrando? — perguntei, a insolência automática e impensada.

A cara dele se fechou. Iria ter volta. Eu já podia adivinhar o rumo que a conversa iria tomar: o interrogatório, a revista da bolsa. Poderia ter sido diferente. Eu poderia ter sorrido ou me mostrado assustada. Era tudo o que ele queria, a deferência trêmula ao distintivo de segurança de supermercado preso orgulhosamente em sua lapela. Havia uma arma no coldre dele, uma arma de verdade.

— Você sacou bastante dinheiro — disse ele. — Para quê?

— Eu não sou obrigada a responder.

Ele me encarou.

— O que é que tem nas sacolas?

— Nada de mais.

— Nada de mais — repetiu ele, no mesmo tom suave e monótono.

Eu fiquei com medo.

— Posso ir?

— Parece que você não tem para onde ir — disse ele. — Está perambulando no meio dos carros.

— Eu não estou rondando os carros — retruquei. — Dá pra ver que eu acabei de comprar coisas no seu mercado.

— Ei. Está tudo bem. Eu não disse nada sobre rondar os carros. — A boca dele se contraiu; estava se divertindo com o meu nervosismo.

— Estou tentando achar meu carro — respondi. — Acho que a minha carona foi embora.

— E deixou você aqui? Caramba. Que droga — disse ele, ainda com um tom de quem estava se divertindo.

— É.

— Então você precisa de uma carona?

— Não.

— Você acabou de dizer que precisava.

— Eu não disse que precisava — retruquei. — Disse que tinha uma carona, mas acho que ela foi embora.

— Quem é "ela"? — Seus olhos me encaravam, firmes e sem emoção.

— Ninguém. — Merda. Péssima resposta.

Ele arqueou uma das sobrancelhas.

— Ninguém?

— Uma amiga — corrigi, mas já era tarde.

Meu coração parecia estar sendo esmagado. Não consegui quebrar o contato visual.

— Qual dos dois? — perguntou ele. — Ninguém ou uma amiga?

— Uma amiga.

— Então… sua amiga não é ninguém para você? Cara, isso é meio cruel.

— Falei sem pensar.

— Você parece nervosa — disse ele, claramente se divertindo. — Está nervosa?

— Não — respondi, tentando conter o tremor da voz.

Ele estava conseguindo o que queria. Eu tinha certeza de que teria uma sessão de masturbação fantástica mais tarde.

— Posso ir? — perguntei.

— Logo, logo — respondeu ele. — Mais uma pergunta: para que você sacou todo aquele dinheiro?

— Eu não saquei tanto assim — respondi.

— Não foi o que pareceu.

— Você estava me vigiando?

— É o meu trabalho.

— Trabalho legal — zombei.

Finalmente, uma reação. Ele sabia que eu estava rindo da cara dele. Consegui ver a decisão sendo tomada na cabeça dele.

— Entendi — disse. — Eu não sou um policial de verdade, não é? Então você pensa: "Esse cara é um idiota. Ele não vai fazer nada comigo".

— Você pensa muito nisso? Que não é um policial de verdade? — Não resisti.

Ele sorriu e deu um passo desafiador à frente.

— Não — respondeu ele. Tinha dentes pequenos e gengiva grande. Constrangido, fechou os lábios. — Eu ganho mais do que eles.

— Ah, é? Legal. Posso ir?

— Não — respondeu ele, impassível, o sorriso desaparecendo.

Senti um tremor percorrer meu braço. Os músculos doíam com o peso das sacolas, mas eu estava tremendo mais de medo e exaustão do que de qualquer outra coisa. Não conseguia acreditar que seria pega daquela forma. Apenas três horas de fuga para acabar sendo presa por um segurança de supermercado.

— Eu só estava brincando — disse ele. — Pode ir.

Não senti alívio. A permissão dele parecia ser mais uma jogada de poder, mais uma luta que eu estava fadada a perder.

Ele estava muito perto. Dei um passo para trás. Ele assentiu com a cabeça de maneira indulgente, fingindo generosidade. Eu me virei e comecei a andar. A raiva e o medo nublavam o raciocínio, mas também havia adrenalina. *Só continue andando em direção à rua. Continue andando.*

— Ei! — gritou ele, atrás de mim.

O medo me invadiu e eu congelei. Não me virei por completo.

— Rá, rá! — disse ele. — Você realmente parou.

Eu me virei, então, a testa franzida de confusão e medo.

— O quê…?

— Ei, está tudo bem. Eu só estou brincando com você. É sério. Tudo certo. Pode ir.

Não me movi.

— Tá — falei, devagar.

Ele cruzou os braços, me observando. Eu me virei de novo e comecei a andar, resistindo à vontade de correr. *Se eu sair correndo, ele vai vir atrás de mim*, pensei. *Vai se juntar à caçada, com todos os outros. Apenas respire, mantenha a calma e continue andando. Não pare. Você vai pensar em alguma coisa. Precisa pensar em alguma coisa. Não tem escolha.*

Foi só quando cheguei à rua que me permiti olhar para trás. Ele não estava me seguindo. Não havia se movido nem um centímetro.

Comecei a tremer na beira da estrada. Havia apenas palmeiras e deserto, que era frio à noite. Estava a poucos quilômetros de Coachella Valley. Quem sabe algum aspirante a hippie desavisado não passaria por lá e ficaria com pena de mim. Palm Springs também não estava longe. Talvez eu pudesse pegar carona com algum casal a caminho de um Airbnb: para onde, no entanto, eu não fazia ideia. Pedir carona parecia ridículo, mas foi a única ideia que me ocorreu, além de andar. Andar sem rumo. Andar até policiais passarem e me encontrarem, ou o segurança, quando terminasse o turno.

Eu não conseguia acreditar que ela havia me abandonado.

Uma gargalhada selvagem se formou em meu peito. Ela havia me abandonado. Quanto mais eu repetia isso, mais surreal parecia. Não tinha como culpá-la. Sem mim, talvez ela ficasse bem. Talvez conseguisse sobreviver.

Eu não usava relógio e o celular estava espatifado em algum ponto da rodovia 101. Já devia ter se passado pelo menos uma hora desde que eu havia deixado a mulher no carro. Vai saber onde estaria àquela altura. Em um hospital. Em Nevada. Em casa. Onde quer que fosse. Eu não sabia, e não me importava. Qualquer boa vontade que eu tivesse sentido, qualquer desejo de alimentá-la, vesti-la ou cuidar dela até que se recuperasse, havia desaparecido. Por mim, ela poderia ir se ferrar.

Continuei andando. Já deviam ter se passado pelo menos mais trinta minutos. A noite se transformava enquanto eu me encolhia no acostamento, tentando me proteger do vento cortante. Os postes de luz eram poucos e distantes. Palmeiras haviam sido plantadas com uma regularidade perturbadora. Em algum lugar próximo, uma matilha de coiotes uivava. Meus braços, carregando as sacolas cheias de sopa, água e roupas — coisas que eu havia comprado para ela — tremiam.

A polícia já devia estar vasculhando Los Angeles atrás de nós. Eu tinha certeza de que já tinham ido ao meu endereço. Harvey, que divide apartamento comigo, já devia ter saltado da cama, apavorado ao ouvir as batidas à porta. Nossos rostos deviam estar no noticiário. Ou o meu, pelo menos. O público em casa devia estar assistindo e se convencendo de nossa culpa. O alcance da história se estenderia tanto que, no dia seguinte, todas as pessoas que eu conhecia iriam ver meu nome associado a um assassinato. Amigos, ex-professores, antigos colegas de trabalho e ex-namorados ficariam sabendo pelas redes sociais, pelo boca a boca. De manhã, meus pais ligariam a TV e descobririam que sua única filha — seu pequeno milagre, sua garotinha, sua Evie — era uma assassina.

Bloqueei o pensamento antes que ele se infiltrasse ainda mais. Se ficasse pensando nisso por muito tempo, acabaria fazendo alguma coisa idiota.

O deserto era implacável. Não havia onde me esconder, nenhum arbusto atrás do qual me aninhar, nenhuma árvore na qual subir. Era só areia e coisas espinhosas, cobras e escorpiões esperando para dar o bote. Os postes de luz eram tão espaçados que eu mal conseguia enxergar alguns metros à frente. Não havia o que fazer a não ser caminhar. Mesmo que quisesse me deitar na terra e me render, eu sabia que todo e qualquer tipo de cenário distópico passaria pela minha mente, em fila única. Meu esqueleto coberto pela carne dilacerada, um coiote se fartando enquanto devora alegremente seu jantar. Uma tarântula se instalando no meu rosto enquanto durmo. Um segurança de supermercado me caçando por esporte.

Eu não conseguia parar de andar, por mais fraca que me sentisse. Pensei nas garotas que sobreviviam nos filmes de terror, cobertas de sangue, cambaleando enquanto fugiam de motosserras e facas de açougueiro, uma máscara de hóquei brilhando no escuro.

Desesperada, comecei a vasculhar as sacolas do Walmart em busca do canivete que havia comprado, e o peguei. Nunca havia usado um antes. Na verdade, tinha pavor de lâminas. Fico enjoada assistindo a *Grey's Anatomy*.

E eles acham que sou capaz de cometer um triplo homicídio?

Envolvi o cabo do canivete com os dedos e tentei me imaginar usando-o de fato. Era impossível. A mão escorregava de tanto suor. A imensidão apavorante do deserto me acuava.

Faróis cortaram a escuridão atrás de mim, iluminando a estrada deserta por um instante. O motor roncou, em uma lentidão cruel, antes de parar ao meu lado.

Não era o segurança.

6

Era ela.

Dirigia um sedã Nissan cinza. Parou no acostamento, alguns metros à frente. Atônita, fui até a janela do passageiro, que já estava abaixada.

Ela destrancou a porta e fez um gesto para que eu entrasse. Estava mascando chiclete e batucando ao volante. O cotovelo repousava de maneira quase preguiçosa na janela aberta, e ela usava um boné de beisebol puxado para baixo, sobre os olhos.

— Como você conseguiu isso? — perguntei.

Um músculo se movia ritmicamente em sua mandíbula enquanto mastigava.

— Onde é que está a porra do meu carro? — elevei a voz.

Ela fechou os olhos, impaciente, e estendeu o braço para abrir a porta do carona.

Eu estava com raiva. Uma raiva amorfa, sem origem, como se tivesse tido um sonho irritante do qual não conseguia me lembrar. Mas achara um alvo, e era ela. Eu queria que ela falasse. Já estava sem paciência.

— Saia — falei. — Eu dirijo.

Ela sustentou o contato visual, avaliando-me, desconfiada.

— Saia. Agora — repeti, avançando em direção ao lado do motorista, e ela fez o que pedi.

Joguei as sacolas do Walmart no banco de trás e me sentei ao volante, examinando as engrenagens desconhecidas. O tanque estava na metade. Precisaríamos reabastecer logo, antes de entrarmos no trecho deserto da I-10 mais à frente. Engatei a marcha com mais agressividade do que o necessário. As palavras *ela me abandonou* ecoavam como um mantra.

Bem, pelo menos ela tinha voltado para me buscar. Tinha conseguido outro carro. A placa do carro, que tanto tinha me preocupado, não era mais um problema. A menos que ela tivesse feito algo muito ruim para conseguir aquele carro.

Eu a observei enquanto ela remexia as sacolas de compras, pegava uma garrafa de água, cuspia o chiclete pela janela aberta e bebia tudo de uma vez. Parecia bem. Tinha até limpado parte do sangue. Não havia novos ferimentos visíveis, nenhum sinal de luta corporal. Apenas a mesma marca de mão gigante escurecendo o pescoço magro. Achei que teria que ser eu a roubar o carro, mesmo que eu não fizesse ideia de como fazer isso.

Mas a mulher fazia.

Ao meu lado, ela abriu uma lata de sopa e a bebeu fria, em longos goles úmidos que reviraram meu estômago. Ela se virou para mim enquanto eu entrava na rodovia e me ofereceu um gole. Fiz que não com a cabeça.

De repente, ocorreu-me que nem sequer sabíamos o nome uma da outra.

Eu poderia dizer o meu. Seria como uma demonstração de boa-fé. Não confiava nela, mas queria que confiasse em mim. Poderia vir a calhar.

— Meu nome é Evie — falei.

Ela levantou os olhos da lata de sopa, os lábios entreabertos de surpresa. A expressão a fez parecer mais jovem, embora provavelmente tivesse a mesma idade que eu, talvez alguns anos a menos. Trinta, no máximo.

Evie. Vi sua boca se movendo para formar o nome. Não emitiu som.

— Você não precisa me dizer o seu, ou talvez não possa, por causa dessa… dessa coisa de não falar.

Vi um nó se formar em sua garganta. Ela desviou o olhar.

— Mas eu sei que você consegue — continuei. — Falar. Eu ouvi você. Na casa. Você disse "por favor". E "socorro".

Ela não respondeu. Claro que não. Apenas massageou os pulsos machucados.

A adrenalina foi sumindo da corrente sanguínea aos poucos. Eu estava tão cansada. A escuridão se instalou em minha mente. A visão estava turva. À noite, o deserto parecia outro planeta enquanto passava por nós. Montanhas que eram como miragens ao longe, vento seco. Eu não tinha um mapa, mas sabia o caminho. Já tinha ido de carro para o leste antes. Duas vezes, na verdade. Uma vez pela I-10 e outra pela I-40, em uma viagem de carro com um ex-namorado, Christian, um estudante de arte com quem fiquei por quase quatro anos depois da faculdade. Fizemos uma trilha pelo Grand Canyon, e ele reclamou o tempo todo do calor. Fomos infelizes em Las Vegas, perambulando entre máquinas caça-níqueis, sem jogar, pois não tínhamos dinheiro. Quando voltamos para Los Angeles, terminei com ele no La Cita, no centro da cidade, bebendo latas de cerveja morna no pátio. A única outra pessoa lá era uma *drag queen* com um magnífico bigode curvado. Quando Christian foi ao banheiro, provavelmente para chorar, a *drag queen* se inclinou, baixou os óculos de sol rosa e me disse que achava que nós éramos o casal mais bonito que ela já tinha visto.

O cascalho voou violentamente embaixo de nós quando desviei para o acostamento. Eram duas da manhã. Eu estava tão cansada que mal conseguia pensar. Um carro buzinou de forma melodramática ao passar.

A mulher me olhou. Ela indicou um outdoor na estrada com o queixo. Rodeway Inn, sessenta e seis dólares por noite.

— Não podemos dormir em um hotel de beira de estrada — falei. — Não vamos conseguir um quarto sem um documento de identidade.

A mulher enfiou a mão no bolso e tirou um pedaço fino de plástico. Eu o peguei e vi, incrédula, o rosto de uma mulher me encarando de volta. Ela não se parecia comigo, a não ser pelo fato de ter mais ou menos a minha altura e o meu peso. Pelo menos o cabelo era escuro. Era feia, mas eu não podia me ofender com isso em um momento daqueles. Naomi Morgan. Trinta e um anos, um metro e setenta e três de altura e cinquenta e seis quilos. De Fresno, na Califórnia, doadora de órgãos.

Eu me virei para a mulher, que estava olhando pela janela. Percebi um leve sinal de presunção. Ela havia pensado em tudo. Isso deveria ter me confortado. Em vez disso, só aumentou minha desconfiança. O rosto dela permanecia impassível, não me oferecia pistas. Sob a superfície, parecia haver uma placa-mãe fazendo cálculos impossíveis, planejando movimentos de xadrez muitos passos à frente do que eu poderia conceber. Tentei imaginar aqueles roubos casuais: o carro, a identidade. Não consegui. Era impossível visualizar. Talvez por isso ela tivesse sido tão bem-sucedida.

Eu precisava dela. Era vergonhoso o quanto eu precisava dela.

O carro se desgovernou de novo. Eu estava exausta, desatenta. A mulher esticou o braço para segurar o volante de uma forma fria e autoconfiante que me surpreendeu.

Outro carro buzinou ao passar. Olhei para o velocímetro. Eu estava a setenta quilômetros por hora.

Com uma guinada brusca no volante, virei em uma saída.

Dirigi até o acostamento e parei o carro.

— Você sabe dirigir? — perguntei.

Não era para ser uma pergunta e acabei soando mais nojenta do que eu pretendia. Além disso, eu já sabia a resposta. Ela tinha roubado aquele carro. Tinha voltado para me buscar.

A mulher assentiu, o canto da boca estremecendo de leve.

— Tudo bem — falei, irritada por motivos que nem compreendia. — Tudo bem.

Ainda assim, relutei em me mover. Eu gostava de dirigir. Sempre gostei. Em todas as viagens de carro, com todos os parceiros e grupos de amigos que já tive, sempre fui a motorista.

Finalmente, abri a porta. A mulher desceu do banco do passageiro. Joguei a chave, mas ela ficou assustada demais para pegá-la. Ela teve de revirar a terra para encontrá-la. Senti-me um pouco mal por isso.

Entramos no carro. O banco do passageiro estava impregnado do cheiro dela. A lata de sopa vazia rolava pelo chão. Eu sabia que aquilo ia me irritar, então a joguei no banco de trás e peguei uma nova para mim na sacola do Walmart. Canja de galinha.

— Eu não vou pegar no sono — falei, enquanto ela se sentava com cuidado no banco do motorista. — Para poder ajudar… — Já me sentia rendida sem o volante, a alavanca de câmbio, a chave. — …na navegação. E encontrar um hotel de beira de estrada.

Eu não disse que não queria pegar no sono porque não confiava nela, embora também fosse parte do motivo. Talvez ela soubesse disso. Talvez se sentisse igualmente desconfortável quando eu pegava no volante e ela ficava sentada, desarmada, no banco do carona.

Ela girou a chave na ignição. Seus dedos eram longos e finos, cheios de veias retorcidas, os nós rachados e esfolados. Ela nos conduziu suavemente de volta à I-10. Bebi a sopa, que era espessa como gema de ovo e salgada. Fiquei com pedaços de frango esfarelentos presos nos dentes. Usei metade de uma garrafa de água para me livrar deles e ofereci a ela o restante.

Acomodada no banco do passageiro, podia estudá-la mais de perto. Não parecia mais tão pequena. Talvez fosse apenas um pouco mais baixa do que eu. Dava para ver os músculos nos braços magros sob a jaqueta de couro surrada. Havia algo de intimidador em seu rosto: a torção cruel da boca, a maneira como as feições se assentavam em uma indiferença fria.

Ela parecia sentir que eu a estava observando. Havia algo de autoconsciente na teimosia de sua boca, uma certa tensão no jeito como os olhos permaneciam fixos na estrada à frente.

Mas então, de repente, ela olhou para mim, avaliando-me com tanto cuidado quanto eu a analisara.

— O que foi? — falei.

Não era uma pergunta. Era apenas algo a dizer, a ser respondido. Finalmente, pareceu haver um movimento entre nós. Reciprocidade, troca.

Os lábios dela se abriram e senti o pulso disparar.

Mas então ela voltou a olhar para a estrada e a cara se fechou, tornando-se impenetrável outra vez. Viajamos assim, em silêncio, até cruzarmos a fronteira com o Arizona. Então, adormeci.

7

Às seis da manhã do dia seguinte, nossos rostos estavam em todos os noticiários.

Bem, meu rosto. A identidade da mulher permanecia anônima. Tudo o que os repórteres tinham era o esboço de um retrato falado baseado na descrição de Lukas. Lá estávamos nós, lado a lado na televisão velha, um brilho azul solitário no breu de um quarto de hotel de beira de estrada. A manchete logo abaixo do rosto sombrio dos âncoras dizia: "Assassinato brutal em Hollywood: criminosas continuam foragidas". O número para denúncias era 0-800-VICTOR. Tiraram a minha foto do site da universidade, uma foto espontânea em que estou lendo no gramado sob uma árvore florida. Meus amigos me sacanearam muito por causa dessa foto. Parecia uma foto de banco de imagem promovendo as virtudes de frequentar a faculdade: o café gelado suando na mão, o orgulho universitário estampado no moletom. No nosso grupo de mensagem, meus amigos enviaram um link para o site: "olha só, gordon, vc tá famosa"; "ela é uma ACADÊMICA, ela é uma INTELECTUAL" — e eu senti, para minha surpresa, uma pequena e vergonhosa pontada de orgulho. Apenas outros quatro alunos da minha turma do Ensino Médio tinham conseguido sair da Carolina do Norte para frequentar a faculdade. No último ano, minha escola mandou fazer uma faixa que pendurou na marquise do prédio, com nossos nomes e a universidade na qual íamos estudar. Eles colocaram meu nome bem no topo, como se eu fosse a atração principal de um festival de música. Eu era a criança propaganda dos méritos de uma educação em Artes.

Mas passara a ser a criança propaganda das Mulheres que Matam.

A luz azul perolada já começava a se infiltrar pelas feias cortinas floridas do nosso quarto de hotel. Pisquei, atordoada, desviando os olhos da televisão. Mal havia dormido na noite anterior. Havia apenas uma cama. Sem discutir, a mulher deixou-a para mim, se enfiando na banheira e fechando a porta. Ainda estava fechada.

Eu tremia. Um ar gelado saía em rajadas do antigo ar-condicionado que chacoalhava sob a janela. Olhei para o relógio. Eram 6h20. Tinha passado horas observando o tempo avançar lentamente, um tique-taque interminável de números vermelhos. Dormi em pequenos intervalos, acordando a cada quinze minutos, mais ou menos, apenas para ficar deitada no lugar, paralisada de terror. Quando finalmente desisti e liguei a TV, tive a sensação de ter atravessado centenas de noites intermináveis.

No intervalo comercial, tentei ir ao banheiro. Com cuidado, abri a porta.

A cortina do chuveiro fechada, manchada de mofo, deixava entrever sua silhueta. Um cotovelo à mostra, um ombro.

— Estou entrando — falei, inutilmente.

Seus dedos ossudos surgiram por detrás da cortina, puxando-a apenas o suficiente para revelar seu rosto.

— Eu preciso fazer xixi — expliquei.

Os olhos dela pareciam ainda mais injetados do que os meus. Segurando o travesseiro contra o peito, ainda vestindo as mesmas roupas amareladas e sujas de sangue com as quais eu a havia encontrado, ela se esgueirou para fora do chuveiro e passou por mim. Fechei a porta e fiz xixi, espiando dentro da banheira. Havia uma toalha branca jogada no fundo. Dei descarga e voltei para o quarto escuro. Ela estava de pé no centro do cômodo.

— Tem sabonete — falei, em voz baixa. As paredes do lugar eram finas. — Comprei ontem. Tem roupas novas também.

Fui até as sacolas e tirei as coisas que havia comprado: uma camiseta preta básica, calça de moletom com cordão e o sabonete. Ela aceitou com cautela, como se tentasse avaliar se minha gentileza era uma pegadinha. Será que eu era tão babaca assim?

— Você devia tomar um banho.

Soei mais ríspida do que pretendia. Ela semicerrou os olhos. Talvez eu fosse mesmo uma babaca.

O banho durou quase trinta minutos. Por fim, ela saiu, vestindo as roupas novas, corada por causa da água quente. Havia uma mancha úmida na base das costas, como se ela não tivesse se secado direito antes de vestir a camiseta. O cabelo loiro e preto estava espetado por causa da água, penteado para trás de uma forma que a fazia parecer um gângster dos anos 1930, alguns fios rebeldes caindo sobre os olhos. Não havia um centímetro de carne sobrando em seu corpo, em lugar nenhum. A calça de moletom, um pouco grande, teve que ser enrolada algumas vezes na cintura para não cair. Pendia dos ossos salientes do quadril, revelando a pele pálida da curva da cintura. Vi parte de uma tatuagem.

Ela foi até as sacolas e pegou uma sopa de macarrão, que bebeu direto da lata. Limpou a boca com o dorso da mão e me estendeu a lata, a expressão fria e indiferente.

— Pode guardar — falei. — Vou tomar banho.

Entrei no banheiro. O espelho estava embaçado pelo vapor. Inclinei a cabeça para trás para desviar do jato de água e abri a torneira na temperatura mais quente possível. Havia apenas metade do sabonete, o resto ela havia usado. Passei o que restava no corpo e fiquei lá, de cabeça baixa. A água escorria para o ralo com um tom levemente rosado. Depois do banho, examinei o cabelo molhado no espelho, vendo se tinha algum ferimento. Estava esperando cicatrizes grossas e escuras, como as de Frankenstein. Mas o corte do abajur não era tão profundo quanto parecera no dia anterior. Uma laceração fina e um inchaço, nada mais. Depois de me secar, vesti a camiseta e a calça de moletom novas, e voltei para o quarto.

A mulher estava sentada de pernas cruzadas na cama, que ela havia arrumado cuidadosamente. A televisão estava ligada. Terminei a lata de sopa de macarrão e concentrei a atenção na pequena chaleira elétrica sobre a cômoda. Havia dois pacotes de café instantâneo Folgers e dois copos de isopor. Olhei para os dois, em dúvida sobre o que fazer com o segundo. Éramos *nós* agora. Uma dupla. Tudo de que eu precisava, ela também precisava.

Observei-a na cama enquanto a chaleira chiava e estalava. Na TV, uma sequência de comerciais: trailers de filmes; advogados especializados em acidentes; propaganda política difamatória; produtos farmacêuticos que prometiam curar a psoríase, embora pudessem provocar pensamentos suicidas. Ela assistia à televisão de uma forma que me dizia que, na verdade, era a mim que estava observando. O pescoço pulsava de tensão; o corpo parecia retesado como as cordas de um piano. Centenas de cordas invisíveis vibrando sob a superfície. A densidade de seu silêncio era tão avassaladora que a tornava quase inumana. Ou mais do que humana. Eu a percebia como uma presença. Não exatamente sinistra nem mal-intencionada. Mas assombrada. Assombrável. Um vácuo de energia gravitacional, presa a mim como uma lua, insondável. Era impossível relaxar, mesmo que por um momento. Eu não podia relaxar, não podia deixar os pensamentos vagarem. Tudo voltava para a materialidade impossível dela, de pernas cruzadas no meio da cama, observando-me e fingindo que não. Da mesma forma que eu fazia com ela.

O café ficou pronto. A mulher pareceu surpresa quando dei um pouco a ela. Nossos dedos se tocaram, e nós duas recuamos ao contato. A respiração dela era audível enquanto tomava goles escaldantes, obediente como uma criança tomando remédio. Os órgãos do corpo pareciam mais vivos, mais exigentes do que os das outras pessoas.

Mas então o trailer do último filme de *Star Wars* terminou e eu apareci na tela novamente, mais uma vez exigindo a atenção urgente do país. Nenhuma de nós disse uma palavra enquanto os repórteres especulavam sobre cada detalhe da minha biografia disponível ao público, desde as disciplinas que cursei na faculdade até o fato de eu ser de Áries, o Canalha do Zodíaco. Fizeram questão de mencionar que eu tinha um histórico de uso de drogas: a maconha é uma das maiores portas de entrada para uma vida de assassina em série. A âncora pareceu surpresa com o fato de eu não ter um histórico discernível de violência, pelo menos até o momento da reportagem. Imaginei que eles ainda não tivessem encontrado Scott Delahanty, um garoto que soquei no ônibus no sétimo ano depois que ele derramou refrigerante na minha camiseta e gritou: "As tetas da Gordon estão vazando!". Quebrei o nariz dele.

Fui punida com três semanas de aula aos sábados. Tenho certeza de que fariam uma festa com esse episódio.

Outras notícias preocupantes que recebemos dos melhores e mais brilhantes noticiários matinais: antenas de celular haviam nos localizado na I-10, perto de Wilmar, antes de eu atirar o aparelho na estrada. Extratos bancários mostraram que eu havia sacado quase três mil dólares em dinheiro em um caixa eletrônico do Walmart em Indio. Um segurança do supermercado relatou que minha atitude era "suspeita" e "hostil". O carro no qual fugi, um PT Cruiser 2003, placa PAZ6734, foi encontrado perto de Henderson, Nevada. Os ocupantes eram um homem de quarenta e três anos e sua namorada de dezenove, que disseram ter encontrado o carro em um 7-Eleven em Indian Wells. A chave ainda estava na ignição; e o carro, claramente abandonado.

Não havia muitas informações sobre a mulher que tinha sido vista fugindo comigo, embora o desenhista forense tivesse conseguido produzir um retrato falado.

Mais uma vez, mostraram um desenho do rosto da mulher. Havia uma semelhança razoável, embora muitas das sutilezas tivessem escapado. O peso dos olhos escuros. A precisão afiada do maxilar. A boca suave. A arquitetura hostil e sedutora do rosto.

O âncora passou a falar das vítimas. Peter Victor tinha sido afogado, de acordo com o relatório preliminar do legista, embora ainda houvesse detalhes a esclarecer. Dinah havia morrido de traumatismo craniano provocado por objeto contundente. A mãe de Peter apareceu na tela e disse coisas gentis sobre o filho com uma voz trêmula, embora os relatos tenham parado aos catorze anos. Ele era de São Francisco, o que fazia sentido para mim. O Tesla, os eletrônicos, a bicicleta de vinte e oito mil dólares. Os ricos de São Francisco gostam de fingir que não são ricos. Eles usam boné de beisebol, roupas esportivas caras e acham que as sandálias Tevas, os casacos Patagonia e casas pequenas e caras os tornam normais.

Mas os repórteres estavam mais interessados em Dinah, porque ela havia sido atriz. A reportagem nos lembrou de seu filme indicado ao Oscar e exibiu imagens dela na cerimônia do prêmio de 1999.

Um ex-namorado dela, Anton Vlassic, foi entrevistado. Ele também era ator, ainda em atividade. Eu o reconheci como o vilão de uma série de ficção científica de grande orçamento da Netflix a que meu colega de casa Harvey e eu uma vez tentamos assistir, mas estávamos chapados demais para entender. Anton e Dinah namoraram de 1994 a 1999. Ela terminou o noivado um mês antes do Oscar, embora eles tenham ido juntos à cerimônia. Ainda eram bons amigos.

— Por que alguém iria querer matar os Victor? — perguntou a repórter.

— Não consigo pensar em um motivo — respondeu Anton. — Eles são pessoas muito legais. Humildes, bons, normais. Lindos, uma família linda. Não consigo imaginar quem faria uma coisa dessas. Não consigo imaginar o motivo. Inveja. Só pode ser isso.

Meu rosto de novo. Meu nome. O rosto da mulher. Um rosto sem nome.

Teria sido um ato aleatório de violência?, especulou a repórter. Ou algo premeditado? "Ao estilo Manson" foi uma expressão usada três vezes, eu contei. Nossos rostos magros. O cabelo selvagem e desgrenhado da mulher no desenho. Hippies errantes e drogadas, incitando uma revolução. Eu teria tido bastante tempo para estudar a planta da casa, depois de todos aqueles domingos sentada na sala de jantar, todos aqueles domingos em que eles haviam permitido gentilmente que eu entrasse na casa dele. Durante todo esse tempo, sendo a psicopata dissimulada que era, eu tinha ficado planejando, calculando, remoendo. Finalmente, o plano posto em prática. Levei minha cúmplice, minha capacho cruel, minha Sadie, minha Leslie, minha Patricia. Morte ao um por cento. Justiça para os noventa e nove. Um aviso.

A reportagem mudou para um detetive parado diante de uma multidão de repórteres em frente a uma delegacia Lukas estava ao lado, com os pais.

— Serena Victor ainda está inconsciente — disse o detetive. — Eu não sei quando ou se ela vai acordar.

Serena Victor ainda está inconsciente.

O café escorregou das minhas mãos, queimando-me e encharcando o carpete.

Inconsciente.

Não morta.

Levei a mão ao peito, sentindo o coração bater.

Eu não era uma assassina.

— Eu não sou uma assassina — falei, em voz alta.

Senti um alívio, como se uma rolha tivesse sido arrancada de uma garrafa dentro da minha caixa torácica.

Eu podia ir para casa.

Eu podia ir *para casa.*

Não para Los Angeles. Los Angeles não era minha casa. Não, eu ia para a Carolina do Norte. Para a casa da minha família: a filha pródiga, de volta ao lar. Ia dirigir direto para lá, sem parar. Eu poderia sair naquele exato momento, e o pesadelo de vinte e quatro horas não passaria de uma lembrança terrível e traumática. Um fundo do poço para o qual eu poderia apontar e declarar com toda a sabedoria de quem avalia as coisas em retrospecto: *Se não fosse por aquela vez em que fui acusada de assassinato e apareci no programa* Os mais procurados da América, *eu nunca teria saído de Los Angeles!* Seria uma anedota engraçada, uma história para contar em jantares. Meus quinze minutos de fama.

Levantei-me de um salto, a mente a toda para elaborar um plano.

Primeiro, iria deixar a mulher em um hospital — ela também, eu me dei conta, logo não passaria de uma estranha lembrança.

Depois, eu iria pegar a estrada. Iria parar apenas para tomar café, comer e ir ao banheiro. Se mantivesse um bom ritmo, poderia estar em casa no dia seguinte à noite. À meia-noite, poderia estar nos braços da minha mãe, saboreando uma comida caseira, assistindo às buscas pelo verdadeiro assassino dos Victor do conforto do sofá de casa. Quantas vezes meus pais haviam implorado para que eu voltasse para a Carolina do Norte? Era muito tentador. Minha cidade natal era linda. Eu sentia saudade de ver o mundo da nossa casa. Céu aberto, amplo e onírico, repleto de potencial.

Mas eu tinha vergonha. Tinha apostado alto. Faculdade particular cara em Nova York, pós-graduação em Los Angeles, e para quê? O que eu tinha para mostrar? Aonde isso tudo tinha me levado? Mesmo que eles nunca encarassem as coisas dessa forma, voltar para casa seria como jogar a toalha, desistir de todas as esperanças e de todos os sonhos que tinham para mim. Eles mereciam alguém muito melhor do que eu.

Ainda não era tarde demais. Eu poderia dar aula na escola do meu pai ou trabalhar na minha livraria favorita em Asheville. Poderia voltar para a pós-graduação ou aprender uma nova profissão. Namorar alguém diferente. Ela gostaria de atividades ao ar livre. Iria me convencer a gostar de acampar. Seria adepta de coisas alternativas, como sair para coletar cogumelos ou produzir o próprio kombucha. Nada de influenciadoras de Silver Lake. Nada de "empreendedoras". Nada de doutorandas em Literatura Comparada com heranças secretas.

Seria um recomeço.

Tinham sido necessários anos de fracassos, anos de uma mania de grandeza delirante, anos de dívidas no cartão de crédito, pipoca de micro-ondas no jantar e, por fim, um encontro com o assassinato para eu me dar conta do que precisava fazer. Era, obviamente, a resposta mais simples de todas. Não é sempre assim? Eu havia me mudado tantas vezes em busca de um lar. Mas o lar estava no mesmo lugar de sempre. Era o pequeno milagre de uma casa, com fachada amarela e porta vermelha, aninhada no vale das montanhas Blue Ridge. Por que eu havia procurado em outro lugar? Por que tinha levado tanto tempo para entender? Viajei para lá em minha mente. Cheiro de terra molhada, louro-da-montanha, hortênsia-selvagem. Tupelo-negro, cicuta e sassafrás. Tabaco, leitelho e canela.

O olhar da mulher encontrou o meu. A expressão dela era tão estranha, tão diferente do desprezo frio ou do estoicismo habitual, que levei alguns segundos para entender.

Pena. Ela estava me olhando com pena.

— Eu não matei ninguém — repeti.

Dessa vez, ouvi o quão frágil isso soava.

Meus olhos se voltaram para Lukas Taylor-Hogg na televisão. O texto na parte inferior da tela dizia: "FBI se junta à caçada nacional às assassinas dos Victor". Senti um aperto na garganta.

Não importava que Serena não estivesse morta. Os pais dela estavam. E havia Lukas, uma testemunha. Meu DNA, por todo o lugar. Já tinha lido e visto programas sobre crimes reais o suficiente para saber que é a superfície mais disponível que examinamos de forma mais minuciosa. A narrativa que é possível costurar a partir da fina camada de algas que se forma na superfície de um lago. A merda que flutua até o topo, a sujeira na espuma.

Nós éramos essa escória.

Larguei a chave do carro e desabei na cama, forçando-me a encarar os olhos de Lukas. Ele estava usando o uniforme da escola particular. Era segunda-feira. Será que ele iria para lá depois de tudo aquilo? Iria ficar sentado assistindo à aula de biologia enquanto seus colegas de classe cochichavam ao redor dele, propondo teorias sobre o que teria me levado a fazer aquilo, criando postagens para as redes sociais com a dose certa de compaixão por Serena e os pais? Qual dos familiares, amigos e entes queridos dos Victor iria dedicar a vida a caçar as assassinas e levá-las à justiça? Quem iria se deitar todas as noites repetindo o nome *Evie Gordon* como uma promessa, uma invocação? *Eu vou te encontrar, Evie Gordon. E você vai pagar.*

Eu não sabia muito sobre os Victor. Conhecia as belezas aparentes da casa deles, mas não sabia como pagavam por aqueles luxos. Uma ex-atriz, um banqueiro de algum tipo. Eu os visitava por duas horas uma vez por semana. Tinha outros alunos, outras famílias. Os Victor tinham sido, no grande contexto, de importância mínima para mim e para minha vida. Eu ia até lá, fazia meu trabalho, recebia o pagamento e ia embora. O que eles faziam nas outras cento e sessenta e seis horas da semana era problema deles. Tenho certeza de que não tinham a mínima curiosidade sobre o que eu fazia nas minhas.

E, no entanto, a menos que o verdadeiro assassino fosse identificado, a história dos Victor seria a minha pelo resto da vida. Não importava que Serena não estivesse morta. Os pais dela estavam, e tudo indicava que eu era a assassina. A manchete já estava escrita: "Evie Gordon mata Peter e Dinah Victor".

Tenho certeza de que meus pais queriam acreditar que eu era inocente. Meus amigos também — talvez alguns professores, ex-alunos, colegas de classe, colegas de trabalho e ex-namorados. Se fizesse a matemática da empatia, isso me colocaria em algo como oito bilhões menos quarenta, mais ou menos.

Eu não podia aceitar. Um futuro como fugitiva em quartos de hotel barato, latas de comida fria, aquela estranha muda e atenta que eu havia encontrado amarrada na casa deles. O que quer que tivesse acontecido com ela tinha que estar ligado ao assassinato dos Victor. Era possível ser rico naquela escala e levar uma vida completamente inocente? Claro que não. Eu tinha visto a prova da culpa deles embaixo da escada, com um hematoma no pescoço.

— Você — falei. Os olhos da mulher se voltaram para os meus, focados e inescrutáveis. — O que quer que você saiba, precisa me contar.

Algo se moveu no olhar dela. Um fantasma deslizando por trás de uma cortina.

Eu me abaixei até ficar agachada. Esse tipo de coisa — ser compreensiva, paciente, gentil —, nada disso era natural para mim. Eu não era a pessoa certa para dar cuidado, conforto ou delicadeza. Meus abraços eram desajeitados. Rígidos, cheios de arestas. Eu era o tipo de amiga carinhosa, mas sincera. A que falava as coisas na cara. Sempre me sentia terrivelmente sem jeito quando alguém me procurava depois de um término, uma demissão, um simples momento de tristeza humana. Eu ficava apavorada, sem saber o que fazer, mas o que eu havia sofrido nas últimas vinte e quatro horas não era nada comparado ao que ela havia passado.

— Por favor — falei, entre dentes. — Me escute. A única coisa, a *única* coisa que pode nos ajudar agora é se nós conseguirmos identificar o verdadeiro assassino. É isso. Nós fugimos da cena de um crime. Nós machucamos Serena… *eu* machuquei Serena — corrigi. — Se você sabe de alguma coisa. Qualquer coisa. Você precisa me contar. Você é a melhor, talvez a única chance que nós temos que descobrir quem realmente os matou. Eu mal conhecia os Victor. Mas você… — Minha voz morreu.

A boca da mulher se contorceu em uma forma amarga.

— Você não os conhecia?

Ela balançou a cabeça.

— Tem alguma ideia de quem pode ter matado os dois? Um palpite qualquer?

A empatia e a paciência que eu havia cultivado eram frágeis. A raiva e a impaciência voltaram, tão rotineiras quanto uma onda.

— Sabe — insisti — ou não sabe?

Eu estava cara a cara com ela. A raiva era indistinta, impaciente por respostas, por movimento, por um rumo. Eu queria ouvir a voz dela. A voz existia — eu sabia que existia. Se conseguisse fazê-la falar, se balançasse o relógio da hipnose da maneira certa, talvez conseguisse quebrar o feitiço. A voz era resultado do que havia sido feito com ela, eu sabia disso. Mas eu precisava de respostas. Precisava me sentir menos sozinha naquela situação. E mais desesperadamente ainda, precisava saber que havia uma saída. Havia passado apenas uma noite miserável em um quarto de hotel. Sabia que não sobreviveria a muitas mais. Não fui talhada para algo assim. Eu precisava de um propósito. Precisava saber a que estava dedicando meus esforços.

Ela manteve contato visual comigo de uma maneira brutal e intransigente. Senti uma leve pontada de medo no peito. Ela não tinha um pingo de medo de mim.

— Eu sei que você consegue falar — acusei, aproximando-me um pouco mais.

Eu a circundei. Era como alguém faminto que finalmente havia se deparado com uma carniça. Ela era um animal atropelado.

Mas então ela se irritou. Não era um animal atropelado. Era uma predadora se fingindo de morta. Tinha presas.

Ela sustentou meu olhar. Senti algo rastejar sob a pele, insuportável, claustrofóbico. Eu não conseguia prever o comportamento dela, o que me dava a sensação de não conseguir prever o meu próprio. Os sentidos me pareciam estranhos. O quarto girava. No centro dele estava ela, uma estrela-guia, um ímã. Todas as minhas terminações nervosas mais sensíveis estavam alertas, a agulha rastreando cada movimento dela.

Aproximei-me um pouco mais.

Ela levantou o queixo, como uma boxeadora.

— Eu sei — murmurei, a voz exibindo uma crueldade suave — que você consegue falar.

Eu estava perto demais.

Ela encostou a palma da mão no meu peito e me empurrou com força.

Cambaleei para trás.

O peito dela arfava. Parecia cautelosa, mas não arrependida.

Fiquei satisfeita. Um empurrão já era alguma coisa. Era melhor do que o silêncio.

— Eu não vou te machucar — avisei.

Ela riu. Não foi uma risada sonora. Não havia som. Estava tudo no rosto. Havia algo de cruel na maneira como suas feições se distorceram, quase uma zombaria. Mas o olhar era muito visceral, muito doloroso.

Você não pode me machucar, era o que dizia.

Os segundos se estenderam entre nós.

— Eu não vou machucar você — repeti.

Ela ficou parada, tensa e nervosa, esperando.

Esperando que eu tentasse.

Ela não acreditava em mim. Eu provavelmente também não teria acreditado em mim, se fosse ela. Se tivesse sofrido o que ela sofrera.

— Você não sabe quem os matou? — perguntei. — Não ouviu nada?

Ela balançou a cabeça.

— E no dia anterior? Ou antes? Ouviu alguma coisa nova, alguma coisa estranha?

Encarei-a. Ela balançou a cabeça de novo — dessa vez, havia um ar de desculpas, por saber tão pouco.

— Você realmente nunca vai falar comigo? — perguntei.

Ela cerrou os punhos, sem responder. Eu não esperava que respondesse.

Peguei a maior parte das sacolas do Walmart. Não conseguia ficar naquele quarto por nem mais um segundo. Ela pegou a que sobrara e me seguiu até o carro.

8

O sol do Arizona brilhava tanto que a areia parecia neve. Passei entre caminhões e trailers na I-10 Leste. Eu não tinha um plano além de ir para o mais longe possível da Califórnia e me esconder até que alguma jovem e intrépida Nancy Drew identificasse o verdadeiro assassino.

Planaltos brotavam da terra, miragens abrasadoras no estranho calor do inverno. Entramos no Novo México. Comprei Coca-Cola e sanduíches de presunto em uma parada de descanso em Las Cruces. Menos de uma hora depois, chegamos a El Paso. Quilômetros e mais quilômetros de cerca na fronteira nos separavam do México. Se conseguíssemos viajar catorze horas seguidas, ao cair da noite estaríamos em San Antonio. Nós nos revezávamos ao volante, embora eu a deixasse dirigir por apenas uma hora de cada vez. Enquanto eu estava dirigindo, o pânico diminuía. Quando não estava, a sensação se apoderava de mim, estrangulando-me. A mulher percebia, tenho certeza. Eu era uma passageira inquieta. Ao volante, meu pulso voltava a se estabilizar. Ela parecia satisfeita em me deixar dirigir, embora sem voz, sem linguagem, fosse impossível saber quais eram seus verdadeiros sentimentos. Tudo o que eu tinha para interpretar eram as superfícies, a maneira como ela se portava, as feridas e as microexpressões — e essas superfícies não revelavam quase nada de sua vida interior. Eu não fazia ideia se ela sabia que era objeto da minha obsessão silenciosa, embora suspeitasse que sim. Estávamos muito tensas, alertas, excessivamente atentas uma à outra. Quando meus pensamentos não estavam orbitando os cadáveres de Peter e Dinah Victor, orbitavam ao redor dela. O hematoma no pescoço, os machucados nos pulsos.

Minha mente percorria os cantos desconhecidos da Casa Victor, procurando por ela.

Estabelecemos um ritmo. Latas de sopa fria trocadas sem questionamento; garrafas de água entregues justo quando eu precisava delas. O rádio intervinha assim que o silêncio se tornava insuportável; o silêncio retornava quando a música ficava estimulante demais. Não era a telepatia que explicava a facilidade de nossa comunicação não verbal: era a observação vigilante. Éramos como fora da lei rivais em lados opostos de um saloon. Na superfície, fingíamos estar calmas. Debaixo da mesa, as armas estavam engatilhadas e apontadas.

Eu passeava pelas estações de rádio. A mulher parecia preferir as mais antigas — Stones, Stooges e Dead Kennedys —, embora não parecesse se incomodar com hip-hop. Eu a flagrei movendo os lábios ao som de "Ms. Jackson". A única vez que ela se opôs foi quando "Hey Jude" começou a tocar. Ela desligou o rádio com um movimento brusco, mergulhando o carro no silêncio. É claro que não explicou o motivo, e não me dei ao trabalho de perguntar. Acrescentei isso à pequena lista de coisas que sabia a respeito dela:

1. *Consegue falar, mas se recusa.*
2. *Ladra de carros bem-sucedida (experiente?).*
3. *Sofreu um trauma inimaginável na Casa Victor.*
4. *Odeia os Beatles.*

O pôr do sol se aproximava quando o motor começou a fazer um barulho estranho e sibilante.

— *Merda.* Logo agora.

Peguei a saída seguinte e entrei no estacionamento de uma lanchonete Arby's. Saí do carro batendo a porta e abri o capô. Não me parecia haver algo de errado. Mas, para falar a verdade, eu não tinha como saber. Nunca havia consertado um carro na vida.

Senti uma mão no meu ombro. Dei um pulo, assustada, e quase bati a cabeça no capô aberto.

Era a mulher. A mão dela deslizou intimamente pela parte inferior das minhas costas, afastando-me para o lado para que pudesse dar uma olhada. A autoridade suave do toque fez minha pulsação disparar.

Ela se debruçou sobre o capô. A coluna dela era longa, a camiseta subiu quando se curvou, permitindo-me outro vislumbre da tatuagem. Pétalas, um caule. Girassóis ou margaridas. Eu podia ver cada vértebra, seguindo a curva sinuosa do músculo que mergulhava perto da lombar, a pele desaparecendo sob o cós da calça de moletom.

Senti um calor subir pelo pescoço, sem motivo aparente. Isso me deixou nervosa. Me deu vontade de ser cruel.

— Por acaso você sabe o que está fazendo? — perguntei.

Ela se virou e manteve contato visual comigo por tanto tempo, e com tanto desprezo, que senti o coração acelerar. Em seguida, ela se abaixou e passou os dedos longos e ágeis ao longo de uma correia, mexendo nas engrenagens abaixo. Com um misto de vergonha e admiração, eu a observei enquanto trabalhava. Eu estava completamente perdida. Durante toda a vida, tinha recorrido à autoconfiança: fingir até conseguir. Lá, essa estratégia tinha caído por terra. Eu não podia fingir que entendia de algo se nem sequer sabia por onde começar.

A mulher consertou a correia com uma habilidade tão natural que quase pareceu preguiçosa.

Quando terminou, ela se levantou, limpando as mãos nos joelhos. Fez um gesto para que eu voltasse ao banco do motorista para testar a ignição.

Obedeci. O motor ligou na hora. O chiado havia desaparecido.

Ela fechou o capô e voltou para o banco do passageiro. Se sentia alguma presunção pelo que havia acabado de fazer, seu rosto não demonstrava. Apenas limpou as mãos e pegou uma garrafa de água de uma das sacolas, bebendo com gosto. Ofereceu-me o restante com uma expressão tranquila.

Por pura teimosia, murmurei:

— Não, obrigada.

Ela deu de ombros e fechou a tampa.

Eu estava com fome e peguei uma lata da sacola, a mais próxima que encontrei. Vagem.

— Merda. — Eu tinha comprado uma sem o anel de puxar.

Com suavidade, a mulher pegou a lata, tirou o canivete do porta-luvas e a abriu. Os tendões do antebraço se tensionaram quando ela perfurou a borda com um golpe, cortou ao longo da curva e, em seguida, abriu a tampa o suficiente para que eu pudesse comer.

Peguei a lata com cuidado. O gesto me fez sentir algo que ainda não conseguia nomear. O sentimento sem nome deslizou entre as costelas, abrindo espaço para si mesmo, e um calor secreto subiu do peito, por baixo da gola da camiseta.

— Obrigada — murmurei, com certo atraso.

A mulher deu de ombros, incapaz de olhar nos meus olhos.

— Quer o resto? — perguntei.

Ela balançou a cabeça. Todos os lugares que ela havia tocado — a parte inferior das minhas costas, meu ombro — pulsavam. Voltei para a estrada.

Parei em um posto Shell para abastecer e comprar Coca-Cola. Impulsivamente, comprei um pack com seis garrafas de cerveja barata, que planejava beber mais tarde enquanto sentia pena de mim mesma. Enchi o tanque. No canto do estacionamento, comemos um almoço tardio: batata Lay's, donuts cobertos de açúcar e pedaços de melão que pareciam ligeiramente passados. Eu me senti um pouco melhor depois de comer. A mulher apontou para a chave, oferecendo-se para dirigir. Balancei a cabeça. Estar ao volante era a única coisa que fazia com que me sentisse eu mesma.

Quando voltamos para a estrada, acendi um cigarro.

— Quero ir a uma biblioteca — anunciei.

As sobrancelhas da mulher se ergueram, expressando sua objeção. Franzi a testa para os ombros curvados e a postura de *bad boy* dela, as pernas finas e desleixadas de aluno preguiçoso que se senta no fundo da sala.

— Você ia dizer alguma coisa? — perguntei, com falsa preocupação.

A mulher se limitou a me encarar. Ignorei sua irritação.

— Na minha opinião, nós temos basicamente duas opções. Ou nós fugimos do país e passamos o resto da vida escondidas, ou encontramos os verdadeiros assassinos e voltamos para casa. A primeira opção é insana. Então, nos resta a segunda. Seria mais fácil, é claro, se você me contasse tudo o que sabe sobre os Victor para começarmos a investigar por conta própria.

A boca da mulher se contraiu.

— Eu tenho que dizer, cara — continuei. — Sua determinação de ficar calada é impressionante. Mas o problema é o seguinte: eu *preciso* voltar para casa. E pra poder ir para casa, preciso descobrir quem realmente fez aquilo. A polícia não vai mais investigar. Eles acham que já resolveram o caso. Agora, tudo o que precisam fazer é caçar e prender a gente e lavar as mãos. Pronto. Acabou. E estamos ferradas.

Expeli um fluxo determinado de fumaça, e continuei:

— Eu não quero me ferrar. Quero sair desse pesadelo. Quero ver minha família de novo. Quero voltar para a minha vida. Minha vida. *Sua* vida. Você deveria voltar para... — Eu não tinha como preencher as lacunas da vida daquela mulher. — O que quer que seja que você fazia antes. Liberdade. Isso aqui não é liberdade. Isso, nada disso... — Acenei com o cigarro para a estrada aberta, o céu escurecido por nuvens de chuva. — Isso aqui somos nós vivendo com medo para sempre. Isso é nunca mais ter uma vida normal. Isso é loucura. Loucura. O que nós vamos fazer, roubar carros para sempre? Assaltar bancos e... e nunca mais ver nossa família, nunca mais ver as pessoas, nunca mais...?

Nunca mais falar com um ser humano e ouvi-lo responder?

— Não. Não. Nós não podemos fazer isso. Temos que sair dessa. Temos que sair. Alguém fez isso. Alguém que não somos nós. — Dei uma última tragada no cigarro e o apaguei no parapeito da janela. — *Eles* deveriam estar no nosso lugar agora. Não nós. Lukas, Serena... alguém que nem sequer consideramos ainda. Temos que juntar as peças que os policiais nunca vão ver. Mas não temos celular. Nem acesso à internet. Isso significa que precisamos de uma biblioteca.

Chegamos a Fort Stockton. Segui as placas até a biblioteca pública e estacionei em frente.

— Você não precisa entrar comigo. Mas acho que deveria. Vai ser mais rápido com nós duas pesquisando. Vamos ter que nos dividir, obviamente. — Eu não gostava da ideia de deixá-la no carro, não depois do que tinha acontecido no Walmart em Indio. — Então se você preferir esperar aqui, não tem problema.

A mulher balançou a cabeça, e fiquei aliviada. Eu a queria por perto.

— Não vamos demorar — acrescentei. — Só precisamos descobrir em que pé está a investigação, se surgiram outras pistas. Sabemos que os detetives estão concentrados em nós, mas aposto que os jornalistas estão investigando os Victor. Quero saber o que encontraram.

Era bom finalmente ter um foco. Um objetivo. Uma tarefa a cumprir. Eu sempre fui boa com tarefas.

Entrei primeiro. Agia de forma decidida, mas casual. O dia chuvoso tinha feito com que a biblioteca ficasse relativamente cheia. Foi um alívio ter corpos aos quais me misturar e entre os quais me esconder. O interior era bem estilo anos 1970, com um carpete de estampa geométrica sem graça. Havia alguns computadores desconfortavelmente próximos ao balcão de empréstimos. A mulher idosa que estava atrás dele nem ao menos notou minha presença.

Abri o Google na guia anônima. No campo de visão periférica, vi a mulher entrar pelas portas automáticas. Mantive a cabeça baixa. Quinze minutos, eu tinha avisado a ela, era tudo o que podíamos nos permitir. Mais do que isso seria muito perigoso.

Digitei "dinah victor assassinato" na barra de pesquisa. As manchetes inundaram a tela, uma após a outra — uma profusão de "Evie Gordon Evie Gordon Evie Gordon" —, mas foi na manchete da parte inferior da página que cliquei com ferocidade: "Profissional do sexo revela sua história com Peter Victor".

9

Cliquei no artigo o mais rápido que pude. Não reconheci a revista — algo online, sensacionalista. Descrevia um tópico publicado no Reddit quatro horas antes. A postagem original já havia sido deletada, aparentemente a pedido dos advogados que administravam o espólio dos Victor, mas jornalistas haviam feito capturas de tela e as estavam divulgando.

A publicação tinha sido escrita por uma ex-profissional do sexo que trabalhava para um serviço chamado Quem Dá Mais. Ela manteve a identidade anônima. Afirmava que Victor havia gastado quase oitocentos mil dólares no serviço. Ele se recusava a se encontrar em qualquer lugar que não fosse a própria residência. Ela não entrou em detalhes sobre o tipo de serviço que ele solicitava, mas mencionou que os gostos dele eram "extremamente estranhos". Descreveu-o como "frio, mas não violento" e acrescentou que já havia estado com homens muito mais degradantes, mas algo nele fazia com que se sentisse "desumanizada".

Voltei para a página de pesquisa do Google e cliquei em todos os artigos sobre o Quem Dá Mais que encontrei. Alguns sites divulgavam a captura de tela da postagem original, mas, para minha frustração, havia poucos detalhes além disso. Eu queria saber se as autoridades estavam investigando essa pista. Até o momento, não havia uma única menção a isso por parte dos detetives ou do FBI. Alguns poucos blogs de fofoca e sites de "notícias" obscuros haviam se interessado pelo assunto. Eu teria revirado os olhos para as manchetes "Evie Gordon e sua cúmplice: profissionais do sexo?", se não estivesse a ponto de socar a tela. Fora isso, nenhum site de notícias legítimo parecia disposto a relacionar o hábito de Victor de pagar por sexo ao assassinato.

Eu e a mulher, é claro, ainda éramos as principais — na verdade, as únicas — suspeitas.

Houve apenas um outro artigo que me deu alguma esperança: uma matéria do *LA Times* relatava que, em 2008, Peter Victor era vice-presidente de um dos bancos de investimento que embalaram hipotecas de alto risco com títulos de crédito de risco ainda mais alto e depois os venderam como se fosse uma promoção de "pague um, leve dois" para investidores, resultando no colapso do mercado imobiliário daquele ano. Victor não foi para a cadeia por causa da participação na recessão, assim como todos os outros banqueiros de Wall Street. Ele não foi nem ao menos citado publicamente, devido a um acordo firmado pelo Departamento de Justiça com os bancos de Wall Street que estavam sob investigação, embora os jornalistas ainda mencionassem seu nome com frequência após o ocorrido. Victor se mudou com a família para Los Angeles em 2009 e abriu um pequeno, mas bem-sucedido, fundo de investimentos. O jornalista chegou a desenterrar um boletim de ocorrência registrado por Peter e Dinah Victor em 2012, no qual alegavam que a casa havia sido invadida. Nenhuma joia, obra de arte ou dinheiro fora roubado; do escritório de Victor, fora levado um armário de arquivos que ele afirmou conter documentos "confidenciais"...

Uma sensação repentina em meu ombro me sobressaltou. Era a mulher.

O toque foi claramente intencional, para chamar minha atenção. Ela não se demorou. Estava se dirigindo para a saída, com as mãos nos bolsos e a cabeça baixa.

Fechei a janela do navegador e fui atrás dela, tentando parecer o mais descontraída possível. Enquanto saía, vi um garoto de uns onze anos me observando. Vestia uma camiseta do Dallas Cowboys grande demais e os dentes estavam manchados de azul. Estava olhando para mim, boquiaberto. Ele puxou a camisa da mãe.

Saí da biblioteca antes que alguém mais pudesse dar uma boa olhada em mim.

A mulher estava esperando junto à porta do passageiro, um músculo se contraindo com urgência na mandíbula.

Entramos no carro. Saí do estacionamento o mais rápido que pude. O garoto provavelmente tinha me reconhecido da TV. A mulher devia ter notado que ele estava observando de longe. Ela percebia tudo.

— Você viu o garoto?

Ela me lançou um olhar que dizia claramente: *Vi, idiota*. Em seguida, passou os dedos pelo cabelo, um hábito nervoso.

Saímos da I-10. Era perigoso demais permanecer nas rodovias principais. Ao cair da noite, chegamos a uma cidade chamada Fredericksburg. Ficava no meio da região vinícola do Texas, que era tão excêntrica quanto parece. Fachadas de lojas no estilo Velho Oeste e casas vitorianas em tons pastel ladeavam a rua principal iluminada por cordões de luzes. Sacadas de ferro no estilo do French Quarter de New Orleans e lojas de antiguidades, magnólias enormes e deslumbrantes que se estendiam sob um céu aberto de tirar o fôlego. Havia um número suspeito de cervejarias alemãs e várias casas em estilo Tudor exibindo bandeiras da Alemanha. Parei em uma loja e comprei uma caixa de tintura de cabelo preta, uma tesoura e roupas de inverno, além de duas calças jeans, tentando adivinhar o tamanho da mulher. Ela ainda estava usando os coturnos surrados, então comprei um par de tênis brancos para ela. Também peguei bonés e gorros para nós duas: novos, não roubados, que foi como presumi que ela tinha conseguido o que estava usando. Fiquei tentada a comprar botas de caubói para mim, mas acabei pegando um par de tênis e uma base para cobrir o hematoma no pescoço dela.

Naquela noite, dormimos em frente a uma igreja. Era luterana, com janelas em estilo Tudor recortadas na fachada de pedra que a faziam parecer uma abóbora de Dia das Bruxas. Desmaiamos de cansaço, deitadas no assento reclinado — você pode dormir legalmente dentro do seu carro no estacionamento da maioria dos Walmarts e em alguns estacionamentos de igrejas, além de campings e qualquer terreno administrado pelo Departamento de Gestão de Terras.

Na manhã seguinte, acordei sozinha.

Levantei tão rápido que quase bati a cabeça no volante. Algo branco flutuou até o chão.

Um recibo. Eu o peguei e o virei: "Pegar comida + dinheiro".

A caligrafia era pequena e cuidadosa.

Liguei o rádio para me distrair da ansiedade enquanto esperava. Dei uma passada pelas estações. Ninguém estava falando sobre a gente naquela manhã. Ainda não.

Tirei um cigarro do maço e o acendi com impaciência enquanto checava os retrovisores. Finalmente, vi a mulher se aproximando pelo espelho lateral. Ela abriu a porta e se sentou no banco do passageiro, segurando uma sacola do McDonald's, quatrocentos e setenta e oito dólares em espécie e um segundo documento de identidade. O nome era "Katie Choi". Ela não se parecia muito com a mulher, embora a altura e a idade fossem pelo menos um pouco próximas.

— Puta merda — murmurei, contando as notas. Ela me passou uma batata frita que enfiei na boca com gratidão. — Como? Você roubou isso de alguém? Ou assaltou um McDonald's?

Ela ergueu um dedo, a primeira opção.

— E ninguém viu?

Ela balançou a cabeça.

— Tem certeza?

Ela fez que sim, impaciente.

— Como? Me mostre.

Achei que ela fosse me ignorar. Em vez disso, ela deslizou a mão casualmente para dentro do bolso da calça de moletom larga, pegou uma nota e a colocou em outro bolso. Em seguida, levantou o ombro, como se dissesse: *Viu? Fácil*, e tomou um longo gole de água. Eu me lembrei de que ela havia roubado um carro. Fiquei ainda mais curiosa ao ver as bochechas encovadas ao redor da boca da garrafa. Quando eu não estava olhando para ela — quando ela simplesmente existia ao meu lado no banco do carona, mal aparecendo na visão periférica —, eu nem me dava conta da presença dela. Seu silêncio obstinado a tornava tão anônima e invisível quanto uma adolescente entediada. Era só quando eu a observava de maneira proposital que ela se tornava uma silhueta coerente. Eu me via inventando detalhes biográficos sobre a vida dela. A história tomando forma, uma que eu roubava de Dickens, com orfanatos cruéis, crianças de rua e batedores de carteira. Ela era uma clandestina, uma mula transportando drogas, um par de olhos grandes e atentos na traseira de uma van. Uma fugitiva dormindo em uma cama de papelão embaixo de uma caçamba de lixo na companhia de um cachorro sarnento. Corta para um interlúdio emocionante com um casal de idosos pobre que deixa comida de gato para ela comer, como um animal de rua; um policial malévolo que a pega roubando; uma temporada em um centro de detenção juvenil.

Então, no bolso da frente, vi o contorno do canivete.

— Você levou o canivete? — perguntei, em um tom ríspido.

Ela se virou para me encarar, a testa franzida, sem entender. Assentiu.

— Por quê?

Uma expressão astuta e defensiva surgiu em seu rosto.

— Para usar? — Eu quis saber.

Ela parecia irritada. A raiva dela era fria e desdenhosa, ao contrário da minha, que era explosiva e bruta. Eu não sabia por que estava tentando provocar uma briga. A frustração estava me tornando impulsiva. Na verdade, acho que só queria que ela reagisse. Um empurrão, um soco: eu aceitaria qualquer coisa. Não tinha outra saída. Ela já havia me empurrado antes.

Naquele dia, havia levado um canivete para o McDonald's. Será que sabia usá-lo? Se alguém a pegasse, se ficasse com medo, será que teria tirado o canivete do bolso?

— Olhe só — falei. — Se você vai levar o canivete para algum lugar, deixe escondido. Eu o estou vendo bem aí no seu bolso. Não chame mais atenção para você do que o necessário.

Eu queria ouvi-la se defender. Havia algo perigoso naquela contenção fria e estudada. Eu queria ver o que aconteceria se ela perdesse o controle.

Ela tirou o canivete do bolso e me deu, levantando a sobrancelha com um ar inocente. Como se dissesse: *Quer ficar com ele?*

— Eu não quero o canivete.

A sobrancelha dela se arqueou com um falso ar de surpresa.

— Só tome cuidado.

Ela assentiu de um jeito obediente, que, de alguma forma, me condenava.

— Eu não estou querendo ser babaca — falei, o que só fez com que eu me sentisse ainda mais babaca.

Ela assentiu de novo. *Sei*, a expressão dizia. *No seu caso isso só acontece naturalmente.*

— Fique com o canivete — falei, colocando a chave na ignição. — Vamos embora.

De qualquer forma, eu não saberia como usá-lo.

10

Em Louisiana, vi Peter Victor. Ele dirigia um caminhão, protegendo os olhos do sol do fim da tarde. Depois, o vi novamente em uma transversal, encostado em uma porta aberta, inclinando o chapéu. Uma mulher magra de short jeans o abraçou por trás e sussurrou algo em seu ouvido. Ele colocou um maço de notas no bolso traseiro dela e apertou a bunda. Ela riu. Um carro atrás de mim buzinou no sinal. Vi o reflexo do motorista no espelho retrovisor. Era Peter Victor.

Quem Dá Mais. Oitocentos mil dólares.

Seus gostos eram "extremamente estranhos" e "frios", dissera a mulher. "Mas não violentos." O que isso significava? O que ele fazia? O que queria? Do que precisava tanto a ponto de pagar quase um milhão de dólares para conseguir?

Eu me lembrei do artigo do *LA Times*: ele era vice-presidente de um dos bancos responsáveis pela recessão de 2008. Saiu impune e se mudou para Los Angeles. Em 2012, alguém invadiu a casa dele e roubou arquivos confidenciais.

Com quem você mexeu, Peter?

Uma música de Bessie Smith tocava na rádio, a gravação antiga e cheia de chiados, desesperada e melancólica. Eu queria estar em um bar enfumaçado ou na cozinha da casa da minha mãe. Eu conseguia ver a mesa branca, as almofadas amarelas que ela mesma costurou. Armários de madeira, piso de linóleo. Um saco de pão de forma Wonder Bread na bancada, uma lata de gordura vegetal Crisco. O cheiro rançoso de cigarro velho e óleo de fritura. Um vislumbre de unhas vermelho-cereja peneirando farinha. Ela só assistia ao Animal Planet e ao Golf Channel, e um dos dois estava sempre ligado na sala de estar em volume baixo, um hábito que havia herdado da mãe. Minha avó era garçonete: uma *shiksa*, como meu avô gostava de dizer. Meu avô era um jovem rabino que estava de passagem por Asheville. Foi o primeiro judeu que minha avó conheceu. Ela engravidou da minha mãe quando tinha dezenove anos. A família nunca mais falou com ele.

Eu me perguntei se equipes da SWAT teriam montado acampamento na sala de estar da minha mãe ou na cozinha do meu pai. Se estavam do outro lado da linha telefônica, esperando que eu ligasse.

Ao longo da estrada, barba-de-velho pendia dos galhos das árvores como roupas esfarrapadas em um varal. O céu estava cinza e lamacento. Pela fresta aberta da janela, o ar cheirava a esgoto, ozônio e peixe. Outdoors anunciavam um sanduíche de camarão cajun e os promissores ensinamentos religiosos de um reverendo chamado Gus Peppers. TODOS OS JOELHOS HÃO DE SE DOBRAR, dizia um deles. Exatamente um quilômetro depois havia outro: EVITE SATANÁS, VENHA COMIGO. GUSPEPPERS.COM. O rosto dele era o de Peter Victor.

Bessie Smith estava me deixando deprimida, então mudei de estação. "Rockin' Around the Christmas Tree" começou a tocar no alto-falante. A estação seguinte estava tocando "Feliz Navidad".

— Mas que merda! — exclamei.

A mulher, que estava olhando fixamente para a paisagem que passava com a cabeça encostada no vidro da janela, estremeceu, sobressaltada.

— Que dia é hoje?

Ao se dar conta de que eu estava me dirigindo a ela pela primeira vez em várias horas, a mulher me olhou desconfiada, depois deu de ombros e voltou a olhar pela janela.

Eu fiz as contas. O dia 11 de dezembro tinha sido um domingo, o dia dos assassinatos. Estávamos na estrada desde então, fazia dois dias inteiros. Isso significava que faltavam apenas doze dias para o Natal.

A ideia me destruiu. Eu só havia passado uma temporada de festas de fim de ano longe dos meus pais, quando uma ex-namorada ficou gripada e eu me ofereci para cuidar dela. Fui para casa uma semana depois, e minha mãe e eu organizamos nossa própria minicomemoração. Ela preparou um segundo peito assado e manteve a decoração. Alguns dias depois, fui passar uns dias com meu pai em sua pequena casa de solteiro em Outer Banks, e fomos pescar. Peixe empanado na farinha de milho, o caramelo caseiro da minha tia, uma troca de presentes atrasada. Ele me comprou uma boa garrafa de uísque e as lembrancinhas de Natal de sempre: um pacote de cigarros, uma barra de chocolate Hershey's Cookies 'N' Creme e bilhetes de loteria. Meu pai era prático e mão de vaca: seus presentes favoritos eram coisas como equipamentos de pesca e material de limpeza. Eu tinha comprado um aspirador de pó portátil. Famoso por ser péssimo com mensagens de texto, ele tirava selfies mal enquadradas com o aspirador sempre que o usava, e até me mandou fotos de antes e depois de limpar o carro.

Não havia me ocorrido de fato, de forma séria, que talvez eu nunca mais visse meus pais. Meu pai, que colocava Phish para tocar alto demais na garagem enquanto cuidava do jardim, que tinha encorajado todas as minhas decisões impulsivas, que olhava para mim e via apenas potencial, não importando quantas vezes eu falhasse. Minha mãe, que trabalhava sessenta horas por semana no salão de beleza e me mandava mensagens de texto do nada dizendo: "Eu tenho tanto orgulho de você!", acompanhadas de dezenas de emojis. Meus pais tinham me dado tudo, insistindo em investir até o último dólar de suas economias na minha educação. Eles se sacrificaram tanto. Eu nunca quis lhes causar dor ou tristeza — podia lidar com essas coisas sozinha. Tudo que eu queria dar a eles eram presentes.

Uma única fungada talvez tenha escapado, mas a mulher não percebeu. É possível que eu fosse mesmo boa em disfarçar. De qualquer forma, fiquei grata por ela ter me deixado ter um momento de desespero em paz. Eu não sou muito de chorar; nunca fui. Dez em matemática, dez em história, zero em chorar na frente dos outros. Prefiro me segurar, mesmo que isso não seja tão saudável assim. Não gosto de demonstrar emoções. Chorar é algo que se faz no chuveiro uma vez a cada três anos, ou no anonimato de um cinema escuro durante um filme gay particularmente triste.

— Isso é loucura — murmurei para a estrada.

Demorei alguns segundos para perceber que estava repetindo a palavra "loucura" sem parar. A mulher estava me olhando.

— Quer dizer alguma coisa? — perguntei.

A mulher ergueu a sobrancelha.

— Parece que você quer muito dizer alguma coisa.

A mulher me ignorou.

— Não seja tímida. Pode dizer o que quiser. Vamos lá. Está tudo bem.

Eu estava sendo condescendente para que ela reagisse. Se estivesse no lugar dela, eu teria feito alguma coisa. Teria me dado um soco. Sempre que alguém puxava briga comigo, eu não conseguia resistir. Eu não fazia ideia do que era sair por cima.

Mas ela, não. Ela era calma, paciente, imperturbável.

Tentei imaginar como seria se eu fosse uma pessoa diferente, do tipo que era capaz de dizer, em voz alta: *Estou me sentindo sozinha. Tão sozinha que estou começando a achar que imaginei você. Tão sozinha que tenho medo de estender a mão para te tocar e não ter ninguém*. Talvez chorasse ao confessar isso. Será que a mulher se comportaria de forma diferente se eu agisse menos como eu mesma e mais como um filhote de passarinho ferido? Será que minha vulnerabilidade despertaria alguma ternura oculta dentro dela?

Eu não podia. Não era capaz. Éramos duas brutas, cascas-grossas e inflexíveis, juntas e sozinhas.

— Nós precisamos comprar comida para hoje à noite — comentei. — Antes de encontrarmos um hotel.

Segui as placas até um supermercado Winn-Dixie e entrei no estacionamento.

— O que você conseguiu no McDonald's vai quebrar o galho por um tempo, mas vamos precisar de mais dinheiro logo. Estamos gastando tudo com gasolina.

De forma inesperada, a mulher se inclinou e pegou minha mão. Ela passou o dedo pela palma. Seu toque me fez ficar tensa. Demorei um tempo para perceber que estava escrevendo algo.

VOCÊ COMPRA COMIDA.

— Tá bom — falei, com cautela. Ela ainda estava segurando meu pulso. O toque era suave. — E você? O que você vai fazer?

Ela me encarou, o rosto muito próximo ao meu. Senti o sangue subir pelo pescoço.

O dedo dela se moveu de novo. Meu coração disparou enquanto eu seguia seus movimentos.

EU VOU ROUBAR.

Entramos. Comprei hambúrgueres de camarão, batata frita Zapp's, algumas uvas e bananas, outro maço de cigarro. Quando voltei para o carro, ela já estava lá, esperando. Tinha uma carteira e uma sacola junto dos pés. Na bolsa, havia seis garrafas de Heineken.

Sua boca formou algo que eu só poderia descrever como um sorriso. De lábios fechados e tortos.

— Qual o motivo da comemoração? — perguntei.

Por uma fração de segundo, achei que ela fosse responder. Como ficou em silêncio, ofereci a palma da mão.

A mulher a observou por um longo momento. Em seguida, traçou uma palavra que me fez estremecer.

VIVAS

11

Dirigi até um rio pantanoso próximo. A superfície da água era lisa como vidro, um reflexo perfeito das cores selvagens do pôr do sol. Do outro lado do rio, havia árvores desgrenhadas, os últimos raios de sol sangravam dourados por entre as copas. O ar tinha um cheiro tropical e azedo. Algas flutuavam na superfície. Nós nos sentamos na beira do rio com nosso banquete. Quando terminamos de comer, nos reclinamos na grama. Usei a chave do carro para abrir as garrafas de cerveja.

A mulher parecia satisfeita. O hematoma no pescoço estava ficando amarelado, o centro adquirindo um tom verde azedo e vívido. Ela estava usando o gorro que eu havia comprado no Texas, os cabelos curtos despontando por baixo. Parecia um desses garotos skatistas que ficavam na escada da escola na hora do almoço, valentões demais para o refeitório. Eu a observei enquanto ela levava o gargalo da cerveja à boca.

Tomei um longo gole da minha, depois acendi um cigarro. Para minha surpresa, ela fez um gesto para pegar o maço. Eu mesma coloquei o cigarro entre seus lábios rosados e rachados. Ela me observou em silêncio enquanto eu o acendia, protegendo a chama com a mão e ficando com o rosto a poucos centímetros do dela. Suas bochechas se encovaram ao tragar. Ela segurava o cigarro com uma familiaridade que me fez imaginar, como já havia feito centenas de vezes, quem ela teria sido antes de acabar como prisioneira dos Victor.

— Você está feliz — comentei, baixinho. — Por estar livre.

Ela tragou o cigarro, me examinando por um bom tempo com um dos olhos fechado, como se eu estivesse do outro lado de um telescópio.

Finalmente, seus lábios se contraíram em um sorriso divertido. *É claro, sua imbecil.*

Eu continuava me esquecendo. De toda a angústia, de toda a ansiedade, de todo o medo de ser uma foragida para sempre, de o verdadeiro assassino nunca ser descoberto, de eu morrer com esse mistério não solucionado. Enquanto isso, a mulher estava vivendo algo completamente diferente. Medo, sim; paranoia, sim; mas também alívio. Gratidão. Um rio pantanoso, ar fresco, batata frita, uma cerveja gelada, um cigarro. A centenas de quilômetros de distância da casa dos Victor e dos horrores que havia suportado lá.

— Tive uma ideia — anunciei.

Peguei alguns recibos amassados e uma caneta que havia roubado discretamente da caixa registradora do Winn-Dixie.

Ela olhou para os objetos com apreensão. Talvez estivesse esperando por isso.

— Eu sei que você não quer falar, e eu entendo. De verdade.

O rosto da mulher permaneceu frio e impassível.

— Mas talvez eu possa fazer algumas perguntas. E se você quiser responder... pode escrever.

Eu não esperava que ela concordasse. Afinal, que diferença faria, na realidade, escrever a resposta em vez de dizê-la em voz alta?

— Você não precisa responder nada que não quiser. Por mim, pode jogar tudo isso no rio — falei, apontando para a caneta e o papel. — Mas vamos tentar. Pode ser? Só tentar.

Fiquei constrangida com meu próprio entusiasmo. Eu parecia Evie, a professora particular, tentando manipular um adolescente teimoso que odiava matemática a fazer o dever de casa.

Mas, para minha surpresa, ela pegou o papel e a caneta com facilidade, os dedos roçando os meus. Começou a rabiscar uma flor, uma muito bem desenhada. Eu não sabia o suficiente sobre flores para identificá-la, mas não era uma rosa comum. Fileiras de botões minúsculos, regulares e mitocondriais, quase sinistros. Talvez uma dedaleira. Algo venenoso.

— Como Dinah era? — Primeira pergunta.

Ela estava desenhando o caule, com pequenos traços de tinta. A expressão não mudou quando ela passou para uma nova parte do papel.

alienada

— Ela não sabia sobre você? — perguntei.

não sei
dopada de remédio

— Dopada de remédio — repeti. — Era Peter que deixava ela assim?

A mulher deu de ombros. Tentei encaixar essa informação na Dinah que eu conhecera. Ela não me parecia sedada, mas eu a via por apenas duas horas aos domingos. Talvez disfarçasse na minha frente. Alguns pais eram assim: havia algo no título de professora, na razão que me levava a suas casas, que os deixava constrangidos. Eles voltavam a ser estudantes. Outros me viam como um incômodo, um mal necessário, uma obrigação. Ou pior, uma peça da engrenagem que se recusava a cooperar, uma boca faminta sugando o dinheiro deles, e para quê? Os filhos continuavam burros depois que eu ia embora.

Lembrei-me de um ex-aluno, Isaac Goldberg. Ele morava em Santa Mônica, em uma casa extravagante, de estilo renascentista italiano, toda de mármore branco. A família a tratava com o mesmo descaso com que se trata um quarto de hotel. Toalhas úmidas por toda parte, pilhas de copos do Starbucks e frascos de comprimidos espalhados sobre os móveis caros. O sofá coberto de pelo de cachorro, e a mesa na qual estudávamos cheia de manchas de café, sachês de molho de soja para viagem e pilhas de revista *People* enrugadas pela água. Isaac, em si, não era terrível. Era a mãe dele que eu odiava, dopada de medicamentos e volátil. Nunca a vi usando algo que não calças de ioga coladas e tops esportivos, que revelavam sua barriga distendida, como se ela tivesse passado fome recentemente ou sido salva da inanição. O vício em Botox tornava suas expressões indecifráveis. Ela não sabia quais eram as aulas de Isaac e nem mesmo o horário que eu ia lá. Minha chegada à porta da casa deles sempre parecia deixá-la perplexa.

Um dia, a mãe foi me receber na porta usando o que parecia ser uma touca de natação. Estava presa com velcro sob o queixo e na parte de trás da cabeça, o que fazia com que o rosto parecesse estar sendo espremido para fora de um tubo. Havia hematomas amarelados e esverdeados ao redor dos olhos e no que era visível do queixo, e a bandagem branca sob as orelhas estava manchada de sangue. Ela começou a gritar comigo. Aparentemente, eu havia sido "cancelada", embora nem ela nem Isaac tivessem me informado que íamos interromper as aulas dele. Ela estava segurando um cardápio de sushi para viagem, que batia contra a moldura da porta. A histeria descontrolada da situação poderia ter sido engraçada, se eu fosse o tipo de pessoa que consegue manter a compostura e o desdém diante de alguém gritando, em vez de uma pessoa que grita de volta sem pensar. Aquilo tudo era, na verdade, absurdo. Ensinar não era absurdo: essa parte era banal e monótona, às vezes até emocionante. O que era absurdo era o fato de eu ter que dar aula na casa dos meus alunos. Acabava invadindo algo que deveria permanecer privado. Não deveria ter visto a sra. Goldberg tão vulnerável, com a máscara de compressão pós-cirúrgica, imersa nos ritmos delirantes do vício em remédios. As aulas particulares, na maior parte das vezes, acontecem antes, depois ou até mesmo durante o jantar. Vejo essas famílias no clímax da performance doméstica, no momento de maior frenesi emocional.

Se ao menos eu tivesse adotado outra política. Aulas apenas em locais públicos: bibliotecas, cafés. Mas não. As empresas para as quais eu trabalhava, do tipo que atendia os super-ricos, anunciavam a "conveniência" das aulas particulares em casa. Nós vamos até você. A domesticidade se desenrolava ao nosso redor enquanto trabalhávamos, os rituais da hora do jantar, discussões familiares. Assassinato.

Dinah, em contraste com a sra. Goldberg, só poderia ser descrita como "simpática". Agradável, educada, gentil. Ela não era tão grandiosamente hospitaleira como, por exemplo, a sra. Whitehouse, mãe de um garoto para quem eu dava aula às terças-feiras. A sra. Whitehouse tinha um ar magnânimo, como se estivesse interpretando o papel de uma aristocrata conhecida e amada pelo espírito humano e generoso. A casa estava entre as mais imponentes que eu já tinha visto, colonial e majestosa, assomando no fim de uma entrada circular privativa. O filho dela, Jack, e eu estudávamos no canto do café da manhã: uma mesa medieval com cadeiras de espaldar alto e um longo banco de couro bordô. A sra. Whitehouse nos levava uma bandeja de chá elaborada, que ela mesma carregava, com um sorriso levemente constrangido, como se estivesse envergonhada da própria extravagância. Eu sabia que não havia preparado o lanche sozinha: eles tinham uma empregada cuja presença eu havia vislumbrado diversas vezes. Na bandeja, havia uma posta de queijo camembert, um pote de geleia de figo com laranja, fatias de maçã, palitos com cubos de melão e trouxinhas de *prosciutto*. Provavelmente era para ser decorativo, mas eu nunca recusava comida de graça.

Dinah fazia movimentos parecidos, embora em menor escala. Certa vez, ela me deu a sacolinha de brindes de um evento que havia organizado naquela semana, cheia de coisas de que ela "não precisava". A maior parte eram produtos caros para a pele e petiscos gourmet, tartarugas de chocolate, azeite artesanal e cremes faciais com cheiro de hortelã.

Eu via Peter muito pouco para formar uma opinião sobre seu caráter. Ele não conversava muito. Dinah gostava de se demorar, jogando conversa fora até Serena descer do quarto. Peter fazia as gentilezas habituais, mas assim que eu me sentava na sala de jantar, retirava-se para o escritório.

— Como era o relacionamento deles? De Dinah e Peter?

A mulher pensou por um momento, depois escreveu:

camas separadas

— Você quer dizer literalmente? Eles dormiam em camas separadas?

Ela assentiu com a cabeça, entediada.

A princípio, fiquei surpresa, mas quanto mais pensava sobre a informação, menos chocante parecia. Nunca vi os Victor interagirem. Se era Dinah quem me recebia na porta, ele estava no escritório, com a porta fechada. Se era Peter, ela não estava em casa.

— Como Peter era? Como ele era com você?

Seus olhos encontraram os meus. Algo sombrio cintilou nas profundezas. Ela hesitou, depois começou outra vez. Escreveu uma única palavra.

mau

— O que ele fazia?

A mulher pousou a caneta, inclinando-se para a frente, para mais perto de mim.

Fiquei imóvel quando ela agarrou meu pescoço.

Sustentei seu olhar.

Ela sustentou o meu.

Lentamente, levei a mão ao pescoço dela. Passei o dedo pelo contorno do hematoma em forma de mão.

Eu me lembrei do Quem Dá Mais.

— E Serena?

Por alguma razão, essa era a pergunta que eu mais temia fazer, a resposta que estava menos preparada para ouvir. A ideia de uma adolescente forçada a lidar com um pai como aquele. Impotente, talvez, para fazer algo a respeito. Ou cúmplice. Participante.

Ou o pior de tudo: uma vítima também.

A mulher escreveu a frase mais longa até aquele momento.

serena é mais esperta do que parece

— Ela sabia sobre você? — sussurrei.

sim

ela sabia

Serena, que atendia à porta com seus vestidinhos *baby doll*. A menina da voz triste e sonhadora. Das unhas sempre roídas. Ela arrancava os fiapos de cutícula, mascando a pele com os dentes. Vivia distraída, às vezes de uma maneira irritante. Aparecia à mesa da sala de jantar sem nada: sem caderno, sem lápis. Fazia o dever de casa em folhas soltas que ficavam jogadas pelos cantos. Resolvia as listas de problemas de maneira errada, fazia apenas metade do que eu pedia, ou não fazia nada e ficava me encarando com uma expressão vazia quando eu perguntava o motivo. Pedi a Dinah que comprasse um fichário para ela. Um caderno apenas para nossas aulas, para que ela fizesse as tarefas de casa. Ela nunca comprou. Não era uma prioridade.

O que me frustrava era saber que, no fundo, não importava que Serena nunca se esforçasse. Ela ainda poderia comprar uma vaga em uma universidade de prestígio, independentemente das notas que tirasse.

Eu me lembrei de quando a conheci. Eu comentara sobre a beleza da casa. Estava impressionada. Já tinha dado aula particular para muitos adolescentes como ela. Tinha entrado em muitas casas bonitas. Mas nunca em uma como aquela.

Serena parecera constrangida, tinha abaixado a cabeça, tímida, e dito:

— É exagerada demais.

Pensei nela e em Lukas: a bicicleta, o celular flip, o constrangimento deles. Os dois me lembravam alguns dos meus colegas de faculdade, atormentados pela riqueza dos pais. No meu primeiro ano, fiz amizade com um garoto que tinha tanta vergonha do código postal de Palo Alto e do fato de ser herdeiro que, sempre que íamos à cidade, se recusava a comprar qualquer coisa mais cara do que um cachorro-quente de rua. Lukas e Serena ofereciam um ao outro modelos de sofrimento adaptados às suas circunstâncias particulares. Serena, em especial, deixava o sofrimento bem à mostra. Não tinha vergonha dos problemas de saúde mental. Em nossas primeiras sessões, tomava o antidepressivo bem na minha frente. Já tinha ficado afastada da escola por causa da depressão. Por duas vezes, Dinah remarcou nossas aulas, escrevendo que Serena estava "um pouco desanimada". Em nossas últimas sessões, os olhos dela estavam vermelhos e encobertos por sombras. Às vezes, olhava fixamente para um ponto na parede, como os gatos olham de maneira sinistra para fantasmas que só eles conseguem ver.

Os cancelamentos com a justificativa "Serena está desanimada" me deixavam furiosa. Em parte, porque eu tinha que me virar para encontrar outro aluno para compensar a renda perdida, mas principalmente porque não conseguia imaginar o que poderia deixá-la tão triste. Por mais que tentasse me lembrar de que todo mundo está travando as próprias batalhas invisíveis e outros clichês vazios, quando se tratava de Serena, eu não conseguia deixar de levar aquela casa em consideração. Os vitrais, o fosso, a piscina. Aquela casa enlouquecedora e irresistível. Como Serena poderia sentir algo além de uma alegria arrebatadora e inquestionável morando naquela casa? Todos os desejos atendidos, os caprichos, as vontades. Eu ficava nauseada ao vê-la atender à porta mal-humorada, tomar o antidepressivo e fazer rabiscos trágicos enquanto eu tentava explicar geometria. Que narrativa você conta para si mesma para justificar sua tristeza?, eu me perguntava. Como olha para o firmamento dourado de sua vida e o reformula como algo deprimente e digno de compaixão?

Eu já vi esses atos de autoria acontecerem, ao vivo, bem diante dos meus olhos. Já fui paga para redigi-los sem assinar. Eu me encontrava com estudantes na Barnes & Noble em Calabasas para "ajudá-los" com seus ensaios para o processo de admissão à faculdade. Na verdade, eu mesma os escrevia. Tomava um *chai latte* morno do Starbucks enquanto ouvia suas histórias tristes e, em seguida, digitava mil palavras enquanto faziam a lição de casa, ocasionalmente respondendo às minhas perguntas quando eu precisava de mais detalhes ou informações. Alguns desses adolescentes me falavam com muita franqueza sobre a mãe alcoólatra e as experiências de quase morte. Outros abordavam as dificuldades com mais cinismo. "Você acha que isso é triste o suficiente?"

Talvez tivessem conquistado o direito a esse cinismo. Desde cedo, as crianças de hoje aprendem que seu sofrimento — não importa quão profundo, quão inexprimível — deve ser externalizado, deve se tornar compreensível e acessível aos outros. Desde cedo, aprendem que os guardiões do sucesso vão exigir que desenterrem os sofrimentos mais íntimos e os narrem, diversas vezes, até seu valor ser reconhecido. Quando descobrissem como tornar o sofrimento legível — ou até mesmo cosmético, atraente e lucrativo —, poderia virar uma moeda de troca. Os alunos ensaiam esse processo antes mesmo de terem as ferramentas ou as experiências necessárias para desenvolver qualquer teoria real a respeito do próprio valor. Todo mundo já teve dezessete anos. Com sorte. Se chegamos lá. Nessa fase, nossa identidade é uma colcha de retalhos que costuramos com as parcas ferramentas que temos à mão e defendemos com unhas e dentes. Lidamos com informações que chegam sem parar de livros didáticos, de professores e do Instagram, refratadas por tantas lentes que perdem toda a integridade estrutural. Então, se você for regido pela lógica tradicional da mobilidade social, vai tentar entrar em uma faculdade. Vai destilar seu frágil sistema de crenças e sua biografia crua e ainda imatura em um ensaio e uma nota em uma prova, e implorar para ser aceito no próximo estágio da existência. Ou vai acabar pagando por isso.

Eu trabalhava com — não com, mas *para* — o tipo de aluno que paga por isso. Meus serviços eram caros. Ocasionalmente, eu digitava um endereço no GPS e ficava surpresa ao chegar a um conjunto habitacional, onde encontrava uma mãe solteira doce e atrapalhada, um atleta promissor que precisava de um pequeno empurrão acadêmico para ganhar a bolsa de estudos. Mas, na maioria das vezes, eram Serenas, Spencers e Jaggers. Era Bel-Air, Pacific Palisades, Calabasas. Eu tinha uma montanha de empréstimos para quitar. Tinha que pagar o aluguel.

Eu tinha colocado Serena no mesmo grupo que todos esses outros alunos. Os sinceros e bem-intencionados. Os cínicos de olhar desconfiado. Aqueles que acham que burlaram o sistema, desesperados para se livrar das cobranças dos pais. Jovens brilhantes, jovens medianos, jovens que eram casos perdidos. Eu tinha estado em muitas casas. Tinha mijado em muitos banheiros luxuosos. Tinha ensinado os mesmos problemas de álgebra para muitos rostos confusos, entediados e cheios de esperança.

E se, durante todo aquele tempo, Serena tivesse sido outra coisa completamente diferente?

— Ela estava envolvida? — sussurrei.

A mulher começou a escrever.

sim e não

Franzi a testa. O que ela queria dizer com "sim e não"? As duas coisas não podiam ser verdade. Ou você está envolvido no sequestro de uma mulher e no cativeiro dela como escrava sexual embaixo da escada, ou não. Eu acredito em ambiguidades morais como todo mundo, mas isso me parecia bem preto no branco.

O sol já tinha quase se posto. O céu estava tingido de um tom surreal de rosa, e a lua parecia alienígena contra aquele fundo.

— Está na hora de procurar um hotel — anunciei, recolhendo o lixo. Eu me sentia enjoada. A cerveja, o cigarro, as coisas que havia descoberto e as que permaneciam em aberto: tudo revirava no estômago. — Vamos embora.

Algo estava se movendo debaixo da água escura. Um jacaré, talvez. Peter Victor. A noite pregava peças na minha mente.

12

Ao anoitecer, cruzamos a divisa com o Mississippi. Por volta das onze da noite, chegamos a uma cidade chamada Pascagoula. Havia um Days Inn às margens da rodovia. O saguão parecia não passar por uma repaginada desde os anos 1980. Havia uma árvore de Natal branca com luzinhas azuis ao lado de uma máquina de café. Um terrier de aparência desgrenhada dormia sob uma cadeira dobrável de plástico. Ele abriu um dos olhos quando os sinos de vento sinalizaram nossa entrada, e o fechou logo em seguida.

Atrás do balcão da recepção havia um homem branco de aparência virginal. Ele poderia ter qualquer idade entre vinte e nove e quarenta e cinco anos. A camisa polo e os óculos antiquados faziam com que parecesse alguém que deveria estar em um lar de idosos, mas a pele era rosada e sem poros como a de uma criança.

Na mesa havia um jornal. Será que nós éramos notícia? Se abrisse a primeira página, veria meu próprio rosto?

— Boa noite — disse o recepcionista, com as vogais suaves e arrastadas do Mississippi. Ele tinha mãos nervosas, que se moviam entre a caneca de café, o mouse e o teclado antigo do computador. — Precisam de um quarto?

— Sim. Com duas camas, se você tiver.

Ele assentiu e seu olhar se voltou para a mulher.

— De onde vocês estão vindo?

— De Atlanta — respondi, casualmente.

— Atlanta — repetiu ele, com um sorriso tímido. — Olhe só. Eu nunca fui lá.

— É ótimo.

— Tem o museu da Coca-Cola.

— Isso.

Um sorriso sutil.

— E para onde estão indo? — Ele dirigiu essa pergunta à mulher.

— Para Austin, no Texas — menti, com facilidade, desviando sua atenção.

— Para as festas de fim de ano?

Som afirmativo. Sorriso educado.

— Pelo que estou vendo, você é a falante da dupla — disse, olhando para a mulher.

— Ah, ela só está cansada — respondi.

A mulher abriu um sorriso pálido e obediente. Apresentei a identidade de Naomi Morgan ao recepcionista. Ele examinou o rosto no documento por vários segundos além do que achei confortável, e em seguida olhou para mim. Fiz alguns cálculos rápidos: Até onde as notícias teriam chegado? Provavelmente éramos manchete na Califórnia, talvez notícia de primeira ou segunda página no Arizona e em Nevada. Mas e no Texas? E em Ohio, no Maine ou no Mississippi? As transmissões de rádio e os artigos que eu havia pesquisado freneticamente na biblioteca não tinham dado muitos detalhes sobre a perseguição, mas tínhamos que presumir que as autoridades da Califórnia haviam solicitado que os policiais rodoviários se juntassem às buscas. Àquela altura, já estariam vasculhando a I-15, a I-25, a I-40 e a I-10, e delegados federais estariam desenterrando qualquer podre útil sobre nós. Nós poderíamos estar em Salt Lake City, Colorado Springs ou Amarillo. Será que havia algum agente do FBI capaz de inserir tudo o que sabia sobre mim em algum algoritmo? Será que isso o levaria a um Days Inn em Pascagoula, Mississippi? Eles não faziam ideia de qual rota havíamos tomado. Éramos anônimas o suficiente no Nissan. Até aquele momento, pelo que sabíamos, nenhum carro havia sido dado como roubado, e ninguém tinha visto a mulher que o levara. Mas estávamos na estrada fazia apenas dois dias. Era só uma questão de tempo até nossos rostos estarem por toda parte. Quatro dos noticiários de rádio diferentes que havíamos ouvido tinham pelo menos mencionado os assassinatos. No dia seguinte, nossos rostos estariam nas televisões de Nova York, Atlanta, Chicago, Miami e Washington. Nunca estivemos tão em perigo quanto naquele exato momento.

O recepcionista sorriu e devolveu a identidade. Eu mexia os pés de um lado para o outro enquanto ele clicava em páginas da web lentas para fazer a reserva do quarto. "White Christmas" tocava no rádio, e o homem assobiava junto. Sua gentileza parecia ameaçadora.

Por fim, ele me entregou um par de chaves enferrujadas.

— Se precisarem de alguma coisa, é só falar comigo — ofereceu, abrindo um sorriso ansioso.

Conduzi a mulher até o nosso quarto e fechei a porta depois que entramos. Corri para ligar a televisão, passando pelos canais até encontrar um programa de notícias com atualizações. Parei quando ouvi meu nome.

Havia vans de canais de notícias em frente a uma casa. Levei vários segundos para perceber que era a da minha mãe.

Ela apareceu na porta da frente, protegendo o rosto do furioso turbilhão de flashes de câmera com uma bolsa T.J. Maxx. Um vislumbre da blusa com estampa de zebra e das sapatilhas confortáveis que ela usava para não machucar os pés, depois de passar o dia todo em pé no salão de beleza. Repórteres cercaram o carro: "Por que Evie fez isso?"; "Onde está Evie?"; "A senhora a está protegendo?"; "Onde está Evie?"; "Por que sua filha matou os Victor?".

Os fotógrafos pareciam saídos de um filme de zumbis, jogando o peso contra o carro. Minha mãe deu ré na entrada da garagem. Parecia aterrorizada.

Uma âncora de telejornal a substituiu na tela, com um ar severo e ameaçador em frente a um horizonte de papelão. Ela tinha cachos perfeitos, como uma estrela country de Nashville, e estava defendendo a pena de morte. Mais especificamente, para mim. Quando fosse capturada. O que inevitavelmente iria acontecer. Era apenas uma questão de tempo. O tempo está passando, Evie Gordon. Há milhões de nós, uma legião inteira de cidadãos preocupados, dentes brilhando no escuro. Tochas na mão. *Nós vamos encontrá-la. Você vai pagar pelo que fez.*

Desliguei a TV, resistindo à vontade de jogar o controle remoto na parede. Queria pisotear a televisão até fazê-la estalar e explodir. Queria arrancar minha mãe dos pixels ardentes e levá-la para um lugar seguro. Queria que ela *me* arrancasse daquele quarto de hotel barato e me levasse para casa. Eu queria chorar.

Estava acontecendo. Começou na garganta, súbito e ardente.

Peguei um maço de cigarro e saí do quarto.

As cigarras gritavam na mata além do perímetro do estacionamento vazio do Days Inn. Não havia postes de luz, nem mesmo acima da lixeira. A escuridão no Sul era muito mais avassaladora do que na Califórnia. Menos luzes, mais estrelas. O ar era tão carregado de umidade que eu tinha a sensação de que poderia desenhar nele com o dedo, como se fosse areia. Dei longas tragadas e fiquei olhando para o breu, como se pudesse identificar formas significativas nele.

Minha mãe devia estar a nove horas de carro de distância. Eu poderia estar lá pela manhã, se dirigisse sem parar. Poderia entrar pelos fundos e evitar as vans das emissoras. Eu não tinha chave. Mas se batesse à porta, gosto de acreditar que ela saberia que era eu, que me deixaria entrar.

Na escuridão, uma porta se abriu com um estrondo, fazendo com que eu quase derrubasse o cigarro.

Havia alguém parado na porta.

— É você? — disse uma voz.

A pessoa estava contra a luz, então eu não conseguia ver seu rosto.

Cambaleei para trás, tentando alcançar a porta.

— Relaxe. Está tudo bem.

A figura deu mais um passo, e suas feições se tornaram visíveis.

Era o recepcionista do hotel. Ele estava sorrindo para mim.

— Você não pode fumar lá dentro, é claro — disse, apontando para o cigarro. — Mas aqui fora não tem problema. Posso filar um?

Eu não conseguia falar. Demorei um pouco, mas assenti.

Ele pegou um cigarro do maço aberto, sorrindo ainda mais. Os dentes pareciam falsos. Eram muito largos, quadrados e grandes, como os de um cavalo.

— Eu nem gosto muito de fumar. Mas de vez em quando não faz mal.

Podia senti-lo olhando para mim, sorrindo. Abaixei a cabeça, apagando o resto do cigarro, embora mal o tivesse fumado.

Assim que cheguei à porta, o recepcionista disse:

— Então, para que lado vocês vão de manhã, Naomi? É Naomi, né?

Eu assenti. Naomi. Sim. Essa sou eu. Eu sou Naomi.

— Provavelmente vamos pegar a I-49 — respondi, abrindo a porta, deixando claro que estava indo embora. O recepcionista era péssimo em interpretar indiretas. — É o caminho mais rápido para Dallas.

— Ah. Dallas? Achei que você tinha dito que estavam indo para Austin.

Merda.

— Ah, é. Não, eu quis dizer Dallas. Meus pais acabaram de se mudar para lá, de Austin. Força do hábito.

— Sua amiga também tem família lá?

— Minha amiga?

— A mulher — esclareceu o recepcionista. — A que está com você. Como é mesmo o nome dela? Eu não lembro.

— Ah, hum. Katie. Ela vai passar as festas de fim de ano com a minha família.

— Amiga de infância?

— É. Melhor amiga.

— Legal.

— É.

— Eu queria perguntar antes — disse ele, dando uma batidinha no cigarro —, o que você faz da vida? Você me parece muito familiar.

Congelei.

— Sou estudante — consegui dizer.

Ele murmurou a palavra "estudante" para si mesmo, como se isso fosse de grande interesse.

— Faculdade?

— Não. Pós-graduação.

— Ah. Estuda o quê?

— Direito — respondi, segurando a porta.

— Qual faculdade? — perguntou, aproximando-se.

— Emory.

O recepcionista me seguiu.

— Desculpa, é que você me parece muito familiar.

— Ah — falei, sem graça. — Bem, boa noite.

— Boa noite, Naomi — respondeu ele, alegre.

Precisei de toda a minha energia para voltar com calma para o quarto. A mulher piscou, sonolenta, quando entrei. Comecei a juntar nossas coisas e levá-las até a porta.

— Nós temos que ir — sussurrei.

A mulher se levantou, cautelosa.

— Nós temos que ir. *Agora*. Neste instante. Aquele recepcionista tagarela lá de baixo acha que eu pareço "familiar". — Peguei a chave do carro. — Nós não podemos nos dar ao luxo de esperar até ele ligar os pontos.

A mulher me seguiu até o corredor. Deixamos as chaves do quarto lá dentro, andando o mais silenciosamente possível. A luz estava acesa perto da lixeira quando saímos, iluminando o estacionamento.

O recepcionista estava parado ao lado do nosso carro, espiando pelas janelas.

Ele estava com o celular junto ao ouvido.

— ...sim, senhor, sem mais nem menos, não consegui entender a história direito. E a mulher com ela...

A mulher foi mais rápida do que eu. Passou por mim e empurrou o recepcionista, derrubando-o no chão e arrancando o celular da mão dele.

Corri atrás dela, chutando o telefone para o mais longe possível. Em seguida, pisei nele com o calcanhar até a tela rachar.

Quando me virei, os dois estavam lutando no chão. Ele estava gritando.

— Elas — arfava —, vocês são elas, vocês são mesmo elas...

A mulher estava tentando cobrir a boca dele. Ele mordeu a mão dela. Ela soltou um grunhido selvagem de dor e saiu de cima, segurando a mão ensanguentada junto ao peito, como um pássaro ferido.

O recepcionista tentou se levantar, mas a mulher se lançou contra ele, sangue escorrendo pelo braço, e o agarrou pelo tornozelo. Ele caiu no chão, e ela se arrastou para cima dele.

A mulher sacou o canivete, abrindo-o com um movimento frio e certeiro.

Encostou a lâmina no pescoço dele e emitiu sons baixos e roucos até que ele se calasse.

Foi só quando o recepcionista finalmente parou de se debater e ficou quieto que me agachei ao lado de sua cabeça. A mulher mantinha um dos braços magros dele preso sob o joelho. O outro se debatia, descontrolado. Eu o prendi e o segurei contra o asfalto. A lâmina brilhava junto ao pescoço, paciente e ameaçadora. Os olhos do recepcionista estavam vermelhos, frenéticos, apavorados.

— Você não viu nada aqui — sussurrei. — Entendeu?

Ele soltou um som engasgado e gorgolejante. A ponta da faca estava apontada diretamente para o pomo de adão. Se movesse a lâmina um centímetro, cortaria sua garganta.

Eu me abaixei até chegar bem perto daquele rosto aterrorizado, o sangue latejando na cabeça como uma música de fundo.

— Você entendeu? — repeti, mais baixo.

A mulher olhou para mim, com urgência e em pânico.

Era uma ameaça vazia. Eu sabia disso, ela sabia disso, o recepcionista sabia disso. Assim que o soltássemos e fugíssemos, ele entraria correndo, pegaria o telefone e ligaria para a polícia. E nós estaríamos ferradas.

— Merda! — praguejei, com vontade de chutar a cabeça dele enquanto me levantava.

A mulher ainda estava sentada em cima dele, imobilizando-o. Soube, ao olhar em seus olhos, que ela o mataria se eu pedisse. Eu não tinha a menor dúvida disso. Ela seria capaz. Ladra de carros. Empunhadora de canivetes. Assassina de recepcionistas.

Balancei a cabeça. A compreensão surgiu no rosto dela.

Não podíamos matá-lo. Essa decisão não cabia a nós. Ele não era ninguém. Um recepcionista de um hotel Days Inn em Pascagoula, Mississippi. E talvez isso não significasse coisa alguma — talvez houvesse corpos no armário dele, cabeças no freezer.

Talvez ele tivesse uma família. Um recém-nascido em casa. Uma namorada, enfermeira, que trabalhava à noite, como ele, para que os horários batessem. Uma mãe doente, um adolescente faminto. Pessoas que dependiam dele. Estava fazendo o que achava certo. Não tinha motivos para acreditar que eu era inocente. Ninguém — talvez nem mesmo minha própria família — acreditava que eu era inocente.

Ninguém, exceto a mulher.

Ela me encarou. Eu contei.

Uma telepatia intensa vibrou entre nós.

Um, dois...

Corra.

Ela saiu de cima dele e disparou em direção à porta do carona. Destranquei o carro e me joguei no banco do motorista. Girei a chave na ignição e saí a toda a velocidade do estacionamento. Pelo espelho retrovisor, vi o recepcionista se levantar cambaleando e começar a gritar por socorro.

13

Abandonamos o mapa e a estrada. Tratei o santuário patético que era nosso Nissan como se fosse a presa mais insignificante do mundo. Precisamos ter uma visão panorâmica de nós mesmas. Apenas uma pequena porcentagem de nossa mente nos pertence; o restante é a consciência deles, os pensamentos, as previsões de nosso comportamento. Temos que tratar nosso caminho com o desprendimento dos anarquistas. Estradas de terra, vias secundárias, ruas residenciais. Qualquer coisa que se assemelhe a uma rodovia deve ser evitada. Eu não sabia para onde tínhamos ido nem quanto tempo estávamos na estrada. A noite apagava os indicadores topográficos e as marcas do tempo, nivelando o mundo em um túnel interminável e alucinógeno de céu e terra. Um posto de gasolina aqui, uma rua lateral para um discreto xixi ou vômito ali. A mulher vomitou duas vezes — discretamente, sem expressão, como se fosse algo rotineiro. Nenhuma de nós dormiu. Quando passamos por uma farmácia CVS aberta vinte e quatro horas, fez um gesto brusco para que eu parasse. Ela me orientou a estacionar a algumas vagas de distância de um SUV escuro e maltratado da General Motors. Tirou uma chave de fenda de uma das sacolas. Não fui convidada a assistir. Alguns minutos depois, ela bateu com os nós dos dedos na janela, a respiração gelada visível contra o vidro. Eu me afundei no banco de couro rachado do carro novo. Era a vez dela de dirigir.

Acordei nas montanhas. Picos gelados contra um céu rosado. O sol estava quase nascendo. Encontramos um Quality Inn de aparência vitoriana com um estacionamento quase vazio. Não era o ideal, mas precisávamos dormir e estávamos vulneráveis demais para arriscar outro estacionamento de igreja. A mulher fez o check-in com o documento de identidade de Katie Choi. Eu estava usando um gorro e um cachecol pesado, cobrindo o máximo possível do rosto sem parecer suspeita. Cada centímetro da recepção estava decorado com guirlandas, luzinhas e festão. "Little Saint Nick" tocava alto nos alto-falantes. Uma senhora idosa de olhos brilhantes, animada para o turno matinal, reservou nosso quarto. Não havia quartos com camas de solteiro disponíveis, apenas com cama queen. Como já era de manhã, reservamos o quarto para o dia e para a noite.

Nosso quarto tinha carpete, colcha e cortinas; tudo florido. Estampas grandes e chamativas em tons fortes com acabamento em ilhós. A banheira era a mesma desde os anos 1990, mas pelo menos a água era quente.

A mulher foi direto até as janelas e puxou as cortinas com força.

Foi então que notei o sangue. Uma mancha escura na parte de trás da camiseta, perto do cóccix.

— Venha aqui — murmurei.

Ela se virou, confusa.

— Suas costas. Você está sangrando.

Ela passou a mão na parte inferior das costas, dando-se conta do que tinha acontecido.

— Posso...? — Eu me aproximei lentamente, segurando sua camiseta.

Ela assentiu, resignada. A camiseta estava pegajosa por causa do sangue seco e fresco, e eu tive que descolá-la com cuidado, como se fosse um curativo. Ela cerrou os dentes devido à dor.

A laceração era grossa e irregular. Sangue escorria lentamente da ferida. Algo pontiagudo devia tê-la atingido enquanto lutava com o recepcionista.

— Vamos para o banheiro — pedi. — Eu preciso limpar isso.

Seus punhos se cerraram, mas ela obedeceu. Tirei o casaco. Preto e acolchoado, de material sintético, da marca Walmart. A temperatura do quarto estava muito alta, e eu já estava suando. Ajustei o termostato, sentindo o suor começar a brotar sob os braços. Ouvi água corrente enquanto vasculhava o kit de primeiros socorros sobre a cama, pegando curativos e uma pomada.

A mulher estava em frente à pia, de costas para mim. A camiseta endurecida de sangue embolada na mão. Estava apoiada na bancada, o pescoço curvado. Esperando.

As costas estavam nuas. Covinhas idênticas sulcavam cada um dos lados do cóccix, como se alguém tivesse segurado os quadris dela por trás e pressionado os polegares na carne macia como argila. Covinhas de Vênus, é como são chamadas.

A caixa torácica dela subia e descia enquanto eu me aproximava. Lavei as mãos. A pia era de um rosa-salmão retrô. A mulher pairava na minha visão periférica. As omoplatas angulosas, a coluna que se arqueava de um jeito quase indecente. Ela se mexeu e os longos músculos das costas ondularam e cederam, como uma tenda desabando. A tatuagem me chamava. Pétalas escuras se estendiam sobre as costelas, murchando nas pontas. A superfície parecia aveludada.

Umedeci uma toalha de rosto e limpei o sangue seco com cuidado. Ela não se moveu. Ficou parada na pia, respirando enquanto eu limpava a ferida, aplicava a pomada e colocava um curativo.

Entreguei uma camiseta nova a ela, que a vestiu devagar e aceitou a água que ofereci. O quarto continuava tão quente que chegava a ser opressivo. Nós nos movíamos como se estivéssemos atravessando cortinas pesadas, devagar, quase entorpecidas. O cotovelo da mulher tocou o meu, assim como o joelho. Seus olhos estavam fixos na minha boca, como se não soubesse que estava olhando.

Uma gota de suor surgiu no lábio superior dela. Uma pequena pérola. Senti vontade de limpá-la com o polegar.

— Melhor? — perguntei, a voz rouca, mas logo me arrependi.

O quarto estava tão silencioso havia tanto tempo, sem qualquer som além do ruído de nossos próprios movimentos, que minha voz soou como uma porta batendo.

— Você deveria beber tudo — aconselhei, indicando a garrafa de água com o queixo.

A mulher assentiu e desviou o olhar. Qualquer que fosse o feitiço, foi quebrado naquele momento.

Tomei um banho. Quando terminei, encontrei uma máquina de venda automática no corredor vazio. Cereal, biscoitos Famous Amos, balas de gelatina Welch's. Ainda tínhamos alguns donuts com açúcar e o resto da cerveja. A mulher bebeu a dela rapidamente, e eu a acompanhei. Logo em seguida, bebeu uma segunda cerveja e comeu os donuts. Quando já estava saciada o suficiente para me deitar na cama de casal e tentar dormir, ouvi o chuveiro ligar de novo.

Trinta minutos depois, ela saiu do banheiro, úmida e com os olhos vermelhos. A camiseta colada ao torso. Ela ficou parada aos pés da cama, como se não soubesse ao certo como se deitar. Eu me sentei e puxei as cobertas do outro lado. Um convite. Não queria que ela dormisse na banheira de novo. E não queria dormir sozinha.

Ela olhou para o travesseiro com uma espécie de incerteza vazia. Com cautela, deu um passo à frente.

Eu não disse uma palavra enquanto ela se enfiava debaixo das cobertas e se virava de lado, ficando de costas para mim. De repente, estava cruelmente desperta. A luz da manhã entrava pela fresta das cortinas, formando prismas no teto, como se estivéssemos debaixo d'água. A respiração da mulher era alta e irregular ao meu lado, o corpo inquieto. No campo de visão periférica, vi quando se deitou de barriga para cima. Espelhando-se em mim. O aquecedor estava silencioso, o quarto mergulhado no silêncio, o ar parado, como se envolto em isolamento acústico. Cada respiração e movimento era como um tiro.

Dormimos em intervalos curtos durante o dia. Eu a ouvi se levantar algumas vezes para beber água ou ir ao banheiro. O maior período ininterrupto que consegui dormir foi cerca de uma hora e meia, entre três e quatro e meia da tarde. Às cinco, o sol já tinha se posto.

Olhei pela janela. A piscina estava coberta, porque era inverno, mas havia três crianças sentadas em espreguiçadeiras de vinil, jogando videogame. Aos poucos, do outro lado do gramado do hotel, luzes de Natal multicoloridas começaram a se acender.

A mulher também estava acordada. Liguei o abajur e peguei o controle remoto para procurar um noticiário.

Ela segurou meu pulso, brusca.

— Você não acha que a gente deveria...?

Ela balançou a cabeça de forma tão suplicante que não me deixou outra opção a não ser ceder.

— Está bem.

O alívio inundou o rosto dela.

— Nada de noticiário. Mas encontre alguma coisa, tá bom?

Joguei o controle remoto para ela. Não iria conseguir ficar parada em silêncio a noite toda.

Eu a deixei passando pelos canais enquanto ia de novo à máquina automática, certificando-me de que não havia alguém no corredor. Biscoitos de manteiga de amendoim, Ruffles, saquinhos individuais de Sucrilhos. Duas Coca-Colas, duas garrafas de água. Quando voltei, ela estava tomando uma cerveja e assistindo a *Esqueceram de mim*.

Joguei os lanches na cama e abri uma cerveja para mim. Depois de *Esqueceram de mim*, vimos *O amor não tira férias*. Depois, *O conto de Natal dos Muppets*. Bebemos a última cerveja e acabamos com a comida. Tomei um banho por volta das nove.

Quando terminei, encontrei a mulher na pia, vestindo apenas as roupas íntimas baratas e meio masculinas que eu havia comprado no Walmart. Marca Fruit of the Loom. Ela estava secando uma poça de água no chão. Havia roupas molhadas penduradas por todo o quarto: camisetas, calças de moletom e meias que ela devia ter lavado na pia enquanto eu tomava banho.

— Ah — falei, sem graça. A mulher se levantou com cautela. — Obrigada. Por ter feito isso.

Fiquei tensa e desconfortável de uma forma que não me agradou. A educação forçada fazia com que eu me sentisse distante dela. Sentia falta do ritmo não verbal, quase primitivo, que tínhamos compartilhado no carro.

Ela deu de ombros, um pouco constrangida.

Deixei-a sozinha no banheiro, o corpo ainda enrolado na toalha. Ela tirou a calcinha e o sutiã e começou a lavá-los na pia. Os músculos sobressaíam em ângulos agudos. Desviei o olhar e deixei a toalha cair, enfiando-me debaixo das cobertas.

Apaguei a luz e a ouvi se deitar na cama. O luar tremulava sob a cortina. Ela estava mais perto de mim do que durante o dia: não exatamente me tocando, mas perto o suficiente para que a respiração fizesse cócegas na minha nuca.

Quando senti um dedo roçar os nós dos meus dedos, achei que estivesse imaginando. Quando aconteceu de novo, virei-me para encará-la.

— O que foi?

Os olhos da mulher se fixaram nos meus, procurando algo com atenção.

Ela estava tremendo.

— O que foi? — repeti. — Você está com frio? Quer que eu aumente o aquecedor?

Ela balançou a cabeça, fechando os olhos. Ela respirou fundo e os abriu de novo. O rosto estava tão próximo que eu conseguia distinguir cada cílio.

— Jae — disse ela, em meio ao silêncio. — Esse é o meu nome.

PARTE II

Pelas próprias mãos

14

O café do posto de gasolina embaçava o para-brisa. No painel, havia duas bananas machucadas, cobertas de fiapos de bolso, e uma maçã embrulhada em plástico, roubada do bufê de café da manhã do Quality Inn. O carro era um SUV da General Motors roubado, modelo 2005, aparentemente. No banco de trás havia uma sacola cheia de uniformes e equipamentos de futebol fedorentos, uma barra de cereal fossilizada e uma lata vazia de limonada com vodca Mike's Hard, sabor cereja preta. O piso estava manchado de lama, e no porta-malas havia uma barraca de acampamento suja e botas de caminhada masculinas, tamanho 43. Estava nevando. Aquele seria nosso quinto dia na estrada.

Estávamos em Ozarks, em um posto de gasolina às margens da rodovia. Jae havia pegado um mapa no Quality Inn antes de sairmos. Eu era muito boa com mapas. Por enquanto, a única coisa que importava era colocar distância entre nós e o recepcionista do hotel. Ganhar tempo até que o verdadeiro assassino dos Victor fosse encontrado, ou até que fôssemos forçadas a pensar em um plano mais grandioso. Tracei uma rota que nos levaria mais para o sul. Eu tinha medo do que poderia estar à nossa espera se fôssemos para o norte. O frio. As cidades congestionadas do Nordeste, todos aqueles corpos. Todos aqueles olhos.

— O que você acha? — perguntei a Jae.

Ela ainda não havia falado naquele dia. Nada desde a noite anterior. Nada desde "Jae".

Eu estava começando a achar que tinha imaginado aquilo.

Jae fez um ruído de concordância. Nem um "sim" nem um "não".

Saímos. O carro estava silencioso, exceto pelos goles de café, meu tamborilar inquieto no volante, o raspar dos limpadores de para-brisa lutando contra a neve. Durou apenas alguns minutos, até que os gritos do recepcionista do hotel interromperam o silêncio. Eu o vi cambaleando na beira da estrada, como o protagonista de um filme de terror que finalmente conseguiu fugir da cabana na floresta, do louco com a motosserra. Da garota muda com a faca.

Fui passando pelas estações de rádio. Uma música country explodiu nos alto-falantes: algo sobre salvar um cavalo e montar um caubói.

Jae desligou o rádio.

— Não sei lidar com o silêncio — avisei.

— Eu sei — disse ela. — Você é péssima nisso.

Eu ri, alto demais, tanto que foi meio constrangedor. Estava muito aliviada por ouvir a voz dela de novo. Por confirmar que não havia imaginado aquilo, que não havia passado a um novo estágio de insanidade. A voz dela não se parecia em nada com o que eu esperava. Era uma voz carrancuda, um sibilo ríspido. Como se estivesse enferrujada, como se o lugar de onde vinha estivesse ferido.

Dei uma olhada para ela no banco do passageiro. A luz do sol lutava contra as nuvens. Um raio atravessava o para-brisa e passava pelo rosto dela. Seus olhos brilhavam com uma luz âmbar. Ela continuou a me olhar por um tempo, depois desviou o rosto.

Você é Jae, pensei, estudando aquele rosto élfico e anguloso. As mãos longas e ossudas, as unhas roídas. *Jae é quem você é.*

— Me conte uma história, então — pedi. — Já que não vai me deixar ouvir música.

Eu não havia planejado pedir isso. Privacidade e paciência estavam entre as poucas coisas que eu podia oferecer a ela. A história dela, por mais trágica ou mundana que fosse, era só dela, se quisesse mantê-la assim. Eu não a forçaria a transformar sua vida em alguma espécie de moeda de troca, algo que eu cobraria em troca de lealdade.

Mas é fácil ser corajosa no carro, quando você não é forçada a olhar a outra pessoa nos olhos. Dizer coisas que normalmente não diria, fazer perguntas que normalmente não faria.

— Que tipo de história? — perguntou Jae, baixinho.

Senti outra pequena onda de adrenalina.

— Qualquer tipo.

Ouvi o clique na garganta dela enquanto olhava para as montanhas.

— Eu não conheço boas histórias.

A coragem estava se esvaindo rapidamente. Saber o nome dela não tinha me saciado: só me deixara mais faminta. Depois de tantos dias de companhia silenciosa e solitária, eu teria aceitado qualquer coisa.

— Me conte uma história ruim.

— Eu estou enferrujada.

— Tudo bem, esqueça. — Peguei um cigarro do maço e me atrapalhei tentando acendê-lo. Estava constrangida por ter sido rejeitada; tinha pedido muito, rápido demais. — Foi uma ideia idiota.

Jae estendeu a mão para me ajudar. Ela protegeu a chama, sustentando minha mão. Respirei, contando o ritmo e sentindo o compasso desajeitado. Fiquei grata por ter coisas com as quais me ocupar — espelhos para checar, carros para observar, a seta para manejar. Eu queria desejar menos. Queria saber menos sobre ela. Como era impossível, eu mesma preenchia as lacunas. Os pais eram atletas olímpicos, músicos que viviam viajando ou jornalistas especializados em cobertura de guerras fugindo de perseguição. Ela havia passado por várias governantas cruéis em Paris ou parentes negligentes na Malásia. Fugira da custódia opressiva deles e se criara sozinha. Escalava árvores frutíferas em busca de alimento ou pegava produtos de agricultores em barracas de feira movimentadas sem pagar. Se escondeu em caixotes e atravessou mares como clandestina. Foi boxeadora ilegal na Espanha, ladra de carros em Busan. Foi musa de um pintor no Marrocos e artista de rua em Cartagena. Ela era Jae. Tirando isso, eu não sabia nada sobre ela.

— Eu tenho praticado, sabia? — disse Jae.

Sua voz era suave. Eu estava tão concentrada em ignorá-la que quase não percebi que havia falado de novo.

— Eu sussurrava coisas — continuou. — Em segredo. Quando você saía para comprar comida. Na banheira, naquela primeira noite.

— Você praticava… falar?

— É. Eu tinha que ter certeza de que ainda conseguia. Minha voz parecia... estranha. — Ela falava devagar. Eu conseguia ouvi-la escolhendo cada palavra com cuidado, para ter certeza de que seria compreendida. — Fazia muito tempo que não me ouvia. Não gostei de como ela soou.

— Eu gosto da sua voz — comentei, impulsiva. Jae me olhou, séria, como se achasse que eu estava zombando dela. — É sério.

Eu gostava. Era baixa e áspera, profunda como quando você acorda na cama com um amante. Um público de uma pessoa só.

— Eu nunca fui de falar muito — disse Jae, depois de aceitar que eu estava sendo sincera. — Sempre fui calada. Quando era criança. Meus pais achavam que ia melhorar quando eu crescesse. Mas não melhorou. E então, na casa... — Um nó se formou em sua garganta. — Não é que eu tenha me esquecido. Ninguém desaprende a falar. Mas eu estava tão acostumada a ficar sozinha que, quando você arrombou a porta, foi como se... uma máquina tivesse sido desligada e eu não soubesse como ligar de novo. Sabia que ainda era capaz de falar. Era só uma questão de encontrar a alavanca. Mas... foi difícil.

— Eu não vou obrigar você a falar.

Senti Jae estudando a lateral do meu rosto. Depois de um longo momento, ela disse:

— Eu sei que eu tornei as coisas difíceis para você.

Eu não sabia o que dizer, então fiquei em silêncio.

— Mas mesmo assim você me manteve por perto — continuou ela. — Nos manteve em segurança.

— Foi *você* que fez isso — corrigi. — Eu não sei o que estou fazendo. Tudo o que a gente conseguiu, os carros, as identidades... foi tudo você.

— Eu posso até conseguir coisas — admitiu Jae. — Mas é você que faz elas acontecerem. Você fala. As pessoas escutam.

— Porque você não fala.

— Porque as pessoas não me escutam. Elas ouvem você.

Não pude evitar uma risada de incredulidade.

— *Eu* ouço você — murmurou Jae.

Soou como uma confissão.

— Me conte uma história — pedi.

— Para quê?

— Como assim para quê? — Não entendi.

— O que você ganha com isso?

— Como assim o que eu "ganho com isso"? Eu vou conhecer você melhor. Essa é a recompensa. Conhecer você.

— Me conhecer não é uma recompensa.

Tive um vislumbre do interior da Casa Victor, onde tudo era transacional, entendido apenas em termos do quanto custava. Isso custa mais do que aquilo. Eu custo mais do que você.

— Eu só quero uma história — falei. — Para tornar a viagem mais fácil. Não precisa me contar nada sobre você. Só me conte alguma coisa.

Era isso. Eu me sentia como um capitão de navio envelhecido, preso em uma ilha deserta. Só eu e minha bola de vôlei. Era um avião de resgate sobrevoando a ilha ou um truque cruel da imaginação? Não sabia quanto tempo mais eu aguentaria se fosse a segunda opção.

Por favor, pensei. Só fale comigo.

— Tudo bem — disse Jae. — Eu tenho uma história.

Era uma vez uma artista chamada Mila. Ela era da Ucrânia e era linda. O tipo de beleza que fazia os homens ficarem idiotas. Ela era casada com um homem rico na Alemanha, mas ele não a fazia feliz. Depois que se mudaram para os Estados Unidos, o homem rico não permitia que Mila trabalhasse, então ela passava os dias indo a uma floricultura: comprava os buquês mais caros e elaborados e os levava para casa para pintar.

Na floricultura trabalhava um belo florista chamado Jordan Park. Ele contou a Mila que, quando se mudou da Coreia do Sul para os Estados Unidos, escolheu o nome "Jordan" por causa de um jogador de basquete que admirava. Mila não conhecia Michael Jordan, flores ou os Beatles, nem nenhuma das outras coisas das quais Jordan gostava de falar e mostrar a ela, mas ia à floricultura quase todos os dias para vê-lo. O inglês dela não era excelente, mas sempre tentava falar com Jordan, para impressioná-lo. O inglês dele era excelente. Ela gostava de examinar as flores e perguntar o que cada uma simbolizava. Lótus, renascimento. Rododendro, perigo. Boca-de-leão, mentira. Cravina era a favorita de Jordan, simbolizava galanteria. Mila preferia as margaridas-amarelas, a justiça.

Eles começaram a ter um caso. Jordan morava em um pequeno estúdio, o que encantava Mila. Ela deixou o primeiro marido e foi morar com ele. Levou muito tempo para que Jordan se sentisse à vontade para revelar os detalhes de sua infância, uma vida da qual falava de forma tão impessoal que era como se tivesse acontecido a outra pessoa. Seu nome de batismo era Sung-ho e ele tinha nascido em Seul. A mãe era cantora, mas abandonou a carreira quando ele nasceu. Ela tinha apenas dezoito anos. O pai era um homem de negócios que morreu em um acidente de carro quando Jordan tinha quatro anos. A mãe sofria de colapsos nervosos regulares quando Jordan era bebê, então ele acabou sendo criado pela avó. Ela cultivava melancias na Ilha de Jeju. Jordan dizia que era o lugar mais bonito do mundo.

"Mais bonito do que a Califórnia?", perguntou Mila, surpresa, e, em resposta, Jordan riu.

"Sim. Mais bonito do que a Califórnia."

Mila não conseguia imaginar um lugar mais bonito do que a Califórnia. Certamente não a Ucrânia, que era fria e cinzenta, nem Berlim, que era fria e cinzenta e onde todo mundo era viciado em cetamina. Ela sempre se perguntava por que Jordan, se amava tanto a terra natal, nunca falava dela. Dizia que a beleza não substituía a liberdade. Ficou claro para Mila que, na mente de Jordan, liberdade era outra palavra para dinheiro. Ele lhe contou sobre uma epifania que teve certa vez, depois de uma interação com um turista americano que comprou uma melancia dele. Muitos turistas iam à Ilha de Jeju para admirar o mar e mordiscar a comida com desconfiança, sempre se surpreendendo ao descobrir que era deliciosa. Mas aquele turista americano era diferente. Andava e fazia compras com segurança: até falava um pouco de coreano. Estava acompanhado de uma bela mulher que usava um longo vestido azul. Estava todo de branco, com sapatos de couro e um relógio de ouro que brilhava ao sol. Eles compraram uma melancia na barraca que a avó de Jordan administrava na feira. O homem pagou duzentos mil won — cento e cinquenta dólares, mais ou menos. O turista deu aquele dinheiro com uma indiferença casual. A bela mulher que estava de braço dado com ele sorriu para o companheiro e para Jordan, que pensou consigo mesmo: *Um dia. Um dia.* Em casa, Jordan trabalhava e trabalhava, mas a situação nunca mudava, e nunca mudaria, mesmo que tivesse um trabalho diferente. Ele sabia que o pai não tinha morrido em um acidente, como a avó fingia: havia saído da rodovia de propósito, para escapar da carga de trabalho extenuante e das dívidas. Mas nos Estados Unidos havia muitas pessoas ricas. Centenas de milhares, diziam, talvez milhões — e não descendiam de reis, mas de agricultores, como ele. Havia mais pessoas ricas nos Estados Unidos do que em qualquer outro lugar do mundo.

Jordan se mudou para lá quando tinha vinte e um. Cinco anos se passaram. Ele ainda não era rico, mas ia ser. Ouvia muitos programas sobre negócios no rádio, apresentados por homens com vozes altas que irritavam Mila. Comprou um livro chamado *Pai rico, pai pobre* e lia trechos dele para ela, que achava o livro idiota, mas guardava esses pensamentos para si mesma. Qual era o perigo de o marido ter pensamentos estúpidos? Uma mulher poderia enlouquecer tentando livrá-lo de todos os seus pensamentos estúpidos. E aquele, pelo menos, dava a Jordan felicidade e propósito. Havia coisas piores.

Embora Mila nunca demonstrasse ter saudade dos luxos de que desfrutava antes, Jordan ficou obcecado com a ideia de comprar uma casa. Ela se ofereceu para arrumar um emprego, mas ele também não a deixava trabalhar. Dizia que era porque o inglês dela não era muito bom, mas Mila sempre achou que a verdadeira razão era que a ideia de não conseguir sustentar a mulher sozinho era humilhante demais para ele.

Jordan arrumou um segundo emprego como açougueiro. Ele ouvia programas americanos de negócios no rádio que pregavam a importância da propriedade e do investimento. Economizava o máximo que conseguia do salário, na esperança de juntar o suficiente para dar entrada em uma casa. Havia muitos empreendimentos novos surgindo em Irvine e Anaheim. Casas de dois e três quartos para primeiros compradores, anunciadas com fotos coloridas e brilhantes de famílias de classe média sorridentes.

Mila engravidou. O bebê não foi planejado e exigia muito dinheiro. Quando a criança estava na pré-escola, Mila entrou em depressão profunda. Jordan acreditava que era culpa dele. Ainda não tinha ganhado dinheiro suficiente para comprar uma casa, embora muitos dos amigos já tivessem conseguido. Isso o intrigava. Os amigos não podiam estar ganhando muito mais do que ele.

Pegamos empréstimos, explicaram a ele, como se fosse óbvio. Jordan, humilde, seguiu o exemplo. Estava preocupado porque não tinha um bom crédito. Mas, para sua surpresa, o banco lhe concedeu o empréstimo.

Foi assim que ele se mudou com a família para uma casa de três quartos em Irvine. A casa custava duzentos e quarenta e cinco mil dólares, e o empréstimo, segundo Jordan, exigia que ele pagasse quase nada. Os juros seriam incorporados ao saldo principal. A casa ficava na avenida Carmel, então eles a chamavam de Casa Carmel.

Paramos em outro posto de gasolina no Arkansas, bem perto de Little Rock. A neve deu lugar à chuva gelada. Foi Jae quem garantiu a próxima refeição — coisas fáceis de colocar no bolso: pacotinhos de nozes, tiras de carne seca — enquanto eu enchia o tanque. Jae abriu um dos pacotes com os dentes e despejou um punhado na minha mão. Conduzi o carro de volta para a estrada, mantendo a expressão o mais neutra possível. Não queria que minha empolgação a assustasse e a fizesse ficar muda de novo.

— Mila e Jordan — arrisquei. — São seus pais.

Jae confirmou, dando de ombros.

Eu não conseguia imaginá-la criança. Ela era tão competente em todas as situações que era difícil imaginá-la pequena, dependente de alguém ou de algo que não a própria astúcia.

— Como você era quando criança?

— Eu era cleptomaníaca — respondeu, a boca cheia de carne seca. — Não é brincadeira — acrescentou, quando ri. — Cartas de Pokémon, foi assim que começou. Todo mundo na escola tinha, menos eu. Meu pai dizia que eram um "luxo desnecessário". Eu disse a ele o que as outras crianças me diziam no recreio: um dia, aquelas cartas iam valer muito dinheiro. Mas ele só confiava nesse tipo de especulação quando vinha dos analistas do mercado de ações que ouvia no rádio. De mim, não.

— Então você roubava.

— Era fácil. Eu não entendia por que meu pai não roubava também. Ele queria comprar uns brincos de pérola para minha mãe. Eu me lembro de pensar: por que só não coloca os brincos no bolso? Era o que eu fazia. Nem era tão malandra assim. Quando criança, achava que tinha superpoderes. Que podia andar por aí, bem debaixo do nariz de todo mundo, e pegar coisas das prateleiras. Ninguém nunca me flagrava.

— E os seus pais? Eles nunca pegaram você?

Jae balançou a cabeça.

— Eu escondia as coisas que roubava na escrivaninha da minha mãe, onde ela guardava os materiais de arte. Eu sabia que lá as coisas estavam seguras. Ela não usava mais aquela mesa, só dormia o dia todo.

— A depressão dela melhorou? Depois que vocês se mudaram?

— Para a Casa Carmel? — Jae ficou em silêncio por um momento. — Por um tempo, talvez. Acho que ela gostou da casa nova. Voltou a ter energia. Passava um tempão arrumando a casa. Arrancou o papel de parede da sala de estar e repintou as paredes, que cobriu com as próprias obras de arte. Aquarelas de pássaros. Uma vez, até pendurou uma das minhas aquarelas. Não eram tão boas quanto as dela, mas pendurou mesmo assim, um grou. Só que a felicidade não durou muito. Ela tinha um segredo.

Câncer de ovário. Mila já sabia havia algum tempo. Escondeu de Jordan e Jae o máximo que pôde. A filha entendia o motivo: o pai acreditava no trabalho árduo, no fruto dele. A fé nisso e a fé em Deus eram a mesma coisa para ele. Se soubesse do diagnóstico de Mila, iria arrumar mais um emprego para pagar o tratamento. Iria trabalhar até morrer. Do jeito que as coisas estavam, elas quase não o viam. Se estivesse no lugar da mãe, Jae também teria mentido.

Mila voltou para a Ucrânia para ficar com os pais. Mal falava com Jordan. Jae também quase não falava com o pai, que só trabalhava. Quando falava, ele só queria falar sobre a faculdade. Estava obcecado com a ideia de mandá-la para a UCLA. Jae ficava preocupada com o custo, mas Jordan lhe garantia que os empréstimos iriam ajudar, assim como tinham ajudado com a casa. Não ir nunca fora apresentado a Jae como uma opção. Se fosse para a faculdade, ela conseguiria um emprego com um salário alto. O pai não tinha ido para a faculdade, e era por isso que não tinha um emprego com um salário alto. Era assim que o mundo funcionava. Todo domingo de manhã, acordava Jae às seis da manhã para que fizesse um simulado. Se ela se saísse bem, poderia conseguir uma bolsa de estudos generosa. Era 2009. Jae estava no penúltimo ano do Ensino Médio. A primeira prova oficial seria em outubro.

— Como você se saiu?

— Eu não fui — respondeu Jae, com uma voz estranha.

Eu olhei para ela, que estava segurando um cigarro apagado. Um músculo se contraiu em sua mandíbula.

— Um mês antes disso — explicou — nós fomos despejados.

Jae não havia nem começado a processar a palavra "despejo" e a polícia já tinha começado a levar as coisas deles para o quintal. Disseram que o banco estava cobrando trezentos mil dólares em pagamentos atrasados. O pai dela ficou atônito.

Ele ficou envergonhado demais para ligar para um dos amigos da igreja, então a forçou a ligar para um dos amigos dela, Kevin Ahn, que sabia ser de uma família rica. Foi humilhante, mas ela não teve escolha. O sr. Ahn encontrou um prédio de apartamentos que a cidade de Irvine classificava como "moradia acessível". Jordan preenchia os requisitos para um crédito fiscal de habitação de baixa renda, explicou o sr. Ahn, o que ele encarou como uma ofensa pessoal.

O novo apartamento ficava em um prédio chamado Inn at Woodbury, o que significava que era algo temporário. Todas as noites, Jordan se debruçava sobre os extratos bancários, tentando identificar onde havia errado. Concluiu que não havia compreendido as regras do empréstimo. Jae compartilhou a própria teoria: haviam sido enganados. Ela achava que essa explicação poderia, de alguma forma perversa, trazer conforto ao pai. Mas teve o efeito oposto. Um erro pessoal pelo qual ele — um humilde açougueiro, florista e faxineiro da Target — era o único culpado deixava seu sistema de crenças intacto. Mas a ideia de que um banco americano havia enganado intencionalmente não apenas ele, mas milhares de outras pessoas? Era uma heresia.

Ele não bateu em Jae quando ela lhe disse que haviam sido enganados. Foi a segunda sugestão — que estavam em situação de rua — que o fez bater nela. Não foi um tapa forte, mas deixou uma marca. Sentindo-se culpado, o pai a obrigou a ficar em casa nos dias seguintes. Isso não foi um consolo. Jae não era popular, mas tinha Kevin Ahn e Minho, com quem andava de skate depois da escola. E pelo menos lá ela inspirava medo: as roupas largas, a maquiagem escura e borrada, a expressão séria. Suas notas eram boas, embora os professores não gostassem dela, interpretando o silêncio carrancudo como uma provocação. Ainda assim, preferia a escola a ficar em casa. Em casa, eram só ela e o pai naquele estranho apart-hotel com paredes brancas e a TV no carpete, as pilhas de livros de exercícios para o vestibular esperando por ela.

Ela conseguiu fazer o teste em março. Tirou nota máxima.

15

— *Nota máxima?*

O truque tinha funcionado. Ouvir Jae me distraiu a manhã toda. Quando dei por mim, já passava do meio-dia. A luz do sol triunfou sobre as nuvens de chuva, brilhando inocentemente no para-brisa. Era difícil acreditar que, trinta e seis horas antes, tínhamos encostado um canivete na garganta de alguém.

Jae parecia envergonhada.

— Eu fiz simulados cronometrados todo fim de semana por uns quatro anos. O que você esperava?

— Só umas mil pessoas por ano, no país inteiro, tiram nota máxima.

— Como assim? Vai me dizer que a sua nota foi ruim? Você era professora particular especializada nisso.

— Eu não gabaritei.

— Seu pai obrigava você a praticar todo fim de semana?

— Não. Eu fiz o simulado só uma vez.

— Ah. Você era uma dessas pessoas babacas.

Não consegui conter um sorriso.

— Eu sou boa em fazer provas — falei, defendendo-me. — O que, aliás, é uma das habilidades mais inúteis do planeta. Prazo de validade curto. Superpoder medíocre.

— Eu tenho certeza de que isso te ajudou na faculdade.

— Não. Minha faculdade era especial demais para provas.

— E como eles avaliavam vocês?

— Sem notas — admiti.

Jae balançou a cabeça, incrédula.

— Na UCLA não era assim.

— Então você acabou indo para a UCLA? Como foi isso?

Ela balançou a cabeça de novo.

— É a sua vez.

— Minha vez de quê?

— De contar uma história.

— Ah, então é assim que vai ser? Um jogo? Olho por olho, dente por dente?

— Elas não são de graça — disse Jae, como se eu fosse louca por sugerir o contrário. — Quero uma também. Minha recompensa.

Conhecer você é uma recompensa.

Olhei para Jae, ainda sem acreditar que ela estava falando comigo. Parecia exausta. Mas também havia um certo alívio, quase perplexo, em sua fala. Falava de forma contida, às vezes acelerando, apressando algumas partes, como se achasse que eu poderia mudar de ideia a qualquer momento e decidir que não valia a pena ouvir o que ela tinha a dizer.

— Não é isso que as pessoas fazem em viagens de carro? — disse Jae.

— Como assim? Você nunca fez uma viagem de carro?

— Até agora, eu nunca tinha saído da Califórnia.

Franzi a testa. Isso não parecia possível, embora a expressão constrangida no rosto dela confirmasse que era verdade. Todo aquele tempo, todos os estados que havíamos cruzado... Jae nunca tinha visto aquilo antes.

— Eu já fiz algumas — falei. — A última foi péssima.

— Pior do que essa? — perguntou.

— Foi com um ex.

Jae parecia interessada.

— Me conte.

— O nome dele era Christian St. Clare. Nós namoramos por quatro anos. Estudamos na mesma faculdade. Na Costa Leste, no norte, uma faculdade de Artes ridiculamente cara. Não havia muitos outros estudantes do sul.

— Você é do sul?

— Sou. Da Carolina do Norte. De uma cidadezinha perto de Asheville. Parecia que todos os outros alunos da minha turma eram de Manhattan, Boston ou Los Angeles. Não tinha mais ninguém da Carolina do Norte. Tinha dois de Louisiana, e Christian era um deles. Nós começamos a namorar no final do último ano. Ele era rico. Demorou um tempo para admitir isso para mim. Era herdeiro, e agia como se tivesse muita vergonha disso.

— Por quê? — perguntou Jae, curiosa.

Eu ri, sem jeito.

— Bem, porque eu não era. E... não sei, acho que ele não queria que eu o visse como mais um riquinho babaca.

— Era assim que você o via?

— Não. Para ser sincera, àquela altura, eu já estava acostumada com pessoas como ele.

Eu era fluente em Herdeiros Ricos. Tinha feito as amizades certas. Aprendo rápido. Sabia me virar, mesmo que não tivesse dinheiro para bancar aquele estilo de vida. É isso que uma boa educação em Artes faz por você. Esse era o verdadeiro retorno do investimento em um diploma de bacharel caro: a capacidade de se encaixar. Resumindo, não, não parecia óbvio para mim que fôssemos tão incompatíveis. Tinha me tornado tão hábil em navegar pelo mundo de Christian que esquecera que meus pais não tinham feito o mesmo movimento que eu. Eles continuavam sendo os mesmos adoráveis acumuladores de cupons do Walmart que eu tinha deixado para trás.

Contei a Jae que foi no Natal em que decidimos apresentar nossos respectivos pais que as coisas ficaram estranhas. Depois de três anos de namoro, a mãe de Christian conheceu minha família. Ela foi grosseira, mesmo que tenha feito isso de maneira educada. As mulheres sulistas são talentosas na arte do insulto sutil. "Nossa, eu nunca bebo vinho Barefoot, de que região é? É californiano? Italiano?" Imitei, muito mal, o sotaque da sra. St. Clare. Ela foi embora um dia antes do planejado, apesar de meus pais terem feito uma reserva no restaurante mais chique da cidade. Eles tinham feito um depósito não reembolsável, e se sentiram péssimos. Acharam que tinham feito alguma coisa errada.

O que aconteceu depois foi culpa minha. Meses antes, Christian e eu tínhamos planejado uma viagem de carro para a primeira semana de janeiro. Eu deveria ter cancelado. Passamos dias evitando falar sobre como as festas de fim de ano tinham sido um desastre.

— Quando eu finalmente toquei no assunto, sabe o que ele disse? "Você tem razão. Minha mãe é quem deveria ter recebido eles. Teria sido muito melhor." Eu terminei com ele assim que voltamos para Los Angeles.

Estávamos nos aproximando de Birmingham, Alabama, e morrendo de fome, mas tínhamos muito medo de ser reconhecidas para arriscar ir a um drive-thru ou furtar alguma coisa em outro posto de gasolina. Estacionei perto de um Walmart e estudei o mapa, ignorando o estômago vazio. Estávamos a cerca de quatro horas da divisa com a Flórida. A questão era até onde queríamos ir Flórida adentro. Teríamos que encontrar algum lugar no norte do estado para dormir naquela noite. Um lugar que não fosse um hotel.

E então eu me lembrei.

— E se eu soubesse de uma casa onde a gente pudesse ficar? Uma casa vazia. Eu sei exatamente onde fica e tenho certeza de que vai estar desocupada. Já fui lá umas quatro vezes, eles nunca passam o fim de ano lá, nunca.

— De quem é? — perguntou Jae, desconfiada.

Abri a boca, mas a fechei em seguida. Os olhos de Jae se estreitaram em suspeita.

— Dos St. Clare — admiti.

Jae soltou uma gargalhada.

— O que foi? — perguntei.

— Você quer se vingar, então.

— Como assim? Não. Jesus. O que você pensa de mim? Eu não sou doida.

Jae parecia cética.

— Eu *não sou*... tá bom, vá se foder. — Quanto mais insistia, menos sã eu soava. — Olhe, é uma casa linda, enorme e vazia. Nós podemos ficar escondidas lá por alguns dias, enquanto pensamos no que fazer. É mais seguro do que ficar na estrada. Ainda mais agora que alguém já identificou a gente.

Além disso, eu sabia onde a sra. St. Clare guardava as joias.

Então talvez fosse uma pequena vingança. A casa já tinha sido descrita na revista *Southern Living* como "uma joia do Sul no estilo das Índias Ocidentais". Ficava em uma rua chamada, sem brincadeira, Olde Plantation, o equivalente a Engenho Velho. Já tinha passado da hora de uma invasão de domicílio.

Jae ainda não parecia convencida.

— Nós podemos chegar lá em quatro horas, se não pararmos de novo — argumentei. — E estamos indo naquela direção de qualquer maneira. Se estiver tranquilo, nós ficamos uma ou duas noites. Se não, vamos para outro lugar.

Jae não tinha como contra-argumentar.

Ao cair da noite, cruzamos a divisa com a Flórida. As nuvens de chuva estavam carregadas, escuras contra o céu noturno. Passamos rapidamente por Pensacola. Tiger Point. Navarre. Wynnehaven.

Mary Esther, Flórida. Carvalhos cobertos de líquen, tremeluzindo em meio aos relâmpagos secos como fantasmas da guerra civil. Fazia anos que eu não ia lá, mas reconheci alguns cenários familiares: uma loja Target à qual eu tinha ido algumas vezes para comprar um maiô extra, um pack de cerveja e ingredientes de última hora para uma receita que Christian e eu queríamos experimentar. Com exceção da Target, nada parecia ter sido reformado desde os anos 1980. Um posto de gasolina pichado, um atacadão, um estúdio de tatuagem e uma loja de mergulho dividiam o mesmo centro comercial. As subdivisões de uma rua com nomes como Sleepy Hollow e Plantation Oaks. Havia três igrejas diferentes em um raio de oitocentos metros: Batista, Ortodoxa, Metodista. Estávamos no coração do Panhandle da Flórida: não era o tipo de cidade que atrai hordas de universitários nas férias de primavera.

Bem ao lado do cemitério — assombrado, sem dúvida — ficava a casa dos St. Clare. Eles não tinham vizinhos; do outro lado ficava um pântano vazio. A propriedade tinha um portão, que estava aberto, como sempre. Percorri o caminho familiar até estarmos envoltas na escuridão, a luz da lua filtrada pela copa das árvores.

No fim do caminho havia uma casa. O exterior era de tábuas de madeira pintadas de creme, uma mistura de Nantucket e Charleston. Acabamentos verde-água, elegantes e discretos. Duas chaminés de tijolo no telhado, como os olhos de um caranguejo. Uma varanda que circundava toda a casa, repleta de cadeiras de balanço e treliças de buganvílias. Samambaias desgrenhadas pendiam de cestos, balançando no ar pesado e carregado de tempestade. Havia uma lancha desconhecida na entrada da garagem, engatada a uma caminhonete que eu nunca tinha visto. Todo o resto parecia igual.

Saímos do carro. Dava para ouvir o barulho do mar, os estalidos do píer dos St. Clare.

As portas estavam trancadas, como esperado. As janelas, não. Demoramos um pouco para encontrar uma aberta — tive que deixar Jae subir nos meus ombros, as solas do sapato pressionando dolorosamente meu pescoço —, mas encontramos uma, em um quarto no andar de cima. Jae se esgueirou para dentro, ágil como uma gatuna. Do lado de fora, observei a sombra dela atravessar a casa.

Entrei pela porta da frente, como uma convidada.

Pisquei. Os St. Clare resistiam à modernidade. Preferiam janelas abertas a ar-condicionado, tardes tropicais e calor sonolento, coquetéis fortes ao meio-dia. O lazer nostálgico de uma riqueza extraordinária, sonhando com tempos mais simples, sistemas rígidos de castas, a aristocracia rural. Eles eram ricos havia muito, muito tempo. Piso de mármore quadriculado em preto e branco, palmeiras serenas e frondosas, um toque colonial britânico na decoração. Cortinas diáfanas, teto com vigas escuras, móveis de *rattan* com almofadas creme. Um baú de couro no centro da grande sala de estar, coberto com pilhas de livros decorativos e revistas vintage. Painéis de madeira, persianas escuras e desgastadas. Poltronas de vime caras, camas com dossel e acabamento de bambu. Folhagens por toda parte.

Tinha alguma coisa errada. Alguma coisa diferente.

Uma televisão enorme dominava a sala de estar. Todos os móveis haviam sido substituídos por peças genéricas e de cores neutras: um sofá de camurça bege, uma mesa de centro da Pottery Barn, um console de mídia abarrotado de videogames e DVDs. *Quase irmãos*, *Rambo* e *Platoon*. Nas paredes, uma camisa da equipe de futebol americano da Universidade do Alabama emoldurada, uma gravura de praia genérica da Ikea e uma placa que dizia: GRATOS AGRADECIDOS ABENÇOADOS. A arquitetura fundamental era a mesma — o piso de pinho, a lareira de azulejos azuis, as portas francesas. Os eletrodomésticos zumbiam, como uma mente coletiva sentindo a presença de intrusos.

Jae notou minha expressão.

— O que foi?

— Essa casa não é dos St. Clare.

16

— Você entrou na casa errada? — sussurrou Jae, feroz.

— Não, é a casa certa — respondi. — Mas eles devem ter vendido. Eu não sei quem mora aqui agora. Já faz três anos que terminei com o Christian.

Eu mal havia terminado de falar quando Jae disparou em direção à porta.

— O que você está fazendo? — perguntei.

— Nós temos que ir — sibilou ela.

Eu estava exausta. Tinha passado o dia inteiro dirigindo. Vigilância constante, olhos de águia. Não conseguia me imaginar voltando para o carro, noite adentro, em um mundo cheio de policiais e delegados federais, agentes do FBI e recepcionistas de hotel. Era um milagre não termos sido presas ainda. O recepcionista do Days Inn tinha gritado por socorro. Quanto tempo teria demorado para a ajuda chegar? Para algum hóspede correr para o estacionamento? Pegar o celular e ligar para a polícia? Sirenes fantasmas ecoavam na minha cabeça.

— Vamos só dar uma olhada — implorei.

Jae parecia desconfiada, mas também exausta. Relutante, concordou.

Verificamos todos os cômodos. Dois dos quartos pareciam pertencer a garotos adolescentes: colchas xadrez, tacos de lacrosse e bolas de futebol largadas. Dois eram quartos de hóspedes. O quarto principal era luxuosamente acarpetado, com uma cama king e um tema náutico meia-boca.

Peguei uma correspondência na cômoda. Um catálogo — *Simple Surroundings* — endereçado à sra. Abigail Carlisle. Na mesa de cabeceira havia uma Bíblia e um thriller militar, do tipo que se compra no aeroporto.

A única peça de decoração que se destacava no quarto era uma cabeça de alce acima da cama. Os chifres pareciam a mandíbula de uma criatura marinha antiga, um megalodonte ou uma grande baleia, uma imensidão chocante em um espaço tão sem graça. Estendi a mão para tocá-los, esperando que fossem ocos, a superfície lisa de algo falso.

Eram pesados. O pelo era áspero. Os olhos haviam sido substituídos por bolas de gude reluzentes. Aquilo já tinha sido um alce de verdade, empalhado e pendurado sobre a cama.

Ao ver meu reflexo nas órbitas impiedosas daquela cabeça, estremeci. Notei um movimento na janela.

Era Jae.

— Tem um monte de pacotes na porta da frente — disse ela. — Parece que estão lá há um tempo. E tem uma casinha de cachorro vazia. Acho que eles estão fora há alguns dias, pelo menos. O Natal é daqui a o quê... uma semana e meia? Menos do que isso? Eles provavelmente foram passar o fim de ano em algum lugar.

— Então você quer ficar?

Jae expirou, resignada.

— Nós não temos um lugar melhor para ir.

Entramos em ação e começamos a fechar todas as cortinas. Demorou um pouco; a casa era enorme. Encontrei Jae no que parecia ser um escritório. Painéis de madeira lustrosos, uma grande escrivaninha de carvalho. Ela estava de costas para mim e segurava uma fotografia. Espiei por cima do ombro dela.

Era um artigo de revista emoldurado. No centro, uma foto da família, uma legenda embaixo com os nomes, da esquerda para a direita: o pai, a mãe, dois filhos adolescentes. Michael e Abigail, os pais. Garret e Devin, os garotos. Todos usavam camiseta polo de cores vivas — amarelo, menta e rosa — bordadas com pequenos animais: o crocodilo da Lacoste, o alce da Abercrombie, a baleia da Vineyard Vines. Céu azul sobre as cabeças, uma árvore em forma de candelabro. Garret, que parecia ser o filho mais velho, estava segurando um rifle. Aos pés dele, o grande e musculoso cadáver de um leão morto.

— Dê uma olhada — sussurrou Jae, colocando a foto de volta no lugar.

Nós nos viramos. Atrás havia uma biblioteca de armas. Rifles, metralhadoras e pequenas pistolas. Facas, também. Facas Bowie, facas de caça. Um facão.

— Venha — chamei, reprimindo um tremor. Estava ansiosa para sair de lá. — Vamos procurar alguma coisa para comer.

Fomos para a cozinha e reviramos a geladeira e a despensa. Não havia muita coisa — os Carlisle tinham feito um bom trabalho se livrando dos produtos perecíveis —, mas devoramos o que estava disponível. Cereal infantil já meio velho da despensa, Froot Loops e Cocoa Krispies, leite a um dia da data de validade, bebido direto do galão. Algumas fatias de queijo, alguns pêssegos fora de época. Uma única laranja que Jae descascou apressadamente e dividiu, suco e polpa escorrendo pelo nosso queixo. Comemos ajoelhadas sob a luz azul da geladeira aberta, atacando a comida com a eficiência de lobos descobrindo carcaças na estrada, em silêncio, sem olhar uma para a outra.

Havia mais comida no freezer. Enroladinhos de pizza Totino's. Uma pizza DiGiorno. Um macarrão com queijo congelado da Stouffer's. Colocamos tudo no forno, meio cochilando no chão da cozinha enquanto esperávamos pelo banquete. Tinha começado a chover. Observamos a tempestade fustigar a claraboia da cozinha, o feixe solitário de luar que permitíamos entrar. Eu morava na Califórnia havia tanto tempo que parecia fazer anos que não presenciava uma tempestade de verdade. De tempos em tempos, relâmpagos iluminavam o céu, e havia um estranho prazer nisso também, observando-os de dentro de casa.

Estávamos seguras.

De manhã, brincamos de casinha.

Embora houvesse muitas camas disponíveis, concordamos que seria melhor compartilhar a cama king size do quarto principal. Se alguma de nós ouvisse um barulho, era mais seguro estarmos juntas no andar térreo, mais próximas de uma rota de fuga.

Dormimos até tarde, saboreando a indulgência. Tomamos banho no banheiro principal. Piso de mármore branco, com veios em rosa pálido e dourado. Bandejas de toucador, repletas de frascos perolados. Jae nua atrás do vidro, castamente encoberta pelo vapor. Eu na pia, escovando os dentes, a mente vagando. Que tipo de pessoas seríamos, eu me perguntava, se morássemos lá? Será que eu seria médica? Atleta aposentada? Herdeira? Jae seria uma magnata da tecnologia? Advogada? Como teríamos nos conhecido? O que seríamos uma para a outra? Minha mente viajou longe demais.

Jae saiu do chuveiro. Entreguei a ela uma toalha, tomando cuidado para não a olhar. Ou será que isso era pior: não olhar? Será que era menos casual do que só encarar de vez?

Na cozinha, ela encontrou alguns bagels congelados do Costco. Uma pantomima de felicidade conjugal: Jae preparou a comida, eu fiz café e li o jornal para nós. Era de uma semana antes. O mundo era diferente naquele momento. Eu dava aulas particulares. Jae era refém. Diferente, não melhor.

A comida e uma noite inteira de descanso nos deram o vigor necessário para enfrentarmos as circunstâncias desesperadoras em que nos encontrávamos. Tinha sido um alívio tirar férias das notícias — as reais, as daquele dia —, mas não podíamos nos dar ao luxo de adiá-las por mais tempo.

Lá estávamos nós, na ABC. A minha foto do site da faculdade: meu rosto sorridente, de certa forma sinistro. Ao lado, o retrato falado de Jae, de cara feia. Uma mulher de meia-idade estava dando uma entrevista coletiva, e a legenda na parte inferior da tela dizia: REBECCA FITZGERALD. Ela era pequena, corte Chanel e franja desfiada, olhos muito azuis. Havia algo nela, uma estranheza, que me fez sentir medo. Eu já tinha visto aquela mulher antes, mas onde?

Aumentei o volume.

— ...profunda decepção com o fracasso do FBI e dos delegados federais em localizar Evie Gordon e sua cúmplice. É por isso que estou disposta a oferecer uma recompensa de cento e vinte e cinco mil dólares por informações que levem à prisão delas.

Jae soltou um palavrão. Nossos olhos se encontraram em pânico.

— Conforme divulgado na manhã de quarta-feira, temos uma nova pista — continuou Rebecca. — Tom Craddock, gerente do hotel Days Inn de Pascagoula, Mississippi, informou à polícia local que teve um confronto quase fatal com Gordon e sua cúmplice na noite de terça-feira, dia 13 de dezembro.

A TV mostrou um trecho de outra entrevista coletiva em frente a uma delegacia no Mississippi. Tom Craddock estava de pé atrás de um dos policiais. Eles haviam divulgado a gravação de áudio da nossa briga.

Claro. Ele estava ao telefone com a polícia quando nos flagrou. Eu havia esmagado o celular dele com o pé, mas talvez tivessem conseguido recuperar o áudio mesmo assim.

O ruído de vozes e baques era tão ininteligível quanto se estivéssemos debaixo d'água. Era como ouvir uma rinha de cães. Animais sibilando em um zoológico. Então, em meio aos gritos, golpes, pisões: "...elas, vocês são elas, vocês são mesmo elas...".

Jae tinha tapado a boca dele; ele tinha mordido a mão dela. Ouvi o grunhido furioso dela na gravação.

Nenhuma de nós olhou para a outra enquanto ouvíamos. Ficamos apenas encarando os rostos de Tom e dos policiais, que nos encaravam de volta.

Um baque, quando ele tentou fugir e Jae o derrubou. Um sibilo. O canivete, talvez. Eu me lembrei do movimento frio e preciso quando ela segurou a lâmina contra o pescoço dele. Segundos se passaram, muitos. Será que tinham sido tantos assim? E então: "Você não viu nada aqui. Entendeu?".

O choque da minha voz emergindo em meio ao crepitar da gravação de baixa qualidade, como uma cobra na grama. Uma vilã de filme de baixo orçamento. Tom respondeu com um gemido lastimoso. Um minuto inteiro se passou. Ao meu lado, com a coxa pressionada contra a minha, Jae estava tão quieta que devia estar prendendo a respiração.

Eu me ouvi praguejar, um som patético e metálico, crepitando no microfone do operador da central telefônica da polícia.

E então nós fugimos.

Ficamos em silêncio quando a gravação terminou. Não havia o que dizer. Se tentássemos atribuir palavras ao que tinha acontecido, explicar o que tínhamos feito para sobreviver, o motor da nossa lógica se engasgaria e entraria em colapso. Não porque não fosse verdade. Mas porque não soava verdadeiro. O que tinha acontecido e os sons do que tinha acontecido eram duas coisas diferentes.

Tom pegou o microfone de novo.

— Por mais aterrorizante que tenha sido aquela noite — disse ele, trêmulo, as mãos cruzadas no pequeno palanque, os olhos baixos —, Deus deve ter olhado por mim. Eu não sei por que Evie Gordon e a cúmplice dela pouparam minha vida. Tenho feito essa pergunta a Deus sem parar desde aquela noite. Por que não me mataram? Eu não sei. Eu não sei.

O policial pegou o microfone outra vez.

— Felizmente, o sr. Craddock conseguiu fornecer uma descrição física mais detalhada da cúmplice de Gordon, que passamos para o desenhista. A polícia liberou o seguinte…

Um novo retrato falado apareceu na tela. Era muito mais preciso do que o original.

— O sr. Craddock informou que Gordon e sua cúmplice fizeram o check-in com o nome de "Naomi Morgan", mas, ao que parece, usaram um documento roubado. O FBI investigou e confirmou que a srta. Morgan é estudante de Medicina da UCLA. Ela acredita que sua identidade tenha sido roubada na noite de domingo, durante uma viagem de fim de semana com seu companheiro para Palm Springs.

A reportagem da ABC News terminou com uma declaração final de Rebecca.

— Se tiverem alguma pista, por favor, liguem para nosso número do disque-denúncia, 0-800-VICTOR. O funeral da Dinah vai ser daqui a dois dias. Não vou descansar — continuou Rebecca — até as assassinas da minha irmã serem levadas à Justiça.

Era por isso que parecia tão familiar.

Passamos pelos outros canais de notícias. Nossos rostos apareciam em todos eles, logo acima das palavras: RECOMPENSA DE 125 MIL DÓLARES POR GORDON E SUA CÚMPLICE.

17

— Nós precisamos de um plano — disse Jae.

Estávamos à beira da piscina, desesperadas por ar fresco depois de assistirmos ao noticiário. Estava frio, um frio agradável. Jae estava vestindo um moletom grande demais que havia encontrado no quarto de um dos adolescentes, do time de lacrosse da United Christian Academy. A calça de moletom larga que ela usava também era de um dos adolescentes, assim como o boné de beisebol da Universidade da Flórida. Ela passou os dedos pela superfície da piscina e pegou uma vespa morta pela asa, colocando-a com cuidado na borda de pedra calcária. Um cigarro apagado pendia de sua boca.

— Um plano — repeti, sem entusiasmo, girando o mecanismo do isqueiro.

Era mais fácil dizer as palavras "nós precisamos de um plano" do que elaborar um. Na verdade, eu ainda tinha esperança de que pudéssemos evitar todo aquele projeto. Não conseguia abandonar a fantasia de que os melhores detetives amadores do país estavam se unindo para descobrir a verdade. Teria sido uma profissional do sexo descontrolada, buscando vingança contra Peter Victor? Alguém que ele tinha sacaneado em Wall Street ou que tinha perdido tudo na recessão? Ou Serena, fora de si, em uma tentativa desesperada de fazer justiça com as próprias mãos? Ou Lukas, protegendo a namorada da crueldade do pai?

Se ao menos Serena acordasse e contasse tudo. Seus cílios tinham tremulado: mencionaram isso no noticiário.

Sem uma Serena consciente e acesso regular à internet — tentamos o desktop da cozinha e o laptop no escritório, mas estavam protegidos por senha — era impossível dar uma de Sherlock Holmes. Nossa maior esperança era um Poirot ou uma Nancy Drew imaginários, farejando a injustiça de nossa acusação indevida. Um hacker adolescente de cabelo azul vasculhando as contas bancárias de Peter em um quarto escuro. Uma dona de casa entediada analisando registros de celular. Talvez minha família e meus amigos estivessem envolvidos. Eles iriam até a delegacia e largariam uma caixa de papelão com provas como se fosse um microfone ao fim de uma apresentação. Corta para as sirenes de hip-hop.

O chefe do FBI iria à televisão e faria um pedido público de desculpas. Jae e eu retornaríamos à sociedade civilizada. Meus pais me abraçariam ao vivo na TV. Corta para um processo judicial gigantesco. Um cheque de desculpas, no valor de milhões de dólares. Um filme biográfico em Hollywood. Uma jovem atriz gostosa me interpretaria no filme. Uma estrela literária talentosa com mestrado em uma universidade de prestígio escreveria minhas memórias. *Procurada: A história de Evie Gordon. Making a Murderer (A versão de Evie).*

Eu me sentia próxima o suficiente de Jae para compartilhar minhas fantasias. Era possível que ela também estivesse nutrindo secretamente as mesmas esperanças.

Mas, para minha decepção, Jae apenas respondeu com um sorriso de pena.

— *É* possível. — Eu me defendi. — Por que não seria? Eu sou inocente, você foi *vítima* deles e, se soubesse de mais alguma coisa, você… — Eu me interrompi, franzindo a testa. — Você me contaria, não? Se tivesse alguma coisa que pudesse nos ajudar, você me diria. Agora que… agora que nós estamos conversando.

A expressão de Jae era firme.

— É claro que diria.

Um silêncio se abateu sobre nós. Embora ela estivesse se esforçando para não parecer magoada com a insinuação do que eu havia perguntado, senti-me um pouco culpada.

— Eu não estou dizendo que não existe a possibilidade de você ser inocentada — disse Jae, gentilmente. — A polícia pode descobrir quem realmente fez aquilo. Mas…

Eu não queria ouvir um "mas".

— Mas talvez a gente devesse começar a pensar em um plano B.

— Um plano B — repeti. — Qual é o plano B?

— Canadá? — sugeriu Jae.

Minha fantasia cor-de-rosa foi destruída na mesma hora.

— Você quer fugir para o Canadá?

Jae deu de ombros.

— Eu não sei. O Canadá é enorme. A maior parte é natureza selvagem. Parece ser um lugar onde é fácil desaparecer. E a fronteira não é policiada como a do México.

Passei as mãos no rosto e fechei os olhos, tentando imaginar. *Canadá.*

— A questão é que — continuou Jae — é uma loucura termos conseguido escapar da polícia por tanto tempo. Vai ser muito mais fácil depois que sairmos do país.

— *Sairmos do país* — repeti, incrédula.

Eu me lembrei da âncora do telejornal com o cabelo estilo Nashville dos anos 1980, a boca furiosamente rosa exigindo minha cabeça em uma bandeja. Seus seguidores, delirando com a desgraça alheia e a promessa de uma recompensa de cento e vinte e cinco mil dólares.

Jae tinha razão. No Canadá, a invisibilidade parecia plausível. Eu não fazia ideia de como cruzar a fronteira. Mas Jae, uma mulher hábil e experiente, ladra de carros e empunhadora de canivetes? Talvez ela soubesse.

— Se nos pegarem — argumentei — vão nos extraditar de volta para os Estados Unidos.

— Então não vamos ser pegas. Ainda não fomos, não é?

— E se o assassino não vier à tona, o que vamos fazer? Desaparecer? Para sempre?

A dimensão do que Jae estava sugerindo era quase incompreensível.

Eu não conseguia imaginar passar o resto da vida como uma fugitiva. O que isso significaria? Como seria? Como imaginar uma coisa dessas? Os ritmos de um dia, a passagem de uma estação, os altos e baixos de uma vida. Eu atravessaria o tempo sem um registro oficial de existência. Seria como uma viajante do tempo, apagada do registro histórico.

E, no entanto.

Não podíamos continuar como estávamos. Dirigindo sem rumo, dormindo em hotéis de beira de estrada. Essa não poderia ser a nossa vida. Poderíamos nos entregar e esperar que acreditassem que não tínhamos feito nada, o que não iria acontecer, ou esperar que a polícia encontrasse o verdadeiro assassino, o que também não iria acontecer, ou criar novas identidades para nós mesmas, do zero. Começar de novo. Outro nome, outro passado, outro futuro.

Fantasiei sobre encontrar uma senhora idosa e gentil que tivesse um quarto para alugar para nós por baixo dos panos. Moraríamos em um complexo de apartamentos decadente, lavaríamos pratos e consertaríamos carros. Ganharíamos um pouco de dinheiro. E se alguém começasse a desconfiar, iríamos para outro lugar. Pequenas cidades nas montanhas enevoadas da Colúmbia Britânica. Às margens de rios em Ontario. Um dia, o mundo se esqueceria de nós. Nossos rastros desapareceriam, os policiais perderiam a paciência. Um crime novo, mais chamativo, dominaria o noticiário. Depois de alguns anos, talvez pudéssemos voltar para nossa antiga vida. Eu poderia falar com minha mãe ao telefone de vez em quando. Ainda deixaria pegadas na terra ao caminhar. Trocaria oxigênio por dióxido de carbono. Deixaria um rastro químico. Ainda poderia tocar e ser tocada. Beijar e ser beijada.

Como alguém desaparece? Que novas dimensões de existência eu alcançaria, como um fantasma? Sem estar presa a algo ou a alguém. Livre para fazer o que quisesse.

Qualquer coisa, menos ver minha família de novo. Meus amigos. As pessoas que eu conhecia e amava. Eu não existiria mais como um ser social. Nunca mais poderia ir a um restaurante, ao cinema ou a um bar e observar a vida ao redor, participar dela. Jamais poderia viver entre outras pessoas. Todo o meu potencial, desperdiçado.

— Deixe pra lá — murmurou Jae. — É uma ideia idiota.

— Mas você já pensou sobre isso, né? — perguntei, examinando-a. — Você já elaborou um plano.

Eu estava começando a entender como Jae funcionava. A rapidez com que a mente dela se movia. Um computador jogando xadrez consigo mesmo, encontrando o único caminho para a vitória entre um milhão de possibilidades fatais. Se houvesse uma maneira de fazer aquilo, Jae já teria pensado nela. Não teria sugerido algo tão impossível se não tivesse.

— Já — admitiu ela. — Eu estava olhando os mapas... acho que encontrei um caminho, por Washington. Eu não estou dizendo que vai ser fácil. Mas se formos cuidadosas, se fizermos tudo certo...

— Washington? É muito longe. Nós teríamos que atravessar o país inteiro de novo.

— Eu sei que não é o ideal. Mas é o caminho mais seguro. Não podemos ir para o Leste: a maioria dos pontos onde poderíamos atravessar vai estar congelada ou é muito povoada. O Meio-Oeste também é perigoso... muito ermo. Muita neve. Washington vai estar mais quente. Nós não precisamos ir tanto para o Oeste a ponto de chegar a Seattle, mas tem um monte de cidadezinhas fronteiriças que não vão estar congeladas.

Tentei entender a lógica do plano, examiná-lo de perto o suficiente para enxergar. Teríamos que atravessar o coração do país. Levaríamos dias. Haveria muitos momentos em que poderíamos ser reconhecidas. Nossos rostos estavam em todos os canais, em todos os sites e jornais.

— Nós teríamos que nos disfarçar — argumentei.

— Ainda temos a tinta de cabelo e a tesoura do Texas — lembrou Jae.

O que ela estava propondo era uma loucura. Parecia que estávamos em uma longa esquete de comédia, uma que ia se tornando cada vez mais absurda com o passar do tempo.

— Não precisa ser para sempre — disse Jae. — Mas por enquanto... acho que não temos outra saída.

— Quando iríamos partir? — Eu não conseguia acreditar que estava perguntando isso.

— Amanhã de manhã — respondeu Jae. — Hoje à noite, pintamos o cabelo. Arrumamos as coisas e nos preparamos. Podemos partir para Washington logo cedo.

Eu a observei. Ia realmente confiar nela? Ela ia mesmo confiar em mim? Eu tinha escolha?

Levantei-me da cadeira ao lado da piscina. Jae logo me seguiu, cautelosa, esperando o veredito.

— Vamos — anunciei, juntando nossas coisas. — Eu corto nosso cabelo.

18

Cachos cobriam a bancada da pia. Cortei o meu primeiro. As mechas pesadas, estilo anos 1970, repicadas até logo abaixo das orelhas. Eu queria raspar a cabeça — cabelos cacheados como o meu exigiam uma manutenção cuidadosa, do tipo que eu não poderia me dar ao luxo de fazer na estrada —, mas Jae disse que iria chamar muita atenção.

— Você pode me ajudar com a parte de trás? — pedi, virando-me para Jae.

A tesoura a deixou nervosa. A astúcia apática, quase preguiçosa, com que fazia as coisas tinha desaparecido. Eu era diferente de um carro que não cooperava ou uma lata de sopa. A expressão dela estava tão concentrada quanto a de uma cirurgiã. Para alcançar o cabelo na parte de trás, precisou ajustar a posição da minha cabeça. Os dedos de Jae estavam surpreendentemente gelados contra minha nuca, mas foi ela quem estremeceu ao toque.

— Você está indo bem — elogiei, o que pareceu deixá-la ainda mais envergonhada.

A expressão de adolescente emburrada voltou e as orelhas ficaram vermelhas.

Ela terminou. Mechas de cabelo cobriam o chão. Ela se ajoelhou, juntando-as em uma pilha com uma toalha.

— Pode deixar que eu limpo — falei.

Os olhos de Jae se voltaram para mim e algo mudou em seu rosto. Eu tinha dado um passo mais para perto, sem querer. Meus quadris estavam bem na linha dos olhos dela, a centímetros de seu rosto. Ela recuou, encarando meu pescoço com nervosismo, evitando meu olhar.

Ela ficou de pé, a postura rígida.

— Vou pintar seu cabelo primeiro e, depois que estiver lavado, eu corto. A gente limpa tudo no final.

Jae deu de ombros, tentando parecer casual.

Eu já havia pintado o cabelo de muitas amigas ao longo dos anos e já tinha visto minha mãe fazer milhares de vezes. Preparei a mistura da caixa de tinta barata e coloquei as luvas de látex. Era boa nisso.

Desembaracei o cabelo de Jae com cuidado, usando um pente que encontrei em uma das gavetas dos Carlisle.

— Não precisa fazer isso — murmurou. — Posso fazer sozinha.

— Tudo bem. — Peguei o cabelo dela, afastando-o do pescoço. Ela se moveu, inquieta. — Abaixe a cabeça.

Comecei pela risca do cabelo, desenhando uma linha grossa de tinta ao longo das raízes. O couro cabeludo dela parecia branco e vulnerável sob meus dedos. Usei o mindinho para deslizar pelo cabelo dela, trabalhando seção por seção. Jae apoiava as mãos na borda da pia, e os nós de seus dedos estavam pálidos de excitação e medo. Eu me sentia como uma caçadora, silenciosa e atenta a qualquer movimento. Cada respiração e contração era um sussurro de informação, uma instrução, uma resposta, um pedido sendo atendido. Os dedos no pescoço dela, o polegar em seu pulso, a respiração no ouvido. A vigilância inquieta dela, o movimento da garganta, rítmico e inquieto, como uma bola de gude rolando em uma tigela. Não era exatamente confiança o que ela estava me dando — tínhamos que nos transformar; não tínhamos muita escolha —, mas eu podia senti-la cedendo a cada minuto que passava. Quando meus dedos deslizaram pelas pontas do cabelo, ela já estava quase dócil.

— Pronto — avisei, tirando as luvas. — Fique parada.

Molhei a ponta de uma toalha de rosto na torneira e fiquei na frente dela, segurando seu queixo para guiá-la até onde eu precisava. Com cuidado, limpei a tinta da testa e das orelhas. Segurei-a pela cintura e a virei para o espelho de novo para limpar sua nuca. Senti um arrepio percorrê-la.

Jae me observava pelo espelho, a expressão preocupada, quase ameaçadora.

— Machucou?

Ela balançou a cabeça.

— Ótimo — falei, afastando-me. — Então pronto. Agora só temos que esperar trinta minutos e depois você pode tomar banho.

Enquanto isso, catamos o cabelo do chão, jogamos no vaso e demos descarga. Limpamos a pia. Como ainda tínhamos vinte minutos antes da hora do banho, descemos para a cozinha e abrimos uma das muitas garrafas de Chardonnay da sra. Carlisle.

O vinho deixou Jae menos reservada. Ela passou a sorrir com facilidade. Seus membros relaxaram. Eu a encarei. Sabia que estava encarando, mas não conseguia parar.

Jae era linda.

Eu não tinha deixado que esse pensamento tomasse forma antes. Nos últimos dias, sentira-o surgir tantas vezes, vindo de alguma parte sombria e vergonhosa de mim, que tinha me acostumado a ignorá-lo. Uma beleza tranquila e perigosa.

Naquela noite, foi mais difícil ignorá-lo.

— Ah... — Olhei o relógio. — Já faz vinte e sete minutos.

Jae entrou no chuveiro. Esperei no quarto até ouvir a água parar de correr, dando a ela privacidade para se trocar. O banheiro ainda estava tomado de vapor quando entrei.

— Venha cá — chamei.

Jae parou na minha frente, voltada para o espelho.

— Não, não — falei, em voz baixa.

Então a segurei pela cintura novamente, virando-a. Ela não resistiu, deixando que eu a guiasse até ficar de frente para mim. Estávamos próximas de novo, como não ficávamos desde que eu desamarrara os pulsos dela da viga naquele armário escuro. Lembrei-me de como estava assustada. Da repulsa. Do hálito azedo, da língua e dos dentes escuros. Lá, no banheiro, os lábios dela estavam rosados e um pouco inchados. Ela evitou meu olhar, fixando-se em algum ponto perto do lóbulo da minha orelha.

— Vou cortar mais curto. Talvez até aqui. — avisei, fazendo um movimento com a tesoura em torno de uma mecha de seu cabelo molhado, bem na altura da maçã do rosto. — E aqui. — Na nuca.

Os olhos de Jae se arregalaram ao encontrar os meus, de uma forma incisiva e desconfiada. Quanto mais dureza demonstrava, mais delicada eu queria ser com ela.

— Vai ficar bom — assegurei. — Não se preocupe.

Passei os dedos pelo cabelo dela, penteando-o um pouco, e levantei uma mecha até a linha dos olhos de Jae. Em seguida, cortei a ponta. O cabelo caiu de volta sobre a bochecha, e eu o afastei. A pele dela era muito macia.

Jae me dirigiu um discreto aceno de cabeça. Comecei com o cabelo que emoldurava o rosto. Em seguida, peguei-a pelos ombros, virei-a de frente para o espelho e cortei a parte de trás até a nuca. O cabelo secava enquanto eu cortava. Não era muito comprido, mal chegava ao queixo. Fiquei me perguntando o quão curto teria sido antes de os Victor a aprisionarem. Com base no estado em que ela estava, imaginei que jamais o tivessem cortado. Nem sequer a deixavam tomar banho.

Virei Jae de frente para mim outra vez, para finalizar, brincando com diferentes ângulos. Ela permaneceu impassível enquanto eu a manuseava, permitindo que a movesse para um lado e para o outro.

Eu me afastei, examinando-a com cuidado. Tinha feito um bom trabalho.

Quando Jae se olhou no espelho, um lampejo de surpresa atravessou seu rosto. Algumas mechas teimosas caíam sobre os olhos. Parecia uma rebelde dos anos 1950, temperamental e de má reputação.

Ela gostou do corte, percebi. Paradas lado a lado diante do espelho, parecíamos uma dupla de criminosas ordinárias de outra era. Salteadoras em um faroeste antigo. Atrizes ensaiando uma peça para a qual estávamos tão despreparadas que chegava a ser constrangedor. Como se eu estivesse tentando pregar uma peça em minha própria psique. Como se, sem o cabelo de antes, o figurino de minha antiga vida, eu pudesse me transformar em outra pessoa de maneira convincente.

Um novo nome, uma nova história. Eu já havia me reinventado antes, no Ensino Médio e na faculdade. Parecia que estava desafiando o destino ao acreditar que poderia fazer isso de novo.

— Você está bonita, Jae — elogiei, passando-lhe uma nova garrafa de Chardonnay.

Ela levou o gargalo aos lábios, o pescoço corado.

— Você também, Evie — murmurou, e não bebeu.

19

Colocamos as coisas no carro para estarmos prontas para partir bem cedo na manhã seguinte. Jae juntou toda a comida útil — barras de cereal, nozes, latas de alimentos não perecíveis — e arrumou tudo cuidadosamente junto com as roupas dobradas dos adolescentes. Encontrei acessórios de inverno no armário principal: casacões, luvas, cachecóis, gorros. Para o jantar, preparamos o que restava da comida congelada: uma torta de frango. Depois, pegamos a garrafa de vinho e arriscamos ir até a praia.

Tínhamos evitado a praia o dia todo. Parecia perigoso demais. A propriedade dos Carlisle se estendia por muitos e muitos hectares isolados de bosques e pântanos. A casa mais próxima ficava a mais de um quilômetro e meio de distância, portanto, não havia risco de sermos vistas por um vizinho. Mas na praia? Lá, sim, correríamos risco de sermos vistas por alguém que estivesse passando de barco ou caminhando pela praia pública lá perto. Famílias brincando com cachorros, corredores do fim de tarde.

Mas, naquela noite, queríamos aproveitar os últimos momentos das nossas férias antes de sermos obrigadas a voltar a fugir. Duvidávamos que veríamos mais alguém — e, se víssemos, voltaríamos para casa correndo. Se ficássemos realmente assustadas, poderíamos entrar no carro e ir embora. Nossas coisas já estavam na mala. Poderíamos partir a qualquer momento, se quiséssemos.

Cruzamos o gramado em silêncio. Estava ventando, mas os carvalhos permaneciam imóveis, com os galhos vasculares e encantados contra o céu noturno. A grama deu lugar às dunas de areia. A faixa de praia era estreita: tecnicamente, era uma enseada. Certa vez, Christian e eu levamos boias infláveis, e ele quase virou quando viu uma arraia bebê ondulando pela areia. Durante o dia, a água era azul, tranquila e cristalina.

À noite, era um espelho preto. A lua nadava à distância. Nós nos sentamos na areia, afundando os dedos na umidade. A espuma do mar subia pela areia, roçando nossos pés. Não estava tão fria quanto eu imaginava. Dava para nadar, se tivéssemos coragem.

Acendi dois cigarros, passando um para Jae. Ela tomou um gole do vinho e me passou a garrafa. Um caranguejo se aproximou dos meus dedos.

— Posso perguntar uma coisa? — murmurou ela.

Franzi a testa.

— Claro.

— Você já… — Ela escolheu as palavras com cuidado. — Você já fez alguma coisa ruim? Alguma coisa que não tinha como voltar atrás?

— Claro. — Dei de ombros, despreocupada. — Todo mundo já fez alguma coisa ruim.

— Qual foi a pior coisa que você já fez?

— A pior coisa que eu já fiz? — repeti, incrédula.

Jae parecia estar se divertindo.

— Não precisa responder.

— Eu achei que você fosse perguntar alguma coisa do tipo… Sei lá… "Qual é o seu animal favorito?" "Qual é a sua cor favorita?" "Se você pudesse ter um superpoder, qual seria?" Para ser sincera, já perguntei isso para alguém uma vez. Qual era a pior coisa que essa pessoa tinha feito.

— Quem?

— Eu estava, hum… — Evitei o olhar dela. — Em um encontro. Eu estava muito entediada. E pensei: vou perguntar a coisa mais escrota que eu conseguir imaginar. E, bom, ela respondeu. Disse que tinha atropelado um cara que estava andando de bicicleta no Laurel Canyon e não parou para ver se ele estava bem. Foi um acidente. Mas mesmo assim.

— Você continuou saindo com ela?

— Continuei. — Dei de ombros. Jae ergueu a sobrancelha, surpresa. — Quer dizer, ela era muito gata. Nós só saímos algumas vezes.

— O que você disse a ela sobre a pior coisa que você já fez?

— Eu não disse. Ela não me perguntou. Acho que não estava muito interessada em mim.

— Eu estou perguntando.

Encontrei os olhos de Jae. Ela já havia testemunhado muito da minha raiva. Serena, o recepcionista do hotel. Definitivamente não tinha a ilusão de que eu era um anjo inocente.

— Quando era adolescente, eu fazia bullying — admiti.

— Como assim? Você prendia pessoas em armários? Roubava o dinheiro do almoço delas?

— Cadê sua criatividade?

— O que foi? — Jae abriu um sorriso tímido. — Eu nunca fiz bullying com ninguém.

— Que santinha.

— Você diz isso como se fosse uma coisa ruim.

Talvez eu quisesse que fosse. Pessoas boas demais faziam com que eu me sentisse péssima. Christian era assim. Sempre que discutíamos, ele tinha um jeito condescendente de voltar ao papel de bonzinho ou de se fazer de vítima.

— Isso é ruim? — perguntou Jae.

— Não — respondi. — Eu só achei que talvez você também não fosse tão santa assim.

— Eu não era. Não sou. Eu roubo. Desde criança, eu... sempre me comportei mal.

— Você rouba de lojas. Grandes redes — retruquei. — Não faz isso por diversão. Você não é uma adolescente obcecada por fama da gangue Bling Ring. Não está roubando uma bolsa Birkin da Lindsay Lohan para postar selfies fazendo biquinho no Instagram... O que, enfim... vai fundo, cada um faz o que quiser. Mas você? Jae, você está roubando comida. Dinheiro. Só está tentando sobreviver.

— Você acha que o que você fez é pior do que o que eu fiz? A pior coisa que você fez foi fazer bullying com alguém. Você era uma criança.

— Esse é o seu parâmetro?

— Tem coisa pior — disse Jae.

— Com certeza — concordei, batendo a cinza do cigarro —, mas só porque eu não sou uma assassina em série não significa que eu preste.

— Você está muito empenhada em acreditar que não presta.

Eu não sabia como responder a isso. Talvez estivesse.

— Tudo bem, outra pergunta — continuou Jae. — Qual foi a pior coisa que já fizeram com você?

— Que perguntas são essas?

— Você continua não precisando responder — disse Jae, tomando outro gole de vinho.

— Pior tipo o quê? — questionei. — Injusta? Absurda? Cruel? Do que nós estamos falando? De ser estuprada em um encontro? Assediada no ônibus escolar? Ou alguma coisa mais intensa? Sei lá, os empréstimos estudantis criminosos de Sallie Mae? Que régua estamos usando? Meu deus, eu estou parecendo uma idiota. — Eu me interrompi, constrangida, percebendo a expressão no rosto de Jae.

— Todas essas perguntas são válidas — disse ela.

— Você parece uma professora.

— Eu já quis ser — admitiu, surpreendendo-me. — Uma época.

— Sério?

— Sério. Quero dizer, eu larguei a faculdade. Então não sei como seria. Mas foi o que eu quis, em algum momento.

— Por que você largou a faculdade?

— É uma longa história — respondeu.

— Você voltaria? Se pudesse?

Jae deu de ombros.

— Talvez.

— Eu queria voltar — admiti. — Pensei muito sobre isso. Fazer um doutorado ou algo assim. Estava pensando em me candidatar no próximo edital.

— Em quê?

— Sei lá. História da Arte, provavelmente. Com foco em Arquitetura. Eu já tenho o mestrado, então por que não?

— *Uau.*

— Você vai vir com o discurso de "qual é o objetivo de ter um diploma em humanidades"?

— Não. Eu acho legal.

— Acha nada — repreendi, de brincadeira. — Você acha que é uma bobagem. Tudo bem. É bobagem mesmo. Mas era o que me interessava. Ainda me interessa. E gosto de ensinar. Eu não gostava de dar aulas preparatórias para o vestibular, mas gosto de ensinar, de modo geral.

Na verdade, eu não tinha falado a respeito desse plano com ninguém antes. Foi bom contar a Jae. Planejar um futuro. É claro que esse futuro se tornara risível, mas foi bom esquecer isso, mesmo que por alguns minutos.

— Quantos alunos você tinha? — perguntou. — Quando dava aula particular.

— Uns cinco por semana.

— Você tinha algum favorito?

— Óbvio.

Todo professor tem seus favoritos. Eu gostava dos preguiçosos bonzinhos e dos atletas. Os alunos exemplares e os puxa-sacos me davam vergonha alheia: eles mostravam suas intenções de forma clara demais. Davam-me muita munição, muito poder, e eu não sou do tipo que consegue não abusar disso. Gostava daqueles que estavam ocupados demais com esportes, videogames ou o próprio canal no YouTube para tentar chamar minha atenção. Gostava dos skatistas sem noção, que ficavam chocados com tudo e encantados com cada pequeno acerto. Eles eram muito diferentes de mim.

— Então esse é o principal motivo para você querer voltar a estudar? Para ensinar?

— Não sei. — Parecia estranho admitir, mas sempre gostei da faculdade. Era uma performance que eu sabia fazer, uma fantasia confortável para vestir. — Acho que é. Sim. Quero dizer, sou boa nisso. Eu gosto. A grana é uma merda, mas você sabe como é. Já é tarde demais pra mim. Ninguém vai me contratar para mais nada. Já estou nesse caminho, só tem isso no meu currículo.

— Eu consigo imaginar você como professora — disse Jae. — Você gosta de mandar nas pessoas.

— Não gosto, não.

— Tá tudo bem, Evie. — Jae se apoiou nos cotovelos. Era perigoso, o jeito como ela me olhava. Algo líquido dentro de mim se solidificou, os átomos vibrando juntos como a carga no porão de um navio. — Não tem problema gostar de mandar nas pessoas.

— Eu vou mandar em você — avisei.

O canto da boca de Jae se ergueu.

— Pode mandar.

Remexi a areia, para ter algo para fazer. O vinho tinha sido uma péssima ideia. Eu podia senti-lo se movimentando pelos recantos obscuros do meu corpo como uma enguia. Dando-me coragem.

Mas não precisava de coragem. Precisava me conter. O que eu queria não era possível. Não com Jae.

Eu me forcei a desviar o olhar. O mar era uma de via de mão única de azul ondulante iluminada pela lua. Todo o resto era escuridão e ruído. Ondas, vento.

— Vamos nadar? — sussurrou Jae.

Ela ficou de pé, derrubando a garrafa de vinho vazia. O moletom foi o primeiro a ser abandonado na areia. Senti, em vez de ver, a calça cair no chão. Quando não suportava mais não olhar, eu me permiti dar uma espiada.

A nudez dela era cruel. De uma maneira que só a beleza consegue ser.

— O que você está fazendo? — perguntei.

— Já fiquei muito tempo presa. — Ela estava mais bêbada do que eu imaginava. Dava para ouvir em sua voz. — Quero nadar.

A água se remexia ao redor de seus tornozelos. Ela avançou para o fundo, os braços arrepiados. Passou os dedos pelo cabelo, despenteando as mechas rebeldes.

Olhou para mim por cima do ombro, fazendo sinal para que eu a seguisse, mas eu já estava quase lá. Já tinha até tirado a roupa. A água estava fria, mas não me importava. Nada mais importava.

Ela caminhou à minha frente, até a água chegar ao nível da cintura, então mergulhou. Nadou alguns metros e ressurgiu na superfície, sacudindo o mar dos cabelos com uma risada. A risada ecoou e eu a engoli, mergulhando para encontrá-la. Eu a persegui, e ela me perseguiu, e a correnteza conspirou contra nós, ou a nosso favor, dependendo de como você encara a situação. Encostou o joelho no meu, o cotovelo, emaranhando-se como uma alga marinha, inescapável. Talvez sempre tivesse sido inescapável. Talvez eu estivesse errada em resistir.

Talvez eu não estivesse sozinha.

Acima de nós, a lua em forma de foice. Um borrifo de estrelas, tão próximas contra a escuridão aveludada que eu poderia ter arrancado uma com os dedos, como uma joia, e dado de presente para Jae.

Nossas bocas flutuavam a centímetros uma da outra. Debaixo d'água, senti a mão de Jae segurar meu quadril. Os cílios dela estavam molhados e pontiagudos, os olhos tão escuros e úmidos que refletiam tudo. Até eu mesma. Senti um puxão agudo, um último fio de autocontrole se desprendendo.

— Evie, não se mexa — ordenou Jae, baixinho.

Eu não me mexi. Ela se aproximou. Sua mão, quando segurou minha nuca, estava fria. Fechei os olhos. Senti sua respiração pairar contra meus lábios, depois meu pescoço. Estremeci, gravitando para mais perto do calor de seu corpo.

Ela encostou os lábios no meu ouvido.

— Atrás de você — sussurrou, e só então ouvi o terror em sua voz. — Tem um barco.

20

O motor ronronava suavemente. Era grande, um cruzamento entre uma lancha e uma casa flutuante. A proa era uma longa faca, cortando ondulações de vidro.

Não existe uma maneira elegante de sair do mar. Não importa o que aconteça, você vai parecer uma idiota desajeitada, como se estivesse perdendo uma luta contra o vento. Nós nos arrastamos para fora da água, vestindo a roupa sobre o corpo encharcado e trêmulo, calçando os sapatos o mais rápido que conseguimos.

O barco estava indo direto para o cais dos Carlisle. Rastejamos pelas dunas de quatro e em seguida começamos a correr.

— Ei! — gritou uma voz atrás de nós. — EI!

Meus músculos pareciam escorregadios, como carne crua.

— MAS QUE *PORRA*...

— GARRET, PEGUE SUA BICICLETA, DÊ A VOLTA...

— ELAS ESTAVAM NA *NOSSA* CASA...

— SEU IDIOTA, SEU CELULAR AINDA ESTÁ DESLIGADO?

— SIRI, LIGAR PARA A POLÍCIA...

— QUE MERDA!

— LIGAR PARA O PAI, LIGAR PARA O PAI, LIGAR PARA O PAI...

— QUE MERDA...

— SIRI, LIGAR PARA O PAI.

— NÃO LIGUE PARA O PAI, LIGUE PARA...

Uma olhada aterrorizada para trás confirmou que eram os adolescentes da foto. As roupas em tons pastel da Abercrombie, da Vineyard Vines.

Rosto corado, cabelo loiro e ruivo. Dois adolescentes segurando rifles automáticos. Dois adolescentes, um leão morto a seus pés.

Havia um terceiro adolescente com os dois. Ele saltou do barco para o píer, com os outros logo atrás.

Estávamos em desvantagem numérica.

— O carro — ofeguei enquanto passávamos correndo pela piscina, quase tropeçando em uma cadeira de plástico do gramado. — Nós temos que, temos que…

Subimos os degraus até a casa. Minha mão suava na maçaneta da porta. Precisei de duas ou três tentativas até abri-la e entrar correndo. Senti uma dor aguda no joelho quando bati em uma mesa de centro.

Eu não conseguia mais ouvir os garotos atrás de nós, mas isso só aumentava meu medo. Para onde tinham ido? Não havia tempo para descobrir. Corri para a porta da frente.

O GMC ainda estava na entrada da garagem. Nós nos jogamos dentro do carro. Enfiei a chave de fenda na ignição e pisei fundo no acelerador. As árvores passaram como um borrão.

— Nós estamos bem — repetia Jae, como uma prece, um encantamento, como se dizer as palavras as tornasse verdade. — Estamos bem, estamos bem, estamos… — A palavra "bem" era triturada pelos dentes de Jae.

O carro dos adolescentes veio tão rápido que tudo o que vi foi um borrão de faróis no espelho retrovisor, brilhantes como a lua, antes de sermos lançadas contra o para-brisa.

O cheiro do meu sangue era intenso e viscoso. Escorria pelo rosto, entrando nos ouvidos e no nariz. Gotas escuras escorriam da boca.

Rastejei para a frente, às cegas, apoiando-me nos cotovelos destroçados, cuspindo um bocado de sangue.

Um sapato pisou na minha nuca.

Senti a visão escurecer por quase dez segundos inteiros. Meus olhos estavam abertos, eu acho. Mas não conseguia enxergar. Quem diria? Tinha acabado de atravessar a porra de um para-brisa.

— Puta merda, é a…

— Qual é o nome dela mesmo…

— QUAL É O NOME DELA MESMO?

— EVIE!

— …não mata ela…

— …recompensa…

— …cadê a outra…

— …cúmplice…

— …eu disse para *não matar ela…*

— …*cento e vinte e cinco mil dólares…*

— …*CADÊ A OUTRA GAROTA…*

— …*CADÊ! A PORRA! DO MEU! CELULAR!…*

Eles estavam bêbados. As vozes arrastadas se misturavam. Ondas de som inúteis, penetrando o nada. Pisquei. Minha cara estava na terra. Vi sapatos. Cinco mocassins de couro. Tornozelos peludos e magros de garoto. Pés cambaleando, arrastando-se. Onde estava o sexto mocassim?

Ah, sim. No meu pescoço.

— Toby, vá procurar a outra — sussurrou um deles.

— Eu não sou a porra do seu mordomo, Garret — retrucou Toby, parecendo mais sóbrio do que os outros.

— TOBY! — explodiu Garret. — VÁ! PROCURAR! ELA!

O que eu sabia: havia um adolescente sóbrio chamado Toby — que *não* era um mordomo — e um adolescente fora de si chamado Garret. Além disso, um terceiro cujo pé estava no meu pescoço.

— Saia — mandei, entre dentes, arrastando-me para a frente, as mãos arranhando a terra — *de cima… de mim… porra…*

Um mocassim golpeou minha caixa torácica com tanta força que nem consegui gritar. Senti o som viajar das profundezas do corpo e morrer na garganta.

De repente, o pé saiu de cima do meu pescoço. Eu me ajoelhei, ofegante, pressionando as costelas.

— Segure ela, Devin — ordenou Garret ao garoto atrás de mim. — Vamos levar as duas para a casa da piscina. Depois a gente usa o telefone fixo para chamar a polícia.

Fui puxada para cima pela parte de trás da camisa e meus braços foram torcidos para trás. O corpo não tinha mais integridade estrutural.

Um garoto flutuou no meu campo de visão. Tão sardento que parecia bronzeado. O cabelo era loiro-avermelhado. Óculos escuros pendurados no pescoço, bermuda salmão e uma camisa listrada aberta, desabotoada. Não havia uma camiseta por baixo, apenas o abdômen pouco desenvolvido e queimado de sol. Ele tinha pescoço longo e magro e cabeça pequena, como uma tartaruga. Seus olhos, quando finalmente entraram em foco, pareciam manchas azuis de tinta. Botões cegos.

Ele estava muito, muito bêbado.

— Você — disse ele — está *morta.*

— Não, Garret — corrigiu Devin, os dentes cerrados de irritação —, a polícia quer ela *viva.*

— QUEM DISSE?! — explodiu Garret, cuspindo gotículas de saliva com tequila.

— Me *solte*... — rosnei.

De repente, o garoto que me segurava tapou minha boca com a mão, com tanta força que senti o crânio chacoalhar.

— *Cale a boca* — disse ele, em uma nuvem azeda de hálito de cerveja.

Fechei os olhos, tentando acalmar minha respiração. Se eu conseguisse ficar calma, poderia pensar. *Jae.* Essa era a primeira coisa. Onde estava Jae?

Quando abri os olhos, havia uma faca brilhando a centímetros do meu pescoço.

A ponta pressionou minha carne. Se eu respirasse fundo demais, ela romperia a pele. A *minha* pele.

O terror me inundou como uma droga. Meu coração martelava tão rápido que parecia ter desaparecido, perfurado a terra macia do corpo e se enterrado nela.

— Não fui eu. — Minha voz parecia distante, desconectada do corpo. — Não fui eu, não fui eu...

O garoto atrás de mim, Devin, bateu a mão sobre a minha boca novamente. Senti a mente e o corpo se separarem. Quando voltaram a se juntar, mal encaixados, como um quebra-cabeça imperfeito, os garotos estavam discutindo o que fazer comigo.

Garret se lançou sobre o irmão, os olhos arregalados de ódio.

Aproveitei a chance e me abaixei. A faca de Devin escorregou enquanto eu escapava. Senti o sangue fresco brotando, escorrendo pelo pescoço, mas eu estava correndo rápido demais para me importar. Ouvi um grito distante. Pés pisoteando a terra atrás de mim. Um berro. Talvez uma queda.

Uma alegria selvagem rugiu em meu peito.

Vindo correndo do mato, as mãos cobertas de sangue, estava Jae.

Ela vinha tão rápido que quase se chocou contra mim. Eu a segurei bem a tempo, agarrando seu braço, que estava escorregadio de sangue. Nós corremos. Um peso tombou sobre as minhas costas. Um eixo se inclinou. A luz da lua brilhava acima. Um céu de meia-noite. Um rosto vermelho que não reconheci, coroado pelo cabelo amarelo. Os olhos de um azul tão pálido que eram quase translúcidos.

Devin era muito maior do que o irmão.

Ele me levantou e em seguida me jogou no chão com tanta força que senti algo se quebrar. Porcelana estilhaçada, flutuando nos canais escuros das minhas entranhas. Fechei os olhos. Abri-os de novo. O punho de Jae voou na minha visão periférica, acertando o rosto de Devin. Fechei os olhos. Cada respiração exigia esforço, como tirar um balde de um poço.

Forcei meus olhos a se abrirem. Eu sabia que uma luta estava acontecendo a poucos metros de mim — Jae contra Devin — e virei o pescoço, cerrando os dentes por causa da dor. Os dois estavam lutando com punhos, joelhos e dentes. A coreografia era lenta e primitiva, como se estivessem se digladiando em condições climáticas extremas. Socos em câmera lenta. Jae parecia musculosa e feroz, a forma como atacava tinha um ar selvagem. Eu não sabia onde Garret estava — dentro da casa, provavelmente. Chamando a polícia. Tinha certeza de que chegariam a qualquer momento. Forcei-me a ficar de joelhos. A dor se reduziu a um fraco latejar.

Jae tinha imobilizado Devin. Ele estava se debatendo violentamente, mas ela conseguiu pegar a faca e a segurou contra o pescoço dele. Ele cedeu, arfando como um touro.

— Evie — disse ela, ofegante. — Evie, no meu bolso, tem uma... tem uma...

Eu vi.

Uma arma.

Tirei-a do bolso traseiro dela, mantendo os olhos fixos em Devin. Era pequena, uma Glock minúscula. Eu me perguntei quando Jae a teria pegado do escritório.

O mato farfalhou atrás de mim.

Eu me virei, erguendo a arma.

Garret ficou paralisado. Vômito escorria pelo queixo — devia ter caído. Os olhos estavam vidrados. Ele olhou para a arma, boquiaberto, em choque.

— De joelhos — mandei.

Garret desabou. Fez um som patético, como se fosse vomitar de novo.

Pressionei a arma contra sua têmpora. Meu braço tremia.

Algo estava solto dentro de mim. Algo grande e escorregadio, rangendo os dentes. Eu estava tão furiosa que era difícil segurar as rédeas. A raiva vinha se acumulando desde que eu tinha fugido da casa dos Victor. As mãos já eram punhos, a garganta estava irritada, a pressão arterial em dez por oito, vinte por oito, subindo. A injustiça de tudo aquilo. Por que eu estava lá? Por que tinha sido escolhida? Não era uma santa, era verdade. Mas será que minha vida ia se resumir apenas àquilo? Será que aquele sempre tinha sido o meu destino? Eu gostaria de ter sabido antes. Teria estudado menos. Trabalhado menos. Passado menos tempo longe das pessoas que amava.

O lábio de Garret tremeu. Não sei ao certo o que ele viu em meu rosto, mas foi o suficiente.

— Não, por favor... por favor, *por favor*...

Foi bom fazê-lo implorar.

Atrás de mim, eu conseguia ouvir Devin implorando por sua vida também. Jae o tinha colocado de bruços, as mãos às costas. A cabeça de Garret estava abaixada, as mãos cruzadas atrás do pescoço. Ele estava chorando.

Como eram patéticos. Não passavam de crianças.

Olhei para Jae por cima do ombro. Ela olhou de volta e assentiu.

Corremos. Jae foi na frente, contornando a casa, em direção à piscina. Passamos por cima de um terceiro corpo, que gemia baixinho, arrastando-se para fora da piscina. Devia ser Toby. Ele começou a gritar quando viu Jae, saindo da água em pânico.

— Para onde nós vamos? — gritei. — Como nós vamos… o carro…

Foi quando ele surgiu em meu campo de visão.

O barco.

21

A viagem foi silenciosa. O ronronar do motor, o balanço do mar. Eu já tinha pilotado barcos antes. Um amigo do Ensino Médio tinha uma casa no lago e, no verão, íamos em um grande grupo quase todo fim de semana para beber, fumar maconha e fazer manobras com a lancha, agarrados a uma boia inflável.

A casa dos Carlisle estava fora de vista, quilômetros e quilômetros de oceano nos separavam dela. Deixei escapar uma risada acidental, liberando a tensão. Quando comecei, não consegui mais parar. Era uma gargalhada terrível, que fazia as costelas doerem.

— Por que você está rindo? — perguntou Jae, mas também estava sorrindo.

Aproximou-se e limpou o sangue do canto da minha boca com o polegar. Senti o gosto. Ela estava com uma aparência horrível. Os nós dos dedos cobertos de cortes e arranhões, o lábio e a sobrancelha sangrando. Tenho certeza de que eu estava com uma aparência tão ruim quanto a dela. Olhei para o meu reflexo na tela preta do sistema de navegação. O pescoço manchado de sangue. Os olhos como duas cavidades, os buracos de uma máscara de Dia das Bruxas.

Mas eu estava viva. Jae estava viva.

Estávamos livres.

Eu sentia o que quer que tivesse se apossado de mim na floresta ainda rondando em meu interior, um coração parasita batendo fora de compasso com o meu.

— Como está a sua cabeça? — perguntei, olhando para o sangue escuro escorrendo do cabelo dela.

Jae deu de ombros, sempre impassível, e começou a me limpar com uma toalha que havia encontrado em um compartimento debaixo do assento. Tinha um leve cheiro de mofo.

Não havia dúvidas de que o barco tinha sido caro. Os assentos eram de couro creme; e o sistema de navegação, de última geração. Era um barco esportivo, com uma cabine para dormir. A julgar pelo estado da embarcação, os garotos deviam estar no mar havia dias. Estava uma zona. Latas de cerveja amassadas, caixas térmicas cheias de gelo derretido, batatas fritas molhadas, um pão de hambúrguer flutuando em uma poça d'água. Bermudas úmidas, poças pegajosas de refrigerante e rum, copos de plástico cobertos com resíduo de tequila velha.

Não podíamos ficar no barco. A polícia provavelmente chegaria à casa dos Carlisle a qualquer momento. Eles ligariam para os pais. Os delegados federais saberiam que tínhamos fugido de barco, rastreariam a marca e o modelo. Entrariam em contato com a guarda costeira. Tudo estaria acabado.

Olhei o sistema de navegação. Navegamos pelo Santa Rosa Sound, passando por Navarre. Jae encontrou roupas na cabine: fediam a desodorante Axe e cerveja. Ela ficou engraçada com um pulôver creme J. Crew e calça cáqui. Eu vesti uma camiseta polo azul folgada e fiquei com a mesma calça, que não estava tão suja de sangue. Bonés de beisebol fedorentos, abaixados sobre os olhos. United Christian Academy. Universidade do Alabama. De longe, parecíamos dois adolescentes.

À nossa frente havia uma ponte. Um porto. Restaurantes lotados ao longo de uma marina, decorados com luzinhas e repletos de corpos, música country tocando alto. Uma torre de água se erguia como um balão de ar quente, pintada de rosa e laranja: PRAIA DE PENSACOLA.

Naveguei até uma vaga na marina. Os restaurantes ficavam bem próximos uns dos outros, barracas de caranguejo, deques estufados pela chuva. Mesas de piquenique lotadas de jarras de cerveja, pratos com conchas de ostra vazias e cascas de limão, patas de caranguejo quebradas.

Eu podia ouvir ao longe alguém cantando um "Santa Baby" desafinado. Noite de karaokê.

Nós nos aproximamos do cais. Havia muitos barcos parados na marina. Alguns enfeitados com pisca-piscas de Natal: nós os evitamos. Chamativos demais.

Pelo menos um daqueles bêbados tinha que ter deixado as chaves.

Jae se esgueirou até um Formula Bowrider enquanto eu ficava de olho, as mãos enfiadas casualmente nos bolsos e a pequena Glock aninhada na palma. Ela subiu as escadas estreitas do barco até o assento do piloto.

Fez sinal para que eu me aproximasse, e subi a bordo. Aquele barco era muito mais antigo do que o dos Carlisle; os assentos de couro estavam rachados e algumas das letras estavam desbotadas. Mas as superfícies pareciam bem lubrificadas, e o convés cheirava a detergente de limão.

Sob o assento do capitão havia uma chave.

Seguimos um longo e solitário feixe de luar até as águas abertas e agitadas da baía. Discutimos a possibilidade de ir para o sul, de fugir do país em outra direção. Cancún ficava a um golfo de distância. Se conseguíssemos chegar ao extremo sul da Flórida, Nassau ou Havana estariam a uma hora de viagem, no máximo. Mas a ideia de cruzar um oceano de barco — não apenas um estreito ou uma enseada, como em Washington, mas um oceano de verdade — nos aterrorizava. Imaginávamos ondas altas como montanhas nos engolindo inteiras. Tubarões devorando a carne das nossas costelas, nossos esqueletos flutuando por quilômetros sem fim na escuridão até o fundo do oceano. Além disso, ficaríamos muito mais expostas em pequenas ilhas caribenhas ou cidades da América Central, em especial aquelas lotadas de turistas americanos.

Teria que ser o Canadá. Isso significava voltar ao coração do país, com suas entranhas marchando com forcados, uma guilhotina faminta à nossa espera — ainda mais depois de quase termos matado dois adolescentes ricos.

Mas naquela noite, apenas naquela noite, nós nos permitiríamos ficar no barco.

Esperei até chegarmos à baía de Mobile para lançar âncora. A poucos quilômetros da costa de Fairhope, Alabama, as luzes das casas brilhando à distância. Apagamos todas as luzes. A menos que um farol se voltasse para nós — e não havia faróis à vista —, desapareceríamos facilmente na escuridão.

Jae estava sentada ao meu lado no assento do capitão. Meu corpo estava pressionado contra o dela. Quadril com quadril, joelhos se tocando, tremendo juntas. Jae havia encontrado uma garrafa de Malibu, e nós a passamos entre nós, deixando o litoral ficar cada vez mais borrado, oscilando ao longe. Beber seria uma estupidez, mas o entorpecimento era tentador demais. Minha cabeça ainda parecia uma fruta machucada, caída de uma altura impossível. Mas não era a dor que fazia com que eu me sentisse tão fora de controle. Era a humilhação, a injustiça fundamental. Era o que eu havia gritado, de maneira insensata, como uma criança, quando a ponta da faca estava pressionada contra o meu pescoço: *Não fui eu. Eu não fiz nada. Por que isso está acontecendo comigo?* Durante toda a vida, eu imaginara que poderia fazer escolhas, um mapa com mil caminhos a percorrer. Eu poderia escolher o certo ou o errado. Na maioria das vezes eu escolhia o errado, mas a decisão era minha.

Naquela noite, não havia mapa. Havia uma estrada solitária com um único fim: a porta de uma cela, nenhum passo a dar exceto porta adentro.

E, no entanto, eu ainda estava lá.

Os dedos de Jae pairaram sobre o corte no meu pescoço, sobre a carne dolorida no osso do pulso. O hematoma na nuca com o formato do sapato de Devin. Ela era tão gentil. Eu me sentia em carne viva, sem armadura.

O dedo de Jae deslizou sob meu queixo. Deixei que ela levantasse meu rosto.

— Evie... — disse ela, sem fôlego.

Acabei com a distância entre nossas bocas e a beijei.

Ela fez um pequeno som, feroz e dolorido. Eu me afastei, o calor subindo pelo rosto e pelo pescoço.

Saltei da cadeira do capitão, desci as escadas e abri a porta da cabine, ignorando os sons de Jae chamando meu nome. Ela me seguiu.

A luz da lua banhava a cabine de azul. Jae fechou a porta, hesitando nos degraus. O cuidadoso barômetro dos pensamentos e humores dela tinha parado de funcionar. Ela era uma nova criatura. Eu também era, perdida sem minhas defesas usuais. Observávamos uma à outra com a atenção de predadoras, encarando-nos à distância. Cautelosas, aterrorizadas, antecipando quem faria o primeiro movimento.

Foi Jae.

Ela atravessou a cabine, empurrou-me contra a parede e pressionou os lábios nos meus. Minha boca cedeu sob a dela. Jae não tentou me tocar. Tudo se resumia àquilo: nossos lábios. Eu sentia que ela estava prendendo a respiração. Também prendi a minha, até não conseguir mais. Uma expiração quente se derramou, meus lábios se abrindo sob os dela. Por fim, o toque de nossas bocas se transformou em um beijo. No instante em que dei permissão, Jae se abateu sobre mim com urgência, quase com desespero. Fiquei grata por isso. Era tudo o que eu me sentia capaz de fazer, beijá-la e ser beijada, abraçá-la e ser abraçada.

22

O mar embalou nosso sono. Uma gaivota nos acordou, batendo o bico contra a janela da cabine. O céu estava cinza — avistei algumas nuvens de tempestade ao longe. Teríamos que ficar de olho.

Os lençóis estavam emaranhados em torno dos nossos quadris. A noite voltou em pedaços. Sangue. Uma arma. Um barco. Rum de coco. Os lábios de Jae. Meus lábios. Uma vida pirata.

O sono tinha vindo mais facilmente do que eu esperava, aninhada na cavidade do pescoço de Jae.

Mas então veio o sonho. Mesmo acordada, rondava minha mente, procurando uma maneira de se insinuar de volta. No sonho, estou seguindo um Range Rover verde-escuro. Ele entra em uma garagem. Uma família sai. Eu os sigo para dentro de casa. Eles não me veem. Há um espelho no corredor, e vejo meu reflexo. Estou segurando uma faca. Estou usando uma máscara veneziana, o longo bico agourento de um médico da peste.

— Você está acordada? — murmurei, estendendo a mão para passar os dedos pelo cabelo de Jae.

Ela assentiu, abrindo um dos olhos, o que não estava machucado. O outro estava inchado e gosmento, com uma cor roxa doentia. Inclinei-me para beijar sua têmpora, e Jae me puxou mais para perto. Ela ainda estava magra demais, mas seus braços eram fortes ao meu redor, puro músculo, pura competência, vibrando com um potencial violento. Se alguém subisse a bordo e arrombasse a porta da cabine, eu tinha certeza de que ela conseguiria se livrar da pessoa.

— Acho que a gente deveria ficar aqui até anoitecer. Esperar tudo aquilo… — Fiz um gesto vago indicando a janela. Uma cavalaria nos esperava em terra. Tanques. Canhões, aríetes. Forcados. — …passar.

Jae assentiu com a cabeça.

— Tem comida?

— Um pouco. Ovos, bacon. Alguns petiscos no armário.

— E se alguém subir a bordo?

— Subir a bordo? Jae, nós estamos em mar aberto.

— E se a guarda costeira estiver revistando os barcos e nos encontrar? O que vamos fazer?

— Eu tenho a arma.

— Evie.

— O quê?

— Se alguém entrar no barco, você vai fazer o quê?

— Eu atiro na cara da pessoa.

Jae riu.

— Tudo bem, *você* atira na cara da pessoa — corrigi.

— Eu vi você ontem à noite. Acho que você é melhor com uma arma.

Era divertido brincar de faz de conta, conversar como se fôssemos fora da lei em algum filme. A violência está presente em todos nós. Para invocá-la bastaria abrir uma porta.

— Pensei em uma coisa que eu fiz que é pior do que bullying — comentei, levantando-me para fazer café.

— Evie, não.

— Não o quê?

— Não fique se martirizando.

Eu me virei para encarar Jae.

— Você acha que estou falando dos Carlisle?

— Não está?

— Eu não me sinto culpada pelo que fizemos. Você se sente?

Jae balançou a cabeça.

— Eu estava pensando em… Lembra? Você me perguntou na praia. Qual foi a pior coisa que eu já fiz?

— Eu me lembro — disse Jae, com cautela.

— É uma coisa que eu fazia com meus amigos, no Ensino Médio.

— Tá...

— Na primeira vez, estávamos todos bêbados — continuei. — Na minha cidade, a gente não tinha muito o que fazer, então, na maioria das vezes, só bebíamos e saíamos dirigindo. Éramos adolescentes idiotas em uma cidade pequena. Uma vez, estávamos na estrada e vimos um Range Rover verde. Não sei quem teve a ideia, mas decidimos seguir o carro.

— O Range Rover?

— É. Nós seguimos as pessoas no carro até a casa delas. Bem, na verdade, não era a casa delas, pararam na entrada da garagem de alguém, mas não saíram do carro. Nós ficamos esperando no final da rua. Até desligamos os faróis do carro, para ficar mais assustador.

— Quem estava dirigindo?

— Eu — admiti, entregando uma xícara de café para Jae.

— O que o pessoal do Range Rover fez?

— Nada. Eles só ficaram lá, esperando. No fim das contas, nós ficamos entediados e fomos embora. Nos sentimos mal. Éramos crianças. Só queríamos dar um susto neles.

— Você fez isso de novo?

— Com meus amigos, sim, algumas vezes. E uma vez, quando estava sozinha — respondi —, mas acho que eu não estava tentando assustar ninguém. Tinha um condomínio fechado cheio de casas enormes que eu queria muito ver. Quando era criança, eu e meu pai visitávamos casas à venda o tempo todo. Casas muito, muito grandes, que nunca poderíamos comprar. Era nosso ritual de domingo à tarde. Mas naquele lugar, a única maneira de entrar era esperar alguém digitar o código do portão e ir atrás. Então foi isso que fiz. Eu queria conhecer o condomínio. Isso fazia eu me sentir...

Eu não conseguia descrever. Era como cutucar uma ferida. Não por razões masoquistas, mas para descobrir suas origens, como um cientista fazendo um experimento.

— Eu sei como você se sentia — sussurrou Jae.

Eu me sentei ao lado dela na cama, segurando o café.

— Sabe?

— Eu já trabalhei em um bufê. Às vezes, fazíamos eventos em hotéis, salas de reunião, coisas assim. Mas, na maioria das vezes, o serviço era na casa das pessoas. Casas enormes. Trabalhar lá... era como receber uma arma carregada. Eu podia roubar uma pulseira, uma antiguidade, uma bolsa, e não ter que trabalhar por meses. Às vezes, eu vagava por cômodos onde não deveria entrar. Nunca fui pega. Mas parte de mim queria ser.

— Por quê?

Jae deu de ombros.

— Eu não sei. Para ver a cara deles.

Medo. Era isso. No fim das contas, não importava. Alguém chamaria a polícia e me expulsaria da vizinhança. Alguém demitiria Jae, a tiraria de lá. Mas aquele lampejo de medo que antecedia a ligação para a polícia... Aquilo era real.

— Quando você trabalhou em bufê? — perguntei.

— Depois que eu larguei a UCLA.

— O que aconteceu?

Jae olhou fixamente para a caneca.

— Um dia, recebi uma ligação do meu amigo Kevin. A gente não se falava desde o Ensino Médio. Ele disse que meu pai tinha aparecido na concessionária do pai dele e perguntado se tinha uma vaga de emprego. Estava completamente bêbado. Meu pai já tinha sido demitido dos outros dois empregos por embriaguez e não tinha me contado.

— Merda.

— É. Eu pedi transferência para a UC Irvine, para ficar mais perto dele. Ajudei-o a se inscrever no programa de auxílio-alimentação, no seguro-desemprego e no plano de saúde. Recebi uma restituição de imposto bem a tempo, e isso nos ajudou um pouco. Ele conseguiu um emprego em uma fábrica de xarope da Coca-Cola em Ontario, no turno da noite. Eu o levava todo dia, porque só tínhamos um carro. Comecei a fazer entregas para a Door-Dash e a Lyft, era o que fazia mais sentido. Também abandonei a Irvine. Era difícil me concentrar na faculdade. A minha única preocupação era ganhar dinheiro. Queria ter um lugar só meu.

Meu pai bebia o tempo todo. Eu trabalhava muito… era melhor do que ficar em casa.

A expressão de Jae deixou claro que ela não queria falar sobre o pai mais do que o necessário.

— Como era a UCLA? — perguntei.

— Para ser sincera, não me lembro de muita coisa. É meio que um borrão.

— Deixe-me adivinhar: você tinha o cabelo bem curto. Um daqueles cortes com a parte de baixo da cabeça raspada. E usava muitas camisas de botão de manga curta com estampas idiotas, porque é isso que as lésbicas usam para serem, tipo, reconhecidas como lésbicas.

Jae balançou a cabeça com um sorriso envergonhado, o que significava que eu estava certa.

Estava me divertindo.

— Com quantas garotas hétero você já ficou?

— Algumas. — Jae desviou o olhar. — Mas nenhuma queria namorar comigo.

— Elas só queriam dormir com você.

— É.

— Eu teria namorado você para caralho.

Os olhos de Jae encontraram os meus. Sua boca fez um movimento engraçado, e então o sorriso desapareceu.

— Não — disse ela. — Acho que não.

— Por que não?

— Você só… — Ela estava tentando conter uma careta. O sorriso que surgiu foi forçado e pouco convincente. — Você não teria namorado comigo. Nossos caminhos nunca teriam se cruzado. Lá fora.

— Como assim? — Não gostei do que ela estava insinuando.

— Só… você sabe. Mundos diferentes.

— Mundos diferentes. Que porra é essa, a gente tá em *Aladdin*? E eu sou a Jasmine?

— Você é o macaco que rouba o chapéu.

— Abu. Respeite, cara.

O olhar de Jae era exasperado e divertido. Ela estava errada. Eu podia imaginar nossos caminhos se cruzando com facilidade. Um aplicativo de relacionamento, uma festa de casamento, um bar. Um ambiente escuro e lotado de corpos, o grave profundo pulsando nas paredes. O olhar dela vindo de uma outra mesa, encontrando-me. Escolhendo-me. O contato visual discreto. A maneira descontraída como ela passava as mãos pelo cabelo, a mecha teimosa caindo no rosto.

Eu a teria levado para minha casa em East Hollywood. Era uma casa colonial espanhola amarela da década de 1930. Eu morava no duplex havia quase quatro anos com meu colega Harvey, que trabalhava na construção civil em Boyle Heights, e, mais recentemente, com o namorado dele, Van. Pensei nos limoeiros, nas rosas cor de pêssego e nas tulipas azuis por trás da cerca de arame. A cozinha laranja-clara e o piso de pedra, a forma como a luz do sol se espalhava tão densamente que assumia a própria dimensão de espaço, onírica e nebulosa. Pensei no antigo restaurante colombiano pelo qual eu passava a caminho do meu bar local, nas luzinhas de Natal vermelhas e azuis que ficavam penduradas o ano todo, nos casais de idosos que dançavam *cumbia* depois das dez toda noite. O centro cultural ucraniano, a pupuseria, os tacos vendidos em mesas dobráveis na esquina da rua.

Ao lado de onde morávamos havia uma casa abandonada. Antes era ocupada por uma família armênia. Harvey e eu sempre os ouvíamos dando festas. Um dia, do nada, eles foram embora. As janelas ficaram escuras por meses. Então, certa noite, vi uma luz acesa na cozinha. Pela manhã, havia cacos de vidro no quintal e um colchão amarelado tinha sido arrastado para a varanda. O primeiro invasor se transformou em dois. Dois se tornaram dezenas. Às vezes, Harvey e eu os víamos segurando um balde embaixo de nossa torneira do lado de fora, mas eles não nos incomodavam, exceto pela vez em que encontrei um homem gemendo embaixo da minha janela, masturbando-se. Ouvíamos os lamentos de *bad trips*, discussões que se tornavam violentas, batidas policiais. Uma semana antes do assassinato dos Victor, a prefeitura os havia expulsado e construído uma cerca ao redor do quintal. Uma viatura patrulhava a rua.

Perguntei-me se alguém já teria escalado a cerca. Se Harvey já estaria procurando um novo inquilino. O que ele teria feito com meus móveis. A cama da Ikea que comprei por trinta dólares no Facebook, a cômoda azul que tinha garimpado no mercado de pulgas do Rose Bowl. Será que Jae caberia naquela casa? Tentei imaginá-la na minha cozinha, fazendo café, escovando os dentes no meu banheiro. Jae no Trader Joe's, escolhendo uma banana não tão passada. A curva da coluna dela debaixo dos meus lençóis. Fui ainda mais longe. Jae na Carolina do Norte, na minha escola particular, vestindo o uniforme xadrez que usei por quatro longos anos, encarando meus professores com um olhar entediado e preguiçoso. Jae, com o cabelo curto e desgrenhado como o de um adolescente e o corpo esguio e repleto de reentrâncias, tão cruamente elegante quanto um carro de corrida reduzido às partes essenciais. Os joelhos machucados, projetando-se acima das meias e dos sapatos oxford. Havia algo de muito sujo e errado na imagem, que também era terrivelmente erótica em sua transgressão. Eu queria beijá-la de novo.

E foi o que fiz. As mãos de Jae percorreram minhas costas. Da pequena janela da cabine, eu podia ver o céu escurecendo. Precisávamos nos aproximar da costa.

O estrondo de um trovão fez o barco balançar.

Pulei do colo dela.

— Vamos. Eu vou procurar um ancoradouro vazio para o barco. Nós não precisamos ir para terra firme ainda, mas é muito perigoso ficar em mar aberto durante uma tempestade.

Estendi a mão, ajudando-a a sair da cama. Peguei um dos bonés de beisebol e o coloquei sobre a cabeça dela. Em seguida, a beijei. Quando me afastei, vi o hematoma desbotado no pescoço dela e me senti culpada. Será que ela queria aquilo da mesma forma que eu queria? Era certo querer aquilo dela, depois de tudo que havia passado... Depois dos Victor... Depois que *ele*...?

Jae entrelaçou os dedos na parte de trás do meu cabelo e me beijou com intensidade.

— Não — murmurou ela. — Consigo sentir você pensando. Pare.

Ainda assim, meu próximo beijo foi mais hesitante. Jae não tinha paciência. Ela intensificou o beijo de forma instrutiva, deixando claro seu desejo. Deslizei a mão pela base de suas costas, descendo por dentro da calça, e ela fez um som áspero de aprovação, inclinando-se para o meu toque. Beijei a curva de seu pescoço e senti o pulso disparar.

— Eu vou foder você mais tarde — avisei.

Os olhos de Jae se fecharam, e ela sorriu — um sorriso verdadeiro, desarmado, um que eu nunca tinha visto.

23

A casa de praia na qual atracamos estava escura como breu. Jae se esforçou ao máximo para não vomitar enquanto o barco balançava violentamente com a força das ondas. O mar foi ficando mais calmo conforme nos aproximamos da costa, mas não muito.

— Será que não é melhor invadirmos a casa? — gritou Jae em meio ao vento. — Não é perigoso ficarmos no barco?

— Vai dar tudo certo, nós vamos atracar aqui e ficar na cabine! — gritei de volta. — Eu não quero correr o risco de invadir a casa. Se der errado, vamos ficar presas na tempestade.

A chuva açoitava furiosamente nossos rostos quando voltamos para a cabine. O vento sacudia as janelas. Jae estava tremendo. Eu também. Nossas roupas estavam molhadas, mas não tínhamos outras para vestir. Ela passou uma toalha no cabelo, despenteando-o. Um relâmpago fez um halo de luz ao redor de sua cabeça, desaparecendo com a mesma rapidez com que surgiu.

— Você estava falando sério? — perguntou Jae, baixinho. — Quando disse aquilo. Antes.

— Disse o quê? — Eu sabia o que tinha dito.

Jae se encostou na parede oposta, as mãos às costas, como se não confiasse nelas.

Um trovão soou. Nós duas nos abaixamos por instinto.

— Precisamos de um plano de fuga — disse Jae, evitando a pergunta.

— Eu já falei — respondi. — Temos uma arma.

— Uma arma não vai nos proteger da tempestade.

— Se piorar, saímos do barco. Pegamos um carro. Você faz sua mágica e rouba um. Tudo certo.

— Certo — disse, entrando na brincadeira. — Simples assim.

— Me diga o que eu disse antes.

— Você disse… — Jae se endireitou, como um soldado em posição de sentido. — Você disse que queria me foder.

Uma pulsação de desejo latejou entre minhas pernas. Jae estava encostada na parede, as mãos ainda cruzadas às costas, esperando rigidamente que lhe dissessem o que iria acontecer em seguida.

— Você estava falando sério?

A excitação de ouvir Jae fazer aquela pergunta era quase insuportável. Eu queria prolongar a expectativa o máximo possível. Gravar a imagem dela na memória. O cabelo úmido caindo no rosto, o ritmo superficial da respiração.

— Você quer que seja sério? — perguntei.

Jae assentiu na mesma hora, como se temesse que a oferta fosse retirada se esperasse tempo demais para responder. Ou talvez me conhecesse bem o suficiente para saber que, em se tratando dela, minha coragem era determinada pelo perímetro que ela traçava. Que eu só conseguia ser ousada se ela criasse as condições para que eu fosse.

Desfiz a distância entre nós. Meus dedos se enroscaram no cabelo molhado na base de sua nuca. A respiração dela se derramou, quente, contra a minha. Não a beijei. Aquela era a parte mais doce, a antecipação, sua disposição de esperar pelo que eu lhe daria. Meus lábios percorreram de leve o contorno afiado da mandíbula e a curva do pescoço dela. Meus dedos deslizaram sob a camisa molhada, sentindo sua caixa torácica se expandir e se contrair. Escorreguei a mão sob o cós da calça, entre suas pernas. A pele estava fria. Encontrei o lugar onde estava quente. Quase febril.

— Jae — suspirei.

Seus olhos encontraram os meus.

Eu a beijei. Senti o corpo dela se arquear contra o meu. Passei o polegar no contorno de seus lábios. Ela o recebeu dentro da boca, mantendo contato visual comigo.

Percorri o rosto de Jae com os olhos. Senti a maciez da língua dela, os dentes afiados. Um tambor ressoou dentro de mim. Segundos depois, senti-o reverberar dentro dela, como um diapasão.

Jae tirou minhas roupas molhadas. Os lábios deslizaram para o meu pescoço. Todos os nervos na superfície da minha pele despertaram, hipersensíveis.

Quando eu estava nua, ela se ajoelhou no chão da cabine e encostou os lábios na minha barriga, dando um beijo doce e suave acima do umbigo. Senti um calafrio. Enlacei os dedos em seu cabelo, e Jae emitiu um som ferido, faminto. Ela me beijou de novo, ainda mais leve, bem ao lado, descendo mais e mais, senti um calafrio mais uma vez, e o calor entre minhas pernas pulsou e se aprofundou. Uma rachadura se abrindo. Era tão bom que chegava a ser insuportável. Coisas boas podem ser assim. Um toque delicado o suficiente para machucar.

Eu estava fraca quando ela finalmente se levantou, pressionando-me contra a parede para me beijar. Senti meu próprio gosto. Ela ainda estava com as roupas molhadas. Eu as tirei com impaciência.

Fomos para a cama da cabine. Abaixei-me entre suas pernas, segurando seus joelhos, abrindo-os. Ela se apoiou sobre os cotovelos, o cabelo caindo sobre o rosto, e me observou enquanto eu aproximava a boca de seu peito, tomava o mamilo entre os dentes e o massageava com a língua. Levantou os quadris, movendo-os contra os meus. Pedindo. Deslizei a mão entre suas pernas, sentindo a umidade e o calor entre elas. Os cílios dela tremularam, o olhar ainda fixo no meu. Passei o dedo sobre o clitóris, e seu corpo inteiro estremeceu.

— Bom?

Em resposta, ela agarrou meu pulso e o puxou. Deslizei um dedo para dentro dela e aproximei minha boca da sua. Um beijo molhado e de boca aberta, mais um fôlego compartilhado do que qualquer outra coisa. Sua boca no meu maxilar, ávida. No meu pescoço. Enfiei outro dedo dentro dela, e seu corpo se tensionou como uma corda. Enrosquei a mão em seu cabelo e puxei a cabeça para a frente.

— Olhe para mim — falei.

Houve um clique audível em sua garganta quando seu olhar encontrou o meu.

Eu a fodi assim, mantendo contato visual, levando-a ao orgasmo com movimentos lentos e profundos. Os olhos dela eram tão escuros e reluzentes quanto um derramamento de óleo. Era demais, olhar para alguém assim, ser olhada assim. Ter permissão para ver tanto de uma pessoa.

O corpo dela se agitou, contorcendo-se irrefletidamente contra o meu até que desabou nos lençóis, sem forças. Sua boca roçou preguiçosamente a minha, dando-me pequenos beijos enquanto recuperávamos o fôlego. Enterrei a cabeça em seu ombro. Ela segurou minha nuca, como se tivesse medo de eu fugir.

24

Voltar à terra firme foi como acordar depois de vários meses em coma e descobrir que o mundo tinha vivenciado um apocalipse em nossa ausência. Não havia pessoas. Nem carros. Havia apenas chuva. Os trovões e os relâmpagos diminuíram por volta das cinco da manhã, mas a chuva persistia.

Corremos para a estrada. Luzes de Natal multicoloridas brilhavam à luz cinzenta da manhã. Respirávamos ofegantes enquanto subíamos a colina pela floresta. Cerca de quatrocentos metros à frente, vimos a silhueta de algo com forma de abrigo.

Um novo loteamento, ainda em construção. A forma espinhosa, vista do topo da colina, parecia vagamente arqueológica. Um esqueleto desenterrado, meio emergido do barro vermelho. No centro, uma sede de clube, uma piscina vazia em forma de feijão, quadras de tênis de um verde reluzente. Tudo cercado por casas inacabadas. As estruturas de madeira tremiam. O vento castigava a espuma rosa do isolamento térmico. A cobertura de plástico se agitava, como uma caixa torácica subindo e descendo. Descemos a colina, escorregando em folhas de pinheiro encharcadas.

Havia uma rua sem saída com três casas concluídas na parte inferior da colina. Jae colocou o dedo sobre os lábios, examinando os carros. Nós nos abaixamos e corremos pela lateral da casa à esquerda. Encostei o ouvido na parede, captando os sons de uma família que acordava: água correndo, camas rangendo, os passos de um cão goldendoodle no assoalho de madeira.

Jae se ajoelhou na grama molhada. Tínhamos encontrado uma pequena caixa de ferramentas no barco. Nós a enfiamos em uma bolsa de praia imunda de areia, junto com os alimentos não perecíveis e algumas roupas extras — moletons estampados com os dizeres NÃO MORRA NA PRAIA e TODA HORA É HORA DE MARGARITAS.

Jae pegou a chave de fenda e a colocou entre os dentes. Em seguida, se esgueirou em direção ao carro na entrada: um Kia Forte branco. Depois de alguns passos, fez um gesto para que eu a seguisse. E abriu. O *clique* suave da porta do carro sendo destravada soou como um trovão.

Ficamos paralisadas. Escutando. Esperando. O nascer do sol era uma bomba-relógio, uma contagem regressiva. A chuva havia diminuído, dando lugar a uma névoa carregada. Pássaros cantavam ao nosso redor, folhas farfalhavam, galhos estalavam.

Jae abriu a porta do motorista e entrou, sorrateira. Fiz o mesmo.

Ela inseriu a chave de fenda na ignição com suavidade. Havia algo de erótico em seus movimentos cuidadosos, na atenção dedicada enquanto procurava alguma sensibilidade interna, a fricção correta de pinos e fios.

— Em muitos carros fabricados antes de 2006 — sussurrou Jae — geralmente você não precisa fazer a ligação direta. Você pode simplesmente...

Sua mandíbula ficou tensa quando ela usou mais força, movendo a chave de fenda em um novo ângulo.

Uma vibração profunda ronronou abaixo de nós.

Eu me abaixei no banco do carona, caso o barulho do motor acordasse algum vizinho. A polícia estava procurando duas mulheres. Jae tirou o casaco — um de náilon dos Gators que havia encontrado no barco — e o colocou em cima de mim enquanto dirigia para fora da vizinhança. Esperei cerca de dez minutos antes de me levantar, meio afundada no assento, com o boné puxado sobre os olhos, os joelhos dobrados e os pés no painel.

Sentei-me e alonguei as pernas. Planícies cheias de vida, banhadas pela luz do sol, passavam por nós. O interior parecia menos assustador do que eu imaginara, menos inóspito. Mas não era. As aparências enganam. Mesmo assim, por uma hora, em um drive-thru do McDonald's, tomando café gelado e devorando um Egg McMuffin, vendo o sol nascer enquanto avançávamos para o interior do Alabama, não senti medo.

Enchi o tanque em um posto de gasolina vazio nos arredores de Montgomery, o boné puxado para baixo sobre o rosto. Vi meu estranho cabelo novo de relance no retrovisor lateral. Jae voltou com pacotes de biscoito roubados e alguns jornais. Era domingo, dia 18 de dezembro. Estávamos fugindo havia uma semana.

Fiz uma careta ao ver a primeira página. "'Ela nos caçou como animais': Adolescentes da Flórida relatam encontro aterrorizante com Evie Gordon, a assassina de Hollywood."

— Lá vamos nós — murmurei.

Jae tinha conseguido pegar três jornais diferentes e dois tabloides. Ela voltou a dirigir enquanto eu os folheava, lendo as manchetes mais interessantes em voz alta.

— "Filhos dos Carlisle contam tudo: O que se sabe sobre o encontro aterrorizante com Evie Gordon." "Quem é a comparsa de Gordon? Detetives especulam." "Os Victor, os Carlisle e Tate-LaBianca: As semelhanças horripilantes entre Gordon e Manson." "'Esses garotos têm sorte de estar vivos', afirma detetive do condado de Okaloosa, Flórida." "Gordon mira famílias ricas: Agente especial do FBI compartilha teorias." "Violência e fúria feminina: uma perspectiva psicológica." "'Maldade pura': Governador da Califórnia quer a 'sentença mais severa possível' para Evie Gordon." "Gordon, Wuornos e as Garotas de Manson: Por que as mulheres matam?"

— Por que será? — murmurou Jae, seca.

Li todas as reportagens em voz alta. Quanto mais eu lia, mais engraçado parecia. Conseguia consumir as histórias de maneira objetiva, como se fosse apenas uma entusiasta anônima de crimes reais, sem envolvimento direto. Uma adolescente mórbida, ávida por detalhes sangrentos. "Evie Gordon" não era eu. Era uma personagem. A nova Aileen Wuornos, Charles Manson 2.0. Uma vilã de filme de terror, de proporções operísticas, digna do Grand Guignol. Evie Gordon: a assassina de *Das Kapital*. Motivações inspiradas pela escola de esquizofrenia de Charles Manson. Ele acreditava que o *Álbum branco*, dos Beatles, profetizava uma guerra racial apocalíptica; os assassinatos Tate-LaBianca tinham sido os primeiros tiros disparados. Evie Gordon estava retomando de onde ele havia parado. Um editorial chegou a ponto de usar um mapa, traçando uma linha vermelha grossa entre a casa dos LaBianca, em Los Feliz, e a casa dos Victor, apenas um quilômetro ao norte, no sopé do parque Griffith. A maioria parecia obcecada com os clichês mais preguiçosos: uma atriz de Hollywood, um homicídio sangrento à beira da piscina, jovens assassinas.

Outros deixavam a imaginação correr solta. Evie Gordon era um pesadelo. Um bicho-papão. Escondam os Rolexes, senhores. Senhoras, deixem as bolsas de grife em casa. Ela fareja cremes caros, colágeno artificial, facetas dentais, prata verdadeira. Neste exato momento, ela pode estar reclinada em uma escada curva, sugando o tutano de uma clavícula fresca. A seus pés, destroços de um lustre caído, membros quebrados de móveis importados, fragmentos de uma pintura comprada em um leilão silencioso. De joelhos, no hall de entrada, estão seus seguidores. Vocês acham que a Cúmplice Não Identificada é a única? Ah, não. A família dela está crescendo. A garota calada com a chave da sua casa que cuida dos seus filhos? Ela pode ser uma Evie. O senhor idoso cujo nome você nunca lembra, embora venha toda semana podar seus arbustos e cortar sua grama? Ele também é uma Evie.

Um repórter estava obcecado com o fato de eu ter participado de uma greve do sindicato quando trabalhei brevemente como assistente de professor: indício de que eu era Trótski reencarnado. Ele citou Vera Duarte, minha ex-chefe, que disse que eu tinha um "histórico de falar mal dos clientes". Vera Duarte era uma dona de casa de Beverly Hills que se casara com um aristocrata português de noventa anos, confinado a uma cadeira de rodas. A casa deles valia vinte e dois milhões de dólares. A empresa de aulas particulares dela, a West Side Tutoring, era um projeto de vaidade de uma mulher que queria ser patroa. Eu achava que nos dávamos bem. Aparentemente, não. Ela disse ao *USA Today* que uma vez chamei a mãe de um aluno de "Maria Antonieta de Jersey Shore".

Outro editorial ridicularizava o estado lamentável das minhas finanças, minha dívida de noventa e nove mil dólares do empréstimo estudantil. Eu era uma fracassada, descontando meu ressentimento em pessoas boas e trabalhadoras. Para provar isso, ele listou todos os milionários que vieram antes de mim. Homens que vieram do nada, que ascenderam "vencendo pelas próprias mãos" e domaram o capitalismo. Um exército de caubóis marchando colina acima em meio à neve, fincando sua bandeira em Wall Street. Eu era o rosto da zombaria do editorial, mas era apenas um sintoma de um mal maior. Essas feridas abertas caminham entre nós, advertiu ele: os endividados, os inquilinos, as gerações do final do alfabeto, nascidas para o fim do mundo.

— Você sabe de onde vem essa coisa de "vencer pelas próprias mãos"? — perguntou Jae.

Balancei a cabeça e acendi um cigarro.

— Era uma piada. O ponto principal é que era uma piada sobre um narcisista. Vem de um humorista alemão, não me lembro o nome. Nós aprendemos sobre ele em um seminário de economia. Ele escreveu várias histórias sobre um personagem específico, um barão, que era um grande fanfarrão. O barão contava histórias grandiosas de suas aventuras e exagerava no quanto era impressionante e heroico. Em uma das histórias, o barão escapa de um pântano se içando pelo próprio cabelo. Em uma adaptação americana, eles mudaram a história para que o barão se içasse pelas alças das próprias botas. Mas o fanfarrão gosta de se gabar. O que ele descreve literalmente desafia as leis da física. Uma vez, contei essa mesma anedota ao meu pai. Ele ficou furioso comigo, como se eu tivesse inventado a história só para fazê-lo se sentir um idiota. Eu meio que entendo. Nunca conseguiria fazer meu pai entender. Aquilo que nós éramos (pobres, mesmo que ele nunca admitisse, nós éramos *pobres*) era algo temporário para ele. Um tropeço no caminho para uma vida melhor. — Jae notou minha expressão. — O que foi?

Dei de ombros, cautelosa. Fiquei constrangida por compartilhar da ingenuidade do pai dela. Todavia, a fantasia de vencer pelas próprias mãos havia se cristalizado, relutando em ser descartada tão facilmente. Eu tinha trabalhado muito. Tinha acumulado muitas dívidas. Tinha vendido meus óvulos. Tinha ido a jantares com homens mais velhos. Tinha me sentado diante de adolescentes de olhar vazio e tentado reunir toda a minha compaixão. Tinha puxado as alças das minhas próprias botas e mal tinha saído do lugar. Como eu parecia idiota: uma personagem de Scooby-Doo correndo sem sair do lugar; uma nuvem de elétrons girando em torno de um vazio.

25

— Você quer aprender a roubar um carro? — perguntou Jae, quando chegamos ao Tennessee. — Este aqui é uma merda. A luz de manutenção não para de piscar.

Eu queria muito aprender a roubar um carro.

Encontramos um shopping sem muito movimento, com uma Target, uma Home Depot, uma Marshalls. Ela entrou, dando uma olhada nas extremidades do estacionamento em busca de uma opção adequada.

— O que nós estamos procurando?

— Um Hyundai ou um Kia, de preferência. Ford também serve, ainda mais se for um antigo.

— Tem um Elantra. A janela está meio aberta.

— Onde?

— À sua direita. Perto do roseiral.

Estacionei a uma certa distância.

— Pegue a chave de fenda — disse Jae.

Coloquei-a no bolso e pendurei a bolsa no ombro, deixando o carro velho para trás.

Era fim de tarde. Os postes de luz estavam decorados com guirlandas. Vindo da Target, ouvimos uma música natalina ao longe.

— É, esse serve — disse Jae.

Ela se encostou casualmente na lateral enquanto eu forçava a porta.

— Está vendo a peça de plástico embaixo do volante? — disse Jae, sentando-se no banco do carona. — Esse material é muito frágil. É só enfiar os dedos e puxar para baixo. Assim.

Foi necessário um pouco de força, mas depois de alguns minutos, consegui arrancá-la.

— Está vendo o cilindro da ignição? Puxe pra fora. Agora enfie a chave de fenda... assim, não; vá com calma.

Introduzi a chave de fenda da mesma forma que tinha visto Jae fazer antes, girando com cuidado.

O motor rugiu.

Jae consultou o mapa e me direcionou para uma rua lateral. Eu me reclinei no banco do motorista, abrindo uma fresta da janela.

Sem perceber, havia tirado a arma do bolso e a estava segurando no colo, passando o dedo pelo cabo de um jeito que era um pouco obsessivo demais, deixando-me desconfortável. Guardei-a no bolso e peguei um refrigerante do saque mais recente de Jae ao posto de gasolina. Eu me sentia bem. Sem medo, de uma maneira que era quase assustadora, porque não havia razão para me sentir assim. Um país inteiro estava nos caçando — e não é isso que muitas mulheres afirmam querer? Homens perseguindo-as, cortejando-as, esperando ansiosamente ao lado do telefone por notícias de seu paradeiro, enrolando o cabelo. Um par de faróis surgindo na curva: será que é Evie?

É engraçado como a linguagem da conquista espelha a da caça. Perseguir. Rastrear. Espreitar. Nós tínhamos nos tornado o objeto de tudo isso. Objeto de desejo, objeto de temor. Qual era a diferença, afinal? Eu via a maneira como falavam de mim no noticiário e nos jornais. Uma histeria escandalizada. Eu não era ninguém. Tudo que os jornalistas tinham era um punhado de imagens para circular e desvendar, dissecar e devorar. O rosto de uma mulher nunca é apenas um rosto. Ele está sempre coberto de metáforas. Um lago de significados no qual se olhar, uma superfície na qual projetar medos, inveja e desejos. Com a simples imagem do meu rosto e os poucos detalhes biográficos disponíveis online, longos ensaios sobre minhas motivações (ruins) e deficiências morais (numerosas demais para serem listadas) já haviam sido escritos. Meu rosto era como uma daquelas ilusões de ótica, um teste de Rorschach. Quanto tempo é preciso olhar para uma mulher comum de quase trinta anos até ver o demônio dentro dela? Espere por ele. Dê tempo para que surja. Minha expressão tranquila na foto da página de admissão da faculdade: sob uma determinada luz, ela não demonstra uma capacidade inegável para a perversão sexual? Postagens foram extraídas da minha conta no Instagram, cada detalhe exaustivamente analisado em busca de evidências de psicopatia, a vaga sedução de uma morena de desenho animado.

Aquele foi o primeiro dia em que tive a sensação de que o poder de decidir o valor da vida de outro ser humano não era só desse ser humano. Olhei para a estrada, ainda acariciando a arma. O homem de terno elegante, ao volante daquele BMW: será que sabia meu nome? Será que estava com medo? A mulher com o coque severo, o batom escuro, no SUV da Porsche — será que estava esquadrinhando a estrada em busca de Evie Gordon? Será que sabia que eu estava a apenas dois carros de distância? Será que sabia que eu a estava observando?

Olhei para Jae. O sol da tarde brilhava intensamente por trás do cabelo despenteado, acompanhando a curva das têmporas e das orelhas. A inclinação de sua boca era pecaminosa. Senti uma pontada de euforia, como se estivéssemos começando uma viagem de férias. Como se um fio tivesse sido cortado. Nas férias, você pode ser qualquer pessoa. Jae poderia ser uma desconhecida em um bar tiki, em uma estação de esqui, em um assento na janela, seduzida em um romance arrebatador. Eu já tinha dito algo assim antes, mas ela não parecera muito entretida com a fantasia. *Nós não estamos de férias. Essa é a nossa vida agora.* Esse era o problema de Jae: ela era prática demais, lógica demais. Não se deixava levar. Seus pés estavam plantados no chão, com firmeza.

Eu me entregava a devaneios. A maioria das fantasias era inocente. A domesticidade de um chalé no inverno do Canadá. Uma horta. Um cachorro, um gato, uma cerca para impedir a entrada de predadores. Compartilhar uma cama. Dormir com ela, acordar com ela.

Mas havia outras fantasias. Jae e eu invadindo um banco cavernoso. Colunas e piso de mármore. Erguemos metralhadoras sobre a cabeça. Cartucheiras de balas sobre o peito como faixas de um concurso de beleza. Disparamos tiros de advertência e todos se ajoelham. Nossos passos ecoam no piso de mármore. Estamos usando máscaras de Dia das Bruxas. Estamos vestindo casacos de pele e ternos de três peças provocantes, desabotoados. Levamos pilhas de dinheiro para nosso esconderijo subterrâneo. Somos perseguidas pelo Batman, que matamos (ele é tão fácil de matar, por que fingem que é difícil?). Destruímos quartos de hotel caros. Transamos sobre pilhas de dinheiro. Fantasias de supervilãs, nas cores berrantes de histórias em quadrinhos, na pixelização decadente da pornografia de má qualidade, no exagero teatral de um videoclipe.

— No que você está pensando? — perguntou Jae, apertando de leve minha coxa.

Abri um refrigerante.

— Em transar no volante.

Memphis cheirava a pão de forma Wonder Bread e bolinhos Hostess. Havia uma fábrica no centro da cidade. Em meio ao cheiro de açúcar e fermento, a opulência fértil e primordial do delta do Mississippi. Compramos churrasco em uma barraca de beira de estrada e comemos mais ao norte, fora da cidade, na beira do rio. A água estava vermelha como sangue, um espelho do pôr do sol. Algas verde-menta flutuavam na superfície. O churrasco estava bom.

Como Jae havia dirigido a maior parte do dia, deixei que ela dormisse durante a noite. Concordamos em não parar até chegarmos a Washington. Três mil e oitocentos quilômetros. Levaríamos cerca de quatro dias.

Fiz uma pausa para tomarmos café em Kansas City e folheei uma edição da revista *Time*. Estava quase no fim quando vi a manchete: "Evie Gordon: De criança prodígio a assassina".

Na primeira foto, eu, aos sete anos de idade, com meus pais. Era uma entrevista, e o subtítulo dizia: "Família Gordon finalmente fala sobre a filha que se tornou assassina".

Fiquei olhando para as letras até se embaralharem, úmidas e ilegíveis. Não consegui ler. O que estariam dizendo sobre mim? Que discurso de louvor teriam escrito para a filha que um dia conheceram? *Nós achávamos que ela fosse outra pessoa. Pensávamos que tínhamos criado nossa filha direito.*

Fechei a revista com força e a joguei no banco de trás, ignorando o desejo de apertar a foto deles contra o peito, preservando a lembrança de como éramos, como eles eram, como eu era. Adiando para sempre o momento de descobrir quem acreditavam que eu tinha me tornado.

Dirigir à noite era a parte mais difícil, ainda mais quando Jae estava dormindo. Eu me distraía com o rádio. Quando minha mente se voltava para direções perigosas, eu tinha que encontrar maneiras criativas de trazê-la de volta. Comecei a anotar mentalmente os nomes de cidades engraçados para contar a Jae quando ela acordasse. McCool Junction. Funk. Republican City. Madrid.

O sol estava nascendo em Madrid quando ouvi meu nome. Aumentei o volume do rádio.

— ...a irmã de Dinah Victor, Rebecca Fitzgerald, recusou-se a enterrar a irmã no jazigo da família Victor em Palo Alto, onde Peter Victor foi enterrado na sexta-feira. Fitzgerald organizou uma cerimônia fúnebre separada para Dinah com a família na França e optou pela cremação.

Fiquei tensa. Um funeral separado? Na França?

O banco do passageiro rangeu. Jae estava acordando.

Por que Peter e Dinah teriam funerais separados?

Lembrei-me de um recibo amassado. A caligrafia pequena e cuidadosa de Jae.

— Camas separadas — falei, lentamente.

— Hum? — murmurou Jae, ainda sonolenta.

— Na beira do rio. Você escreveu que Peter e Dinah dormiam em camas separadas.

Jae parecia ter despertado por completo.

— E Dinah... Dinah ficou fora de casa — continuei. — Por semanas. Era Peter quem atendia a porta. A primeira vez que vi Dinah em semanas foi no lago de carpas.

Olhei para Jae. Sua expressão estava hiperfocada.

— A mala — falei. — Tinha uma mala ao lado da porta que dava para o jardim. Dinah devia ter acabado de voltar.

Jae franziu a testa.

— Tá?

— Onde será que ela estava? Na França?

— Talvez estivesse filmando alguma coisa.

— Não, não, isso teria aparecido nas notícias, você não acha? Fazia anos que Dinah não atuava. Ela se aposentou depois que Serena... ela me disse que não se interessava mais pela indústria. Que só queria ser mãe. — Não fazia sentido. — Serena também nunca mencionou nada.

Eu me lembrei de como Serena parecia exausta. O olhar vazio para a parede. O nervosismo. Ela e Peter, pisando em ovos como dois estranhos.

Serena é mais esperta do que parece.

Jae havia escrito isso quando eu a questionei na beirada do rio. Os antidepressivos, os episódios de melancolia, as ausências na escola. Seu comportamento tinha que estar relacionado ao que quer que estivesse se desenrolando entre os pais. Ela era a única pessoa que sabia o que realmente acontecia dentro daquela casa. Se ao menos pudesse nos contar.

Mas primeiro precisava acordar.

— Serena sabe — anunciei. — O que quer que estivesse acontecendo naquela família, Serena vai poder explicar quando acordar. *Se* ela acordar.

— Ela vai acordar.

Senti uma pontada familiar de impaciência, de impotência.

Jae se mexeu no banco do passageiro, esfregando os olhos cansados. Um Starbucks distante surgiu no horizonte.

Ela entrou para comprar nosso café, o que me deu alguns minutos para pensar. Depois assumiu a direção. Quando voltamos para a estrada, eu me virei para ela, determinada.

— Tem uma alternativa, sabe — falei, tentando soar casual.

— Que alternativa?

— Você... você mesma poderia me contar.

— Contar o quê? — perguntou Jae, a vista cansada enquanto olhava para a neve sombria do Nebraska.

— Jae, eu encontrei você amarrada embaixo da escada.

— É, eu me lembro disso.

Jae desviou bruscamente do gelo na estrada.

— Então, quero dizer, você obviamente sabe de *alguma coisa* sobre...

— Evie...

Eu continuei:

— A última coisa que você me disse foi que tinha largado a faculdade. Seu pai estava lutando contra o alcoolismo. Você estava trabalhando como motorista para a Door-Dash e a Lyft. E depois? Me ajude a entender como você foi do ponto A para o ponto B.

— Não.

— Não? — repeti, surpresa.

— Eu não quero falar sobre isso.

— Foi nessa época que você conheceu os Victor?

— O que eu acabei de dizer? — retrucou ela.

Abri a boca, preparada para ser incisiva, para intimidar Jae até fazê-la falar sobre o trauma. Então vi seus dedos irem instintivamente para o pescoço. O hematoma ainda esverdeado, como a mancha de uma bijuteria barata.

Depois de um silêncio culpado, Jae suspirou.

— É — disse ela. — Foi nessa época que eu conheci os Victor.

— Como?

— Eu trabalhei para eles.

— Você trabalhava no serviço de bufê — lembrei.

Jae assentiu.

É claro. Há duas maneiras de alguém como Jae ter um vislumbre de uma casa como aquela, atravessar as membranas entre os mundos. A primeira é pela violência; a segunda, pelo serviço.

— Por quanto tempo?

— Tempo suficiente. A empresa me dispensou.

— Aconteceu alguma coisa?

Jae suspirou.

— Não. Eles só... Não deu certo.

— Você ainda estava morando com o seu pai?

— Às vezes.

— Onde ele está agora?

— Morto. — Sua voz não vacilou.

Eu a encarei, atônita. Jae me encarou de volta, desafiando-me a falar.

— Não — disse ela. — Não fale. Não fale nada.

Era quase impossível resistir à vontade de pedir desculpas, de continuar perguntando, de descobrir as respostas — como, quando, por quê. Mas eu tinha que resistir. Não havia outra opção.

— Onde você morava? — perguntei. — Para onde você foi?

Jae apertou o volante com força, as mãos brancas. Ela balançou a cabeça.

— Foi ficar com seus amigos?

— Eu morava no meu carro.

Depois disso, ficamos em silêncio. Já era quase hora do almoço quando Jae falou de novo:

— Eu estava desesperada. Fiquei desesperada. — Sua voz era rouca e sem emoção.

Havíamos chegado a Cheyenne, Wyoming. Fomos recebidas por uma atração turística à beira da estrada: uma girafa feita de barris de óleo pintados, cílios feitos de um pente de dentes longos. Um elefante de sucata. Neve se acumulava em ambos os lados da rodovia.

— Eu voltei — sussurrou ela.

— Para a casa dos Victor? — Eu estava confusa.

Ela assentiu.

— O que aconteceu?

— Eu não lembro como cheguei lá. — Jae não ouviu a interrupção. Seguiu em frente, perdida nas lembranças. — Eu sei que estava na porta deles. Estava muito cansada, com fome, e meu pai tinha *acabado* de… — Um músculo se contraiu em sua mandíbula. Ela ficou em silêncio. Depois de alguns minutos, disse: — Eu estava desesperada.

Eu queria saber cada detalhe: Como era trabalhar para os Victor? O que tinha acontecido com o pai dela? No entanto, naquela única palavra, havia um universo inteiro. *Desesperada.*

— Quem abriu a porta? — perguntei. — Serena?

Jae balançou a cabeça.

— Dinah?

Balançou a cabeça de novo.

— Foi Peter — concluí.

Os olhos de Jae se moveram. Um lampejo de ódio. Cru, oleoso, ainda pulsante.

— Ele não me reconheceu — disse. — Quando eu ia trabalhar na casa deles, nós quase nunca interagíamos. Então ele pensou que eu fosse... uma delas.

— Uma delas? — Não entendi.

— Uma das mulheres — disse Jae. O Quem Dá Mais. É claro. — Eu estava fraca, estava *tão* cansada... Eu...

Jae ficou em silêncio por um longo tempo.

— Ele me convidou para entrar — continuou. — E então ele percebeu... que eu não estava lá para *aquilo*. Percebeu que eu não era ninguém. — Sua voz tremeu. — Foi muito fácil para ele.

Ela se interrompeu. Ficamos assistindo à neve passar como um borrão. Olhei para o hematoma desbotado em seu pescoço e me lembrei de como parecia recente quando a encontrei. Ainda pontilhado de sangue nas bordas, de um roxo intenso no centro.

— Ninguém estava procurando por mim — disse ela, baixinho. — Ninguém nem sequer sabia que eu tinha desaparecido.

26

Deixei Jae dormir a noite toda. Passamos por uma penitenciária estadual em Montana. Eram três da manhã, mas algumas luzes ainda estavam acesas. Em outro universo, eu poderia estar lá dentro, na equivalente californiana. Se Jae não tivesse conseguido o Nissan e uma nova identidade no deserto. Se Jae não tivesse voltado para me buscar. Se Jae não tivesse contido o recepcionista do hotel. Se Jae não estivesse ao meu lado na Flórida, lutando contra os filhos dos Carlisle.

Jae era o ponto de divergência, a bifurcação no caminho, a diferença entre a minha vida de então e uma vida de carne de procedência duvidosa e macacão laranja, "vinho de cadeia" e facas improvisadas. Eu era procurada por assassinato, não por roubo, fraude fiscal ou uso de drogas. Havia uma possibilidade muito real de a minha sentença de prisão se assemelhar mais a *O silêncio dos inocentes* do que a *Orange Is the New Black*. Eu daria consultoria a agentes do FBI febris a respeito dos movimentos dos meus companheiros assassinos. Atrairia a mão do agente especial através da portinhola por onde se serve comida e o prenderia. Arrancaria seu rosto com a unha, fino como uma fatia de carpaccio, e o colocaria sobre o meu como uma máscara facial de farmácia. Eu fugiria.

Ou apodreceria lá pelo resto dos meus dias, dezenas de milhares de dias, até morrer.

Havia também uma outra possibilidade: a de eu ser considerada inocente. Poderia alegar legítima defesa. Serena estava tentando me matar. Os filhos dos Carlisle estavam tentando me matar. Eu tinha o direito de me defender, não tinha? O advogado de Robert Durst tinha apresentado com sucesso a tese da legítima defesa, e seu cliente decapitara um homem e serrara os braços e as pernas dele. Eu não era um atleta prodígio do Ensino Médio nem O. J. Simpson, mas talvez algum jovem advogado ambicioso se apresentasse para me defender.

Mas o que aconteceria com Jae? Ela tinha passado semanas em uma prisão de outro tipo. Não se submeteria a uma situação assim outra vez. E eu nunca pediria isso a ela.

Então, Cila: uma sentença de prisão perpétua em uma penitenciária federal ou, na melhor das hipóteses, um futuro semelhante ao de Amanda Knox, de ódio e escrutínio públicos incessantes. Mas eu teria acesso limitado à minha família, aos meus amigos, ao mundo.

Ou Caríbdis: exílio e indigência permanentes, um mundo de sombras, um purgatório solitário de invasões a domicílio e alimentos não perecíveis. E Jae.

Amanheceu e ainda estávamos em Montana, perto da fronteira com o Canadá. Jae abasteceu em um posto de gasolina. A loja de conveniência estava vazia, então me arrisquei a dar uma olhada nas prateleiras de revista lá dentro. Um homem de vinte e poucos anos, chapado, atendia no balcão: chapéu de pescador laranja, tatuagens no pescoço, barba espessa e um baseado preso atrás da orelha.

Dei uma olhada nas manchetes mais recentes. Um congressista da Flórida nos chamou de "as mulheres mais monstruosas da América". Um incel e pseudofilósofo popular queria que fôssemos executadas ao vivo na televisão. O governador da Califórnia nos chamou de "a essência do mal". Éramos vis, cruéis, quase desumanas. Todas as descrições dos assassinatos lembravam aos leitores que não éramos apenas assassinas; éramos *mulheres* assassinas. Nossa transgressão nos tornava mitológicas. Representantes de um mal feminino misterioso. Viúvas negras, *femmes fatales*, bruxas. Objetos de ódio, de fantasias de vingança, de erotismo perverso. *Bonnie e Bonnie*. Nada de Clyde.

Em meio às descrições da minha vileza monstruosa estava o artigo da revista *Time*, o que me provocava, o que eu ainda não tinha coragem de ler: "Família Gordon finalmente fala".

Eu me virei e me deparei com uma prateleira repleta de mapas. *Colúmbia Britânica: O guia essencial. Aventuras na Ilha de Vancouver.* Eram pequenos o suficiente para caber no bolso. Eu não era uma Jae em se tratando de furtos, mas parecia fácil.

Olhei de relance para o atendente chapado. Ele já estava me observando.

Fiquei paralisada.

Um sorriso lento de reconhecimento se espalhou pelo rosto dele. Minha mão tateou a arma no meu bolso.

— Tem sensores de calor, sabia? — disse ele. — Na fronteira.

Ele indicou com o queixo o mapa que eu ainda estava segurando. *Passeios turísticos pela Colúmbia Britânica.*

Os sinos na porta soaram. Era Jae.

Ela olhou de mim para o atendente; estávamos travando um duelo de olhares.

— Os sensores detectam assinaturas de calor que não são de animais — disse ele, encarando Jae com um aceno cauteloso. — Eu sei que parece que vai ser fácil atravessar, mas esses sensores vão ferrar vocês. Sério. A guarda da fronteira vai pegar vocês em questão de minutos.

O caixa era meio atraente, de um jeito desleixado e esquivo. Gabe era o nome no crachá.

Jae sacou o canivete. Ele ergueu as mãos em sinal de rendição.

— Olhe, vocês não precisam dizer nada. Sem ofensa, cara, mas está bem óbvio o que vocês estão tentando fazer. Quer dizer, por que outro motivo estariam aqui?

Jae deu um passo cauteloso à frente.

— Eu não vou entregar vocês — disse Gabe.

— Por que eu deveria acreditar em você? — perguntei.

— Por quê? Porque Patrick Bateman se fodeu. — Ele soltou um assobio baixo de admiração, com a mão no peito. — Quem é a próxima vítima? Estão aceitando pedidos? Eu tenho uma lista.

— Você não sabe de nada. — Minha voz vacilou.

Deixei que ele visse a arma no bolso. Torci para que não reparasse no tremor da minha mão.

— Droga. Tá bem. Nunca conheça seus ídolos. Posso dar um conselho a vocês?

A arma fez um clique suave quando soltei a trava de segurança. Ninguém se mexeu.

— Anacortes — disse Gabe, rapidamente. — Em Washington. Tem uma balsa. Vocês nem precisam sair do carro. É só entrar. Ser discretas. Desçam em uma das ilhas San Juan. A de Vancouver fica do outro lado do estreito. Vocês podem ir nadando.

Os olhos de Jae se estreitaram, céticos.

— Foi uma piada, Jesse James — disse Gabe. — Não nadem, porra. Procurem uma casa com um barco atracado. As casas lá são todas de veraneio, podem confiar em mim, metade delas vai estar vazia. Peguem o barco e vão o mais longe que puderem. Eu tenho um amigo que já transportou um monte...

Seus olhos se voltaram para o estacionamento. Outro carro parou no posto de gasolina.

Começamos a ir em direção à porta.

Gabe fez uma reverência engraçada enquanto passávamos pelo balcão e me entregou um saco de papel engordurado do Burger King. Peguei-o com pressa e abri as portas, voltando para o frio com Jae logo atrás de mim.

Saímos do posto o mais rápido que conseguimos, com ela ao volante.

— Aquilo foi muito *idiota*, Evie — ralhou. — Onde você estava com a cabeça?

Ignorei o que ela disse e abri o saco. Dentro havia um hambúrguer e batatas fritas intocados. Desembrulhei-o às pressas e o enfiei na boca.

— O que é isso? — perguntou Jae.

— O que você acha? Café da manhã grátis — respondi, a boca cheia de picles. — E não foi idiota.

Entreguei a sacola suada de comida a ela. Relutante, pegou um punhado de batatas fritas.

— Por que você está agindo como se não fosse nada de mais? — quis saber Jae.

— Se você realmente achasse que era um problema, teria se esforçado mais para impedir. Não teria?

Jae ficou quieta.

— Claro — admitiu. — Mas você não pode confiar na primeira pessoa que diz ser sua fã.

— *Fã*?

— Estou surpresa por ele não ter pedido um autógrafo — disse Jae, seca. — Com certeza tem outras pessoas como ele por aí.

Eu não conseguia esconder minha perplexidade. Era tão difícil ter acesso a qualquer notícia que tínhamos que nos contentar com o mínimo, o menor denominador comum: jornais de circulação nacional, transmissões cheias de interferências disponíveis em hotéis baratos. Âncoras de canais a cabo pregando de seus púlpitos, senadores, xerifes e agentes do FBI exigindo nossa cabeça em uma bandeja. Nunca tinha me ocorrido que a opinião pública pudesse ser algo mais complexo, mais cismático. Facções em guerra, desertores e hereges. Era reconfortante, admito, pensar que havia pelo menos algumas pessoas por aí — desconhecidos — que não queriam nos ver apodrecendo na prisão pelo resto da vida.

— Faz sentido — comentei — o que ele propôs. A balsa, as ilhas, pegar um barco. Nós já fizemos isso antes.

Jae me passou o resto do hambúrguer. Estudei o mapa enquanto comia e encontrei a cidade que ele havia mencionado:

— Anacortes.

— Onde fica?

— Ao norte de Seattle. No litoral.

— E aí? Procuramos uma casa vazia com um barco atracado, pegamos o barco...

— Desligamos o sistema de navegação, como fizemos na Flórida, ficamos totalmente no escuro...

— Mas como vamos atracar no Canadá?

— Não é longe — respondi, olhando o mapa. — Olhe só, aqui fica o estreito de Haro. E aí tem várias cidadezinhas no lado canadense. A gente navega até encontrar um lugar que pareça seguro para atracar.

— E depois?

— A gente arruma um carro.

Uma saída apareceu na rodovia escura. Jae a pegou e dirigiu por uma rua deserta, estacionando debaixo de uma ponte. Consultou o mapa. Saí do carro para fazer xixi, grata pela lufada de ar frio que refrescou minha mente.

Eu estava tremendo de frio quando voltei para o carro. Jae aumentou o aquecimento.

— Gostei — disse ela, em voz baixa. — Da ideia da balsa. Anacortes. Faz sentido. E é menos perigoso do que lidar com a natureza selvagem em terra. Dos males o pior.

Não havia boas opções. Ou seríamos caçadas por ursos e morreríamos de hipotermia, ou nos arriscaríamos em mar aberto.

Ficou decidido: iríamos para o Canadá de barco.

27

Nós nos revezamos ao volante em Washington. A Cordilheira das Cascatas era quase como os Alpes suíços, se você forçasse a vista. Ou como as surreais e impressionantes cadeias de montanhas da Nova Zelândia. Ou da Áustria medieval, onde as colinas ganham vida com crianças loiras, sopranos e casacos de pele. Ao cair da noite, chegamos a um estranho vilarejo com casas no estilo da Baviera, uma antiga estação de trem que se tornara atração turística. Uma cidade que mais parecia um globo de neve natalino. Um Festival de Luzes, um coreto enfeitado com ouropel. Era tão encantador que parecia sinistro. Nos beirais barrocos e de cores pastel, eu meio que esperava ver a Branca de Neve, um elfo ou uma das Gilmore Girls.

O estacionamento solitário de um hotel barato nos proporcionou uma hora de descanso. Como aquela era, de longe, a cidade mais movimentada em que havíamos parado, fiquei no carro enquanto Jae comprava comida. Ela voltou com cerveja alemã, pretzels macios e uma nova pilha de tabloides e jornais.

— Tem uma entrevista com Lukas — li em voz alta, surpresa ao ver o rosto magro dele me encarando do jornal. — Ele apareceu na TV ontem à noite.

— Quem? — perguntou Jae, distraída.

— O namorado de Serena.

— Serena já acordou? — perguntou Jae, subitamente alerta, pegando o jornal da minha mão.

Li por cima do ombro dela.

— Parece que foi só um espasmo do dedo mindinho.

— Tem um trecho da entrevista aqui — disse Jae. — Ela pergunta a ele sobre o Quem Dá Mais. Se ele ou Serena sabiam que Peter estava levando acompanhantes para casa.

— O que ele diz?

Peguei o jornal de volta antes que ela pudesse responder, examinando-o freneticamente.

LTH: Eu não sabia nada sobre isso. Serena talvez soubesse. Eles não eram muito próximos. Ela dizia que o pai só se importava com dinheiro. Ele queria, tipo, ser rico igual ao Epstein. Do nível ter uma ilha particular. Serena dizia que ele culpava muito a mãe dela: como ela era uma atriz famosa ou algo assim, isso chamou mais atenção para ele depois da investigação.

ABC: Investigação?

LTH: Depois da bolha imobiliária. Serena disse que muitos dos outros vice-presidentes do banco dele conseguiram ficar. Mas ele não. Foi por isso que se mudaram para Los Angeles.

ABC: Como Peter tratava Serena?

LTH: Acho que o sr. Victor, tipo, nunca fez nada com ela. Mas acho que ela ouvia algumas coisas. Eu não sei, acho que o viu uma vez com uma das garotas... mulheres. As, hum, profissionais do sexo. Teve uma noite que ela apareceu na minha casa, bem tarde. Estava surtada. Disse que não se sentia segura em casa. Ficava repetindo: "Eu vi uma pessoa". E, no dia seguinte, ela me disse que a mãe ia pedir o divórcio.

ABC: Quando foi isso?

LTH: Há um mês, mais ou menos. A sra. Victor foi para Paris. Ela ainda não podia tirar Serena da escola, mas o plano era deixar tudo pronto para ir assim que pudessem, o mais rápido possível, depois que ela entregasse os papéis do divórcio ao sr. Victor.

ABC: Como Peter reagiu ao divórcio?

LTH: Bem, acho que a sra. Victor nem chegou a falar com ele. Ela estava esperando o momento certo. As duas estavam com muito medo, ela e Serena. Mas Serena disse que a mãe tinha um bom advogado. Tipo, para pensão. Acho que ele representou a ex do Mel Gibson. Ou os Murdoch. Não consigo me lembrar.

ABC: Esse caso teve um acordo de pensão alimentícia de um bilhão de dólares.

LTH: Foi? Uau. Bem, acho que foi esse cara que a sra. Victor contratou.

Divórcio. Meus ouvidos zumbiram.

Dinah ia pedir o divórcio.

É claro.

Camas separadas.

Funerais separados.

— Foi naquele dia, não foi? — perguntei. — Domingo passado. No dia 11 de dezembro. Foi quando Dinah voltou de Paris. Para dizer a Peter que iria se divorciar dele.

Eu me lembrei de novo da mala junto à porta que dava para o jardim. Da bolsa caída.

Flagrei um vislumbre de compreensão no rosto de Jae.

Eu havia chegado às três da tarde para dar aula para Serena. Quantas horas depois do assassinato? Três? Duas? Uma? O sangue ainda estava úmido.

Fechei os olhos. Conseguia visualizar tudo perfeitamente.

Peter entra na cozinha. Fica surpreso ao ver a mulher. Ele não a vê há semanas. Ela não respondeu às mensagens de texto ou às ligações. Ele não é idiota. Sabe exatamente o que ela está tentando fazer. Mas Dinah é esperta: com certeza, sabe que é melhor não o enfrentar no tribunal. Ela não ousaria.

Ele dá uma olhada nos documentos que ela lhe entrega. A expressão dela é determinada, mas a mão está tremendo. Ele olha para a quantia que Dinah está exigindo. A petição está assinada por um advogado cujo nome ele reconhece. Um advogado que arruinou a vida de muitos homens. Homens bons, trabalhadores: homens que estavam apenas tentando proteger a esposa de seu lado mais vil. Homens têm desejos. Dinah era uma fonte alpina, pura, fria e limpa. Às vezes, precisam beber de águas mais adequadas. Peter tem gostos específicos. Ele é o primeiro a admitir isso. Dinah não teria entendido.

Não, diz ele, simplesmente, devolvendo os documentos a ela.

Eu já dei entrada.

Você está pedindo uma quantia alta demais.

Dinah parece querer dar um tapa nele.

Peter quer que ela lhe dê um tapa. Porque se fizer isso, vai abrir uma porta que nunca ousou abrir. E, atrás dessa porta, há um mundo onde ele revida com outro tapa. Um mundo onde ele coloca as mãos em torno do pescoço dela — assim como fez com a mulher que pagou, assim como fez com a mulher que não pagou — e diz: Não, Dinah. Preste bem atenção.

E ela obedeceria, não?

Eu vou embora, diz. Os advogados vão cuidar do resto.

Algo passa pelo rosto de Peter. Algo que reverbera no dela, distorcido, como em um espelho de parque de diversões. É medo.

Ela dá um passo para trás.

Ele dá um passo à frente.

O jardim. Ela vai em direção à hera e à hortelã, com os braços cruzados em uma fúria trêmula, segurando o telefone.

Ele a segue.

Ela diz: Fique longe de mim.

Ele diz: Me deixe falar.

Ela diz: Não.

Ele diz: Deixe só eu…

E então a mão dele está em volta do pescoço dela. É macio, por causa de todos os cremes. Quase macio demais. Ele aperta.

Na luta, eles caem no lago de carpas. Ela em cima dele.

Furioso, lutando para respirar, ensopado, ele pega o objeto mais próximo.

Uma pedra.

Ele a golpeia. Furiosa, gritando, ela voa para trás e em seguida avança, com sangue nos olhos. Ele nunca a viu assim antes. Há quanto tempo a mulher adormecia ao lado dele, com as camisolas sem graça, sonhando com como seria a sensação de colocar as mãos em volta de seu pescoço?

Ele não consegue respirar. Precisa reunir todas as forças para golpeá-la de novo. O crânio dela se parte. Ele a golpeia diversas vezes. Sua própria visão se turva. Ele está vencendo. Ela cambaleia para trás. Ah, ele venceu. Acabou com ela. Como ela ousara pensar que poderia... que ele simplesmente *aceitaria*?

Se ao menos conseguisse levantar a cabeça. Está afundando. Não consegue enxergar. Tudo o que precisa fazer é erguer a cabeça.

Se ao menos seu cérebro pudesse... se conseguisse...

Se...

Um grito, engolido pelas árvores.

Se uma árvore cai e não há ninguém por perto para ouvir...

Se um assassino assassina uma assassina, que assassina um assassino, que assassina...

Era uma piada de mau gosto. Assassinos e assassinados: um circuito fechado. Sem testemunhas. Ninguém para nos inocentar. É claro que era por isso que nenhum outro suspeito havia surgido. Ninguém jamais sairia das sombras, torcendo as pontas do bigode. Serena não iria acordar e revelar seu plano diabólico. Lukas não iria puxar a cortina e nos revelar como tinha feito aquilo. Nenhum agente do FBI ou detetive iria se desgarrar do grupo e investigar uma nova teoria. Nem mesmo o mais brilhante detetive amador conseguiria juntar as peças desse quebra-cabeça.

— Talvez — disse Jae, desesperada — talvez não seja isso. Talvez...

Talvez. Talvez Peter e Dinah não tivessem matado um ao outro. Mas o que tinha ficado claro — ou melhor, o que sempre esteve claro, e eu simplesmente me recusava a aceitar — era que isso não importava. Nunca tinha importado.

Porque havia Evie Gordon.

28

Eram duas da manhã quando finalmente cedi.

Jae estava dormindo encostada na janela, com a boca aberta e a testa franzida, tendo um sonho ruim. Eu insistira em dirigir naquela noite, apesar de ela ter se oferecido para assumir o volante. Eu não teria conseguido dormir de qualquer maneira. Era mais produtivo dar a mim mesma uma tarefa. Minha mente, quando ficava ociosa... eram impensáveis os lugares por onde ela podia vagar. Perder a esperança era perigoso. Quem eu era sem ela? Eu tinha medo de descobrir.

Entrei em um posto de gasolina e enchi o tanque. Fiquei sentada no carro parado, contemplando a revista *Time* no meu colo. O artigo em questão, a maçã envenenada à qual eu havia resistido por dois dias: "Família Gordon finalmente fala".

No centro, havia uma foto minha quando criança. Cachos selvagens no estilo Shirley Temple, olhos grandes e sardas. É Dia das Bruxas. Estou fantasiada de tubarão. Minha cabeça emerge da boca com dentes macios de feltro. Pareço feliz por estar sendo devorada — sorriso enorme, sem os dois dentes da frente, um pirulito vermelho meio mastigado apertado no pequeno punho. Estou segurando um balde em formato de abóbora. Com as mãos nos meus ombros, assustadoramente alto mesmo abaixado, está meu pai. Ele está vestido de Drácula. Minha mãe é a bruxa genérica de lojas de fantasia. Eles usaram essas mesmas fantasias todo Dia das Bruxas até se divorciarem. Meu pai enchia o jardim da frente com lápides que serrava de restos de madeira, pintadas com referências que só ele achava engraçadas. Astros do rock mortos, Jimi Hendrix e Jim Morrison.

Presidentes mortos, como Nixon e Reagan. Ele era como uma criança grande e travessa. Até chegou a construir um caixão e se escondia nele quando as crianças se aproximavam da casa. Elas tocavam a campainha e ficavam aguardando alguém abrir a porta. Quando menos esperavam, saltava do caixão e dava um susto nelas.

Havia outras fotos. Eu no primeiro dia de aula do quarto ano, segurando meu caderno Lisa Frank. Eu em Destin com minha mãe, em uma loja de panquecas à beira-mar chamada Frisky Dolphin. Minha mãe era obcecada por golfinhos: eles estavam por toda a casa, em gravuras na parede, nas bijuterias baratas que ela comprava em lojas de bugigangas.

"A senhora acha que Evie ainda está viva?" Essa foi a primeira pergunta que o repórter fez à minha mãe.

"Acho", respondeu minha mãe com confiança. O repórter descreveu o sorriso dela como *corajoso* e *vacilante*. "É claro que está viva! Ela é inteligente. Sempre foi inteligente."

"E vocês continuam convencidos de que não há qualquer chance de ela ser culpada?"

"É claro que sim", interveio meu pai. "Nós não temos dúvida de que a nossa Evie é inocente."

"Então por que ela não se entregou? Não é justo que se submeta ao processo judicial? É possível argumentar que quanto mais tempo ela permanece foragida, mais culpada parece."

"Bem, você sabe, o sistema judiciário neste país é profundamente falho", disse meu pai.

"Mas as evidências estão contra ela, vocês têm que admitir", argumentou o repórter. "E não há outros suspeitos..."

"Até onde sabemos", interrompeu meu pai. Eu podia imaginar suas mãos expressivas de Jeff Goldblum balançando um dedo em advertência, as sobrancelhas desgrenhadas formando um V preocupado.

"Eu só quero saber se Evie está segura", disse minha mãe. "Quero que as pessoas parem de dizer as coisas horríveis que estão dizendo na televisão. E quero que *parem de acampar em frente à minha casa.*"

* * *

Algo estava errado.

Enquanto eu dirigia, a escuridão pulsava ao redor, claustrofóbica. Como se eu estivesse presa dentro da pele de um animal. Todos os órgãos comprimidos, como em um espartilho. Toda a corrente sanguínea e as vias aéreas reduzidas a nada.

Fiz uma parada de descanso e abri a porta do carro com força, ofegante. Cambaleei em direção ao banheiro, encostei a testa na superfície fria de uma máquina de venda automática, ignorando a dormência nos dedos das mãos e dos pés. Chutei a máquina até ela cuspir uma garrafa de água mineral, que bebi em grandes goles. Não ajudou. Tentei vomitar, mas tudo o que consegui foi expelir uma bile pegajosa. Voltei para o carro, com a respiração entrecortada e irregular. Dei uma cabeçada no volante, frustrada, *bang-bang-bang*. As pálpebras de Jae tremularam e se abriram. Beijei o cabelo dela. *Volte a dormir*.

Saí do carro de novo, seguindo os sons de um riacho atrás da parada de descanso. Tirei um cigarro do bolso e dei uma tragada trêmula. Os faróis do carro apagavam as estrelas do céu noturno. Eu tinha a sensação de estar sob uma redoma em forma de mundo. Uma redoma solitária, sem estrelas, planetas ou pessoas. Apenas um núcleo de escuridão, que se expandia mais e mais. Nem mesmo o frio conseguia me alcançar. Olhei para os meus dedos. Três estavam dormentes. Enfiei um deles no calor da boca, como uma criança, para voltar a senti-lo. Se ficasse lá fora por muito tempo, tinha certeza de que outros membros também perderiam a circulação. O desespero era o iceberg. Estava sempre lá, à espera do nosso fatídico encontro.

A adrenalina era uma droga mais poderosa do que qualquer outra que eu tivesse experimentado em um dormitório de faculdade. Ela fazia você se apaixonar. Anestesiava a dor. Preparava você para a batalha, visões de imortalidade brilhando no horizonte. A privação era pior do que a abstinência de nicotina.

E então o relógio é reiniciado. A ampulheta vira. O último grão de areia cai e você acorda, coberta de baba, vestindo as roupas de um desconhecido, em um carro batido, em um país estrangeiro.

29

Jae estava acordada quando finalmente voltei para o carro, sentada no banco do motorista. Afundei no banco do passageiro sem dizer uma palavra e dormi por cerca de trinta minutos. O resto do tempo, estava apenas fingindo. Meus ouvidos se recusavam a despressurizar por causa da altitude. Eu massageava a pele sob o maxilar quando o sol emergiu por trás das nuvens brancas, uma vela fraca no fim do pavio.

— O que foi? — perguntou Jae, por fim.

— Nada.

Era mentira, claro. Tinha alguma coisa muito errada. Mas o que estava errado era minha cabeça e, até eu organizar meus pensamentos, não conseguiria falar, mesmo que tentasse. Apertei a revista *Time*. Àquela altura, já tinha memorizado a maioria das respostas dos meus pais.

Tentei dormir de novo. Como não consegui pegar no sono, tentei comer. Estava sem apetite. Uma lista de coisas que eu não tinha: apetite, futuro, uma cama para dormir, um teto sobre minha cabeça, a possibilidade de ver minha família de novo, a certeza de onde viria a próxima refeição, qualquer coisa que pertencesse a mim. E nunca mais teria qualquer uma dessas coisas. Até mesmo Jae parecia envolta em sombras naquele dia. Impressões dela apareciam em foco por breves instantes, como padrões de cristal sob uma lupa — lá estava a boca astuta, os dedos habilidosos, a curva escura e sarcástica das sobrancelhas —, mas, no todo, eu não conseguia vê-la. O roçar de seus lábios sobre os nós dos meus dedos enquanto eu fingia dormir fez uma onda aterrorizante se formar no meu peito. Não era para sentirmos tanto assim.

Eu não era uma fora da lei, uma pirata ou a próxima grande assassina em série americana. Eu era uma professora particular de vinte e nove anos de Hendersonville, Carolina do Norte. Queria ir para Big Sur e me hospedar no Madonna Inn com meus amigos da faculdade em maio, como fazíamos todos os anos. Queria economizar dinheiro suficiente para ir a Nova Orleans em junho com meus amigos do Ensino Médio, que ainda moravam na Carolina do Norte. Dois deles já tinham filhos, ou teriam em breve. Três estavam casados. Eu não tinha certeza se queria ter filhos ou mesmo me casar; suspeitava que não. Mas gostaria de ter a oportunidade de continuar a ponderar o assunto. De me inscrever em um doutorado ou me mudar para outra parte do país — ou voltar para casa. Eu poderia ter uma casinha. Um quarto e uma cama para chamar de meus. Um cachorro no quintal. Uma namorada para amar. Ela seria uma criminosa profissional competente. Teria uma boca sagaz, mãos habilidosas e flores tatuadas no quadril.

Jae parou para vasculhar a área de descarte de um supermercado Safeway, e eu me obriguei a comer. Pão velho, uma laranja, cenourinhas. Ela supria minhas necessidades com diligência. Depois de comer, fumei mais alguns cigarros, bebi mais algumas cervejas e acariciei a arma no meu colo, distraída, até pegar no sono. Estava me sentindo um pouco melhor quando acordei, embora minha cabeça ainda doesse. Sem dizer uma palavra, Jae me deu um analgésico. Engoli em seco. Ela abriu uma garrafa de água com a mesma atenção clínica. O gesto fez minha garganta se apertar.

Ela vai ficar bem, pensei, observando suas bochechas afundarem enquanto tragava o cigarro. De qualquer forma, nunca precisou de mim. A cínica e fria Jae, empunhadora de facas e ladra de carros. Na verdade, quando eu contar, vai ficar aliviada. Liberta dos grilhões da celebridade.

— Sinto muito — falei.

— Pelo quê? — perguntou Jae.

Por não ser uma fora da lei, uma pirata nem a próxima grande assassina em série dos Estados Unidos.

E por abandonar você, pensei, mesmo que ainda não tivesse feito isso.

30

Meu humor estava um pouco melhor quando chegamos a Anacortes. A chuva deslizava pelas janelas. Um mundo verde e úmido, samambaias e trovões. Chegamos pouco antes do meio-dia. Um espesso véu de neblina envolvia o porto, embora ainda pudéssemos distinguir a face nupcial da baía de Fidalgo. Ilhas com uma cobertura densa de cedros e abetos balsâmicos, veleiros oscilando preguiçosamente nas águas rasas junto aos penhascos.

Uma embarcação antiga, um barco a vapor com rodas de popa, deu-nos as boas-vindas quando entramos no porto: o *W.T. Preston*. Parecia uma mistura de barcaça industrial e barco fluvial no estilo Tom Sawyer, do tipo com uma grande roda de pás. A marina se estendia diante de nós. A maioria das embarcações eram veleiros e barcos de pesca. Havia algumas casas flutuantes e lanchas também. Um aglomerado de cafés para turistas: Dockside Dogs, Zaza Turkish Coffee. Em uma cabana azul-turquesa, uma barraca de churrasco. Fumaça de uma fogueira vinha de um parque de trailers próximo. Compramos lanches em uma loja de conveniência: sanduíches embrulhados em plástico, potes de homus e bananas maduras demais. Para a viagem, Jae pegou comida extra: nozes, biscoitos, frutas secas e carne seca. Cup Noodles e sopa enlatada.

Chegamos ao terminal da balsa ao meio-dia e ficamos esperando. Havia uma às seis da tarde, a *Samish*, que nos levaria à ilha de Lopez. Olhei para o nosso mapa, estudando o caminho até Nanaimo, na Colúmbia Britânica. Jae examinava um maço de folhetos e listas de imóveis, em busca de um alvo promissor: uma casa vazia, com um barco atracado. Tínhamos um plano reserva, caso nenhum dos ancoradouros fosse viável: um acampamento perto do terminal de balsas da ilha de Lopez. Ficaríamos lá até o amanhecer. Às seis da manhã, poderíamos embarcar na balsa de novo e tentar outra ilha, Orcas ou San Juan.

Meu plano também estava amadurecendo, embora eu ainda não tivesse dito isso a Jae. Minha prioridade era garantir que daria tudo certo para ela. Eu iria esperar até encontrarmos uma casa vazia com um barco, confirmaria que ela sabia como navegá-lo e que as condições climáticas eram seguras o suficiente para a travessia, e a veria desaparecer no horizonte. Só então pegaria o carro e dirigiria até uma delegacia para me entregar.

Não pretendia fugir no meio da noite, sem aviso, não seria tão cruel assim. Quando chegasse a hora certa, eu lhe informaria calmamente minha decisão, explicando que não havia a menor possibilidade de ela me fazer mudar de ideia. Eu a protegeria, é claro, durante todo o processo legal. Nunca revelaria seu nome ou sua localização, apenas a verdade sobre o que Peter Victor havia feito com ela. Contaria à polícia minha teoria de que Peter e Dinah haviam matado um ao outro e, se fosse bem-sucedida, talvez Jae pudesse retomar uma vida normal. É claro que eu ainda teria de me submeter à imprevisibilidade do sistema de justiça criminal americano, mas tive uma longa noite de insônia para me conformar com isso.

Havia quatro filas de carros no terminal da balsa, cada uma com cerca de oito veículos. Afundei no banco de trás, com um cobertor sobre mim. Quando chegássemos à cabine de pagamento, eu me cobriria por completo. Ninguém iria revistar nosso carro, mas era melhor agir com muita cautela. Já tínhamos chegado até lá. E mesmo que meu capítulo como fugitiva estivesse tecnicamente chegando ao fim, eu queria que fosse nos meus próprios termos — e queria que Jae estivesse muito, muito longe quando isso acontecesse.

Ela avançou aos poucos. No banco de trás, eu vagava nos devaneios silenciosos de uma decisão tomada. Era e sempre fui muito boa em compartimentalizar. É uma patologia notável. Eu me sentia bem: até me peguei assobiando.

— Cubra a cabeça com o cobertor — mandou Jae.

— Nós já estamos na cabine de pagamento?

— Só faça o que eu disse.

Obedeci, com uma pontada de apreensão.

Jae começou a fingir que estava falando no celular, murmurando “hums”, “sins” e “nãos”. Deu uma risada falsa. Quase dez minutos se passaram até o carro voltar a se mover. Debaixo do cobertor fino, observei Jae pagar em dinheiro ao atendente e entrar na balsa.

— O que foi que aconteceu?

— Fique abaixada.

— Jae, o que está acontecendo?

— Nada. Acho que estou só sendo paranoica.

— Como assim?

— Tinha dois homens em um carro. Uma Ferrari vermelha. Eu não sei. Parecia que eles estavam me observando.

— Cadê eles?

— Estão bem atrás da gente.

— Eles provavelmente estão vendo sua boca se mexer.

— Merda.

A fila de carros começou a se organizar no convés inferior.

— Eu não estou gostando disso — murmurou Jae, os olhos fixos no retrovisor. — Todo mundo está saindo do carro, menos eles.

Era verdade. Depois que a balsa zarpou, a maioria das pessoas começou a se dirigir para o café.

— Você também pode sair, se eles estiverem incomodando — sugeri, puxando o cobertor até o queixo. — Não se preocupe. Eu vou ficar aqui e tirar um cochilo. Estou precisando dormir um pouco mesmo.

— Eu não vou deixar você sozinha — murmurou Jae.

As palavras “deixar você sozinha” foram uma pequena perturbação na superfície lisa como vidro da minha mente. Ignorei.

— Eu estou falando que você pode — falei.

Percebi que Jae queria se virar para me encarar, mas não podia: não com os homens na Ferrari observando.

— O que foi? — perguntei.

Jae estava mastigando a tampa da garrafa de água. Ela estava sempre com algo na boca. Cigarros, unhas, pedaços de plástico.

— Você pode me dizer — disse, os lábios mal se movendo. — Se estiver com medo.

— Eu não estou com medo. Você está?

Jae não respondeu. Ela tamborilou no volante. Eu me levantei o máximo que pude, observando-a.

— Eu ouvi ontem à noite — disse ela, calma. — Você estava tendo um ataque de pânico.

Senti um nó no estômago ao lembrar. A sensação de sufocamento. A solidão asfixiante.

— Você nunca tinha tido um antes, né?

— Eu estou bem.

— Evie.

— Eu não quero falar sobre isso.

— Eu acho que nós temos que falar.

— Eu não forcei você a falar sobre coisas que *você* não queria falar, forcei?

De repente, fiquei furiosa. Minha raiva surgia com tanta facilidade nos últimos tempos.

Jae não recuou.

— Eu só falei porque sabia que você queria que eu falasse.

Por um tempo, nenhuma de nós disse nada. Fiquei ouvindo Jae comer uma maçã e tentei dormir.

— Eles estão saindo do carro — alertou, em voz baixa. — Se cubra.

Eu me afundei o máximo que pude, ficando imóvel. Ouvi passos, vozes masculinas graves, uma risada. Os sons se afastaram. Olhei para fora com cautela.

— Eles foram embora — disse Jae. — Um deles inclinou a cabeça para mim quando passou. Talvez tenha sido um cumprimento amigável. Acho que estou paranoica.

Ela esfregou as mãos no rosto. Era raro ver Jae tão agitada.

Lentamente, os outros motoristas voltaram para seus carros. Fiquei debaixo do cobertor até estarmos em terra firme. Senti o som do cascalho sob os pneus, o tique-taque da seta.

— Não se mexa ainda — disse Jae. — Quero me livrar dessa Ferrari.

— Eles estão seguindo a gente?

— Eles estão na pista ao lado, bem à vista. Acham que eu estou sozinha. Não podem de repente ver outra pessoa no carro.

Fiquei deitada até Jae dizer que era seguro. Mesmo depois, permaneci encolhida no banco de trás, pronta para mergulhar debaixo do cobertor de novo, caso eles reaparecessem.

Jae consultou os anúncios imobiliários. As duas primeiras casas que investigamos não tinham barco, então seguimos para uma terceira. Ficava afastada, era no estilo de meados do século XX, flutuando em um lago de grama fresca. O mar iluminado pela lua era visível atrás dela. Havia uma moto suja na entrada vazia, coberta de teias de aranha. Testamos janelas e portas. Tudo estava trancado. A garagem parecia mais promissora: não era mecanizada, tinha apenas duas alças enferrujadas que poderiam ser levantadas com força bruta suficiente: um dos meus poucos talentos como criminosa. Jae se esgueirou sob a abertura.

— Ah, merda! — praguejou, quando algo caiu no chão.

— Você está bem?

— Está escuro aqui dentro.

Ouvi o ranger de dobradiças.

— A porta está destrancada.

Antes que eu pudesse comemorar, dois faróis viraram a esquina, iluminando a estrada. Eu me pressionei contra a porta da garagem, que se fechou com um estrondo.

— Evie? — chamou Jae.

Coloquei a mão sobre o coração, tentando acalmá-lo. Os faróis haviam sumido.

Estava começando a chover.

— Eu estou bem — consegui dizer.

— Vá para a porta da frente — disse Jae. — Eu abro pra você.

Uma teia de aranha gigante cobria a entrada, brilhando com gotas de chuva. Um sinal promissor de que a casa estava vazia.

A porta se abriu, revelando Jae. Estava mais quente lá dentro, mas não muito. A luz da lua era forte o suficiente para que eu distinguisse o interior. Todas as superfícies eram de madeira cor de conhaque, lisa como uma bochecha. Parecia mais um iate do que uma casa. Piso de pedra hexagonal, claraboia, paredes envidraçadas. A lareira de pedra na sala de estar era alta como uma igreja medieval. Os móveis destoavam: sofás antiquados com estampa floral, mesas pesadas de mogno. O quintal era uma extensão de vegetação bem cuidada, com árvores suficientes para um assassino se esgueirar com facilidade. Primeiro, revistamos a cozinha. A geladeira estava vazia, exceto por uma caixa de leite vencido. Na despensa havia apenas o essencial: algumas caixas de caldo de galinha, macarrão, um pote fechado de molho de tomate.

Por meio das janelas riscadas pela chuva, vimos o motivo pelo qual tínhamos nos decidido por aquela casa: a elegante lancha branca, balançando junto ao cais. Decidimos descansar por algumas horas antes de irmos para o Canadá. Partiríamos no meio da noite.

Preparamos macarrão no escuro. Depois de comer, nós nos esgueiramos pelo corredor até o quarto. Jae encheu a banheira. Nós duas nos afundamos no calor, uma de frente para a outra. Os joelhos ossudos dela tocando os meus, os tornozelos cruzados. Mantive a arma na borda da banheira.

A água que lambia o cais. O gotejar da torneira. O tamborilar da chuva na janela.

— Você não vai comigo, vai? — perguntou Jae.

Os olhos dela me avaliaram, sem julgamento. Um filete de água traçava um caminho do cabelo até o queixo dela. Eu observei uma gota na mandíbula dela, suspensa, antes de cair na banheira.

— Há quanto tempo você sabe? — perguntei.

Ela se inclinou para trás, os cotovelos apoiados na borda, os dedos longos mal encostando na água.

— Desde a parada de descanso ontem à noite.

— Eu queria ter certeza de que você ia ficar bem.

— Ah, eu estou bem — disse Jae, a voz não denunciando qualquer emoção.

— Que bom. Ótimo.

— *Você* está bem?

— Ah, eu vou ficar bem.

Jae afastou as pernas das minhas. Todo o sentimento desapareceu de seu rosto. A curva da boca era implacável.

De repente, ela saiu da banheira. Eu a segui.

— Jae.

Ela pegou uma toalha, esfregando-a no corpo, apressada.

— Jae — repeti, segurando o pulso dela.

Ela se desvencilhou com força, mas não se afastou, o corpo inclinado na direção do meu. Eu a beijei. Jae agarrou meu cabelo, emaranhando os dedos nele. A fúria que ela era tão boa em manter enterrada emergiu, grandes lufadas de calor branco, arranhando minha nuca e meus ombros. Eu a empurrei contra a parede, os dentes no pescoço dela. A tensão de nossos corpos vibrava entre dois estados opostos: querer lutar, querer se render.

De alguma forma, conseguimos chegar à cama iluminada pela lua, os cabelos pingando e os corpos ainda úmidos a desarrumando. Beijei o clitóris dela. Seu rosto se contorceu em sofrimento. Beijei sua boca. Ela aprofundou o beijo, de forma bruta. Eu a beijei de novo, com mais ternura do que jamais tinha me atrevido.

Depois, ficamos deitadas uma ao lado da outra, observando a chuva na claraboia. Um silêncio inquieto pairava, as mãos dela cerradas em punhos, os ombros tensos e imóveis.

— Eu vou até a delegacia — avisei. — Sozinha.

Ela não respondeu.

— Eu não vou dizer nada sobre você — garanti. — Ninguém vai saber seu nome nem para onde você está indo. Eu vou esperar até de manhã. Assim, você já vai estar bem longe. Vai estar segura.

— Não — disse ela, olhando para o teto.

— Eu não vou entregar você, Jae. Não vou dizer nada para a polícia. Só vou me entregar.

— Se você vai embora, então vá de uma vez.

Foi então que Jae finalmente olhou para mim. A aparente invulnerabilidade cedeu, por um breve momento, dando lugar a algo úmido e solitário. Um piscar de olhos úmido e o que quer que fosse desapareceu.

— Eu vou embora durante a noite — avisei. — Depois que você estiver dormindo.

— Eu não vou dormir — respondeu Jae, e eu soube que isso era o mais perto de uma declaração que iríamos ter.

Jae não dormiu, mas fechou os olhos e se virou, dando-me uma permissão silenciosa para ir embora.

Nós já tínhamos inspecionado o barco. Era mais bonito do que qualquer um dos outros nos quais estivéramos. Jae sabia como desligar o transmissor para que não fosse rastreada. Tínhamos feito o mesmo com o barco na Flórida. Eu não levei nada e deixei a arma para ela.

Já tinha parado de chover quando saí pela porta. Decidi deixar o carro também, caso algo acontecesse e ela precisasse mudar de plano. A delegacia ficava a cerca de seis quilômetros de distância. O vento açoitava meu rosto. Depois de cerca de um quilômetro de caminhada, um par de faróis apareceu em uma curva. O pânico foi instantâneo e rotineiro, mas logo deu lugar ao alívio. Eu não precisava mais ter medo. Um policial poderia me encontrar e ficaria tudo bem: na verdade, isso me pouparia o resto da caminhada.

Só que aqueles faróis não pertenciam a uma viatura da polícia. Pertenciam a uma Ferrari vermelha.

Dois homens, na faixa dos quarenta anos, aparentando ter dinheiro e dirigindo a uma velocidade que chegava a ser ameaçadora de tão lenta.

Eles pararam e abaixaram o vidro da janela.

Puxei o cachecol para cobrir a metade inferior do rosto.

— Um pouco tarde para uma caminhada, não acha? — disse o motorista.

Ele estava sorrindo. Era dezembro, e parecia ter acabado de voltar de um longo verão em uma ilha grega luxuosa. Um bronzeado profundo e untuoso, cabelos escuros reluzentes, dentes de sete mil dólares. Nas mãos, um par de luvas brancas impecáveis, como se tivesse acabado de jogar golfe. Eram quase duas da manhã.

— Eu poderia dizer o mesmo de você — retruquei, da forma mais calma que consegui.

— O que você está fazendo na rua?

— Acho que isso não é da sua conta.

— Nós só estamos sendo amigáveis. — Ele ainda estava sorrindo. — Nunca vimos você por aqui.

— Eu estava doente, de cama.

— Sua família tem alguma propriedade por aqui?

— Tem.

— Ah, é? Qual é a casa?

Franzi a testa. No banco do passageiro, o outro homem abriu uma garrafa estreita com uma bebida marrom e tomou um gole. Ele estava enviando mensagens de texto, a expressão entediada.

— Olhe só — disse o motorista, quando demorei a responder —, minha família é dona de todas as propriedades deste lado da ilha.

— Eu não disse que nossa propriedade era *deste* lado, disse? — Minha voz vacilou.

— Não — admitiu —, mas nós vimos um carro desconhecido circulando por aqui mais cedo. Motorista desconhecida, carro velho.

Jae.

— Então, estamos fazendo a ronda para ter certeza de que não tem ninguém suspeito por aqui. Sei que você entende. Nesta época do ano, com as festas, você sabe, tem muitos roubos. As pessoas têm ideias. E esta ilha é muito importante para as pessoas que moram aqui.

Cerrei os dentes, forçando um sorriso.

Ele foi embora. O escapamento expeliu fumaça, fazendo-me tossir. Fiquei ouvindo o som dos pneus até o carro desaparecer. Eu podia ouvir o mar batendo contra as rochas. Corujas piando umas para as outras nos galhos altos. A lua brilhava entre as nuvens. A cada respiração aterrorizada, eu expelia uma nuvem de condensação no ar. Em um universo paralelo, eu iria correndo até a delegacia. Uma recepcionista idosa ficaria boquiaberta ao me ver, derramando o café enquanto se atrapalhava com o telefone. Eu estenderia meus pulsos e me entregaria pacificamente. Em um universo paralelo, eu dormiria em uma cela naquela noite. Telefones tocariam em todo o país. Em um universo paralelo, a foto do meu rosto apareceria no noticiário da manhã.

31

Eu corri. A floresta era de um preto aveludado, farfalhando com o vento. O silvo baixo e sibilante dos animais, o estampido dos meus pés e dos meus pulmões. Uma floresta de ossos expostos, raízes emergindo da terra como joelhos e cotovelos desenterrados. Um galho cortou minha bochecha, deixando um rastro de sangue. Eu não conseguia respirar, muito menos parar.

A Ferrari vermelha já estava estacionada na entrada da garagem quando cheguei à casa. Observei o homem que antes estava no banco do passageiro espiar dentro do carro roubado. Em seguida, pela janela da casa. Ele encostou no vidro, as mãos em concha em volta dos olhos. Não entendi muito bem por que, já que a porta da frente estava escancarada e o motorista, eu tinha certeza, já estava lá dentro.

— Ah, é você — disse o homem, quando me aproximei por trás, ofegante e com o rosto vermelho.

— Sou eu — falei, agarrando a camisa dele e batendo seu rosto com força contra a pedra.

Jae e o motorista estavam no quarto. Ela estava encostada na parede. O homem a estava prendendo, pressionando uma arma contra o pescoço dela. Todas as veias dos braços dela estavam tensas. O queixo erguido em desafio: ela parecia feroz. Mas não importava, não quando havia uma arma apontada para sua cabeça.

— Eu sabia — disse ele, os olhos encontrando os meus na porta aberta. A voz tremia com o prazer de estar certo, anos de medos infundados de invasão domiciliar finalmente confirmados. — Eu sabia.

— Sabia o quê? — perguntei.

— *Eu sabia!* — Ele explodiu. — *Eu sabia!*

— Parabéns.

— Essa propriedade é minha. Sabe o que fariam com vocês se nós estivéssemos, sei lá, no Alabama? Se invade a propriedade de alguém, essa pessoa tem o direito legal de matar você.

— Nós não machucamos ninguém.

Era uma casa. Não sentira dor. Era indiferente a nós.

Fiquei paralisada quando o homem virou a arma de Jae para mim. A mão dele tremia. O sorriso ameaçador da estrada havia desaparecido. Seu medo tinha se concretizado. Até aquele momento, quando enfim encarou a decisão de realmente matar alguém, estava satisfeito apenas por estar certo.

— Vocês acham que podem... — Ele se engasgou. — Vocês acham que podem simplesmente... Vocês acham que podem...

— Sim — respondi.

Ele cometeu um erro ao deixar Jae fora de vista. Enquanto estava concentrado em mim, ela pegou a Glock na mesa de cabeceira. Pressionou a arma contra a parte de trás da cabeça dele, enquanto ele ainda apontava a arma para mim. Nós três éramos como um eclipse solar perverso.

— SEBASTIAN! — gritou uma voz confusa no andar de baixo, entrando pela cozinha. — SEBASTIAN!

Era o outro homem. Eu tinha esmagado o celular dele e o deixara caído no chão do lado de fora. Pelo jeito não estava tão inconsciente quanto eu pensara.

O motorista, Sebastian, deu um passo em minha direção.

— Não faça isso — advertiu Jae. — Ou eu atiro.

O outro homem irrompeu às cegas no quarto, brandindo uma faca de cozinha. O rosto estava coberto de sangue.

Jae atirou quando ele correu na minha direção. Ele caiu no chão como um peixe em um convés molhado.

Desviei de seu corpo em queda, e essa foi a única razão pela qual a bala de Sebastian não me atingiu. Jae também atirou nele, mas errou. O tiro atingiu seu ombro. Sangue jorrou da ferida. Ele a tocou, em choque. A luva branca ficou vermelha de sangue. A mão tremia tanto que quase deixou cair a arma. Em seguida, ele saiu correndo. Nós o seguimos até o gramado úmido de orvalho. A arma de Jae estava sem balas. Eu tinha pegado a faca de cozinha que o amigo dele pretendia usar para me matar. A mira de Sebastian era ruim, e não foi difícil alcançá-lo. Jae o segurou contra o chão, arrancando a arma da mão dele. Depois disso, não me lembro de muita coisa. Houve apenas o ato, a execução. Quando você faz algo tão antinatural, ocorre uma ligação direta entre suas sinapses, uma manobra elétrica engenhosa que intervém para salvar o fusível queimado. O ato acontece, e você ao mesmo tempo está lá e não está. Só depois que termina e as luzes voltam a se acender sua memória retorna, mas como quebrou algo tão fundamental, as lembranças vêm apenas em pedaços. Algumas no mesmo dia, outras no dia seguinte, mais algumas em dez anos, quando você estiver em um supermercado e pegar um frasco de molho de pimenta e deixá-lo cair porque é desajeitada e o molho se espalhar por suas mãos e um adolescente de avental vier correndo para limpá-lo, dizendo: "Senhora, não chore, isso acontece o tempo todo" e você se lembrar de quanto tempo leva para matar alguém com uma faca, o som que ela faz, a sensação do tecido se abrindo.

Jae se ajoelhou na grama, ofegante. Eu podia sentir suas mãos no rosto, segurando-me, pressionando a testa contra a minha. Estávamos encharcadas de sangue. Meus dedos agarraram a camisa de Jae enquanto eu tentava me manter sentada. Minha cabeça escorregava pelas mãos dela.

Não me lembro de voltar para a casa. Se não fosse por Jae ter assumido as rédeas da situação, talvez eu ainda estivesse na grama, com o orvalho, o corpo e a luva vermelha e branca solitária, abandonada a alguns metros de distância. Jae nos guiou, arrumou uma bolsa com roupas de inverno roubadas. Não tivemos tempo de nos limpar direito, apenas de passar uma água rápida na pia, em uma tentativa de nos livrarmos do máximo de sangue possível. A chave estava em um gancho perto da porta.

O barco piscava à luz do luar, aceitando nosso peso. A chave girou na ignição com suavidade. O mar estava agitado, mas eu podia ver terra. Estava por toda parte, espalhada em pequenas ilhas, algumas selvagens. Se fôssemos para o sul, poderíamos nos apossar de uma delas e viver como bandidas eremitas. Havia uma pequena cabine no barco, com quarto, banheiro e uma cozinha compacta. Jae surgiu lá de baixo com um Cup Noodles fumegante. Ela o envolveu em uma meia grossa, para proteger minhas mãos. Soprou e, em seguida, entregou-me o copo.

— Como você está? — perguntou, sentada ao meu lado no assento do capitão.

Balancei a cabeça, sem conseguir falar.

Sebastian ia matar Jae, então eu o matei. O amigo dele ia me matar, então Jae o matou. Não deveria ter sido tão simples assim. Mas foi. Eu tinha a sensação de que poderia ter matado Sebastian e o amigo dele centenas de vezes, de centenas de maneiras. Se não tivesse uma arma, poderia ter apertado o pescoço dele até a cabeça estourar como um balão. Seus olhos, uvas raivosas sob meus polegares. Eu poderia ter enfiado os dedos na boca dele e quebrado a mandíbula como se fosse madeira compensada. Se tivesse tempo, poderia ter feito isso com calma. Poderia ter sido criativa.

Um dia, aquilo já tinha parecido um Cabo das Tormentas, algo intransponível: a ideia de matar alguém a sangue frio. Eu sempre tinha me apegado à noção de que o bem e o mal eram identidades estáveis, questões de fibra moral intrínseca, pacientemente distribuídas no nascimento por um deus onisciente — e não decisões que você toma a cada minuto de cada dia da sua vida, sujeitas a altos e baixos tão voláteis quanto um monitor cardíaco.

Mas tirar uma vida não era algo hipotético. Ou você faz, ou não. E até estar lá, com a faca na mão, e ser a vida de Sebastian ou a dela, você não sabe. Você não sabe.

Eu sei. Não saber não era mais um refúgio no qual eu pudesse me abrigar.

— No que você está pensando? — murmurou Jae. — Fale comigo.

Tentei, e não consegui. As palavras pareciam elásticas e estranhas; viajavam sem forma até minha garganta e voltavam, saltando como pequenos peixes. No momento em que eu chegava perto de articular uma, perdia todo o significado. Eu me lembrei do que Jae dissera no carro, quando explicou por que tinha demorado tanto para falar: era apenas uma questão de encontrar a alavanca. Havia tantas coisas para dizer e gritar que eu me sentia impotente diante delas. Mas podia beijá-la. Beijar Jae fez soar um sino dentro de mim, que tocou e tocou, de alguma forma contendo mais entendimento do que qualquer coisa que eu pudesse articular.

32

Eu tremia tanto que parecia que minha mandíbula iria quebrar. Tínhamos atravessado a fronteira marítima canadense, mas estávamos infelizes demais para sentir alívio. Primeiro veio o vento gelado, como punhos repletos de agulhas, golpeando nosso rosto. Depois, ficamos dormentes. E então a dormência se transformou em uma espécie de hematoma dolorido em forma de rosto. Eu não conseguia falar. Jae não estava muito melhor. Estávamos sob as roupas uma da outra, tentando nos aquecer com o calor corporal. O vento e as ondas se recusavam a ceder. Tudo o que nos restava era suportar. Correr contra o tempo. Pessoas já sobreviveram a coisas piores. Trincheiras. Ratos, neve e baionetas. Não sei por que essas imagens não paravam de surgir na minha mente: homens azulados de frio em uma terra de ninguém, saraivadas de balas incessantes, encolhidos ao lado de um cadáver. A um sopro gelado ou a uma granada de se tornarem cadáveres também.

O sol nasceu e o vento diminuiu. Nós nos revezávamos descendo até a cabine, preparando xícaras e mais xícaras de água fervente para segurar com as mãos enluvadas, deixando o vapor descongelar nossos órgãos. Era lindo lá fora: enfim conseguíamos perceber. Mas ainda não havia marinas. Tínhamos passado por uma, no meio da noite, mas o volante estava rígido por causa do gelo, difícil demais de virar, e não conseguíamos enxergar bem na escuridão fria e revolta.

— Eu tenho uma ideia — disse Jae, soprando o vapor da xícara —, mas você não vai gostar.

— Qualquer coisa para sair desse maldito barco.

— Vamos lançar âncora e nadar — disse Jae.

Estávamos muito perto da costa. Havia uma praia, uma de verdade. A maior parte da costa era muito acidentada, repleta de pedras e árvores. Fechei os olhos. Abri-os de novo. A praia ainda estava lá.

— Nós vamos congelar.

— Já está de dia — disse Jae. — Se continuarmos, se encontrarmos uma marina, não vamos poder nos aproximar em plena luz do dia. Você sabe disso. E se a polícia já tiver encontrado Sebastian e o outro cara da Ferrari? Eles vão estar procurando esse barco. Não temos muito tempo. E não vamos aguentar outra noite como a de ontem.

Outra noite ártica e torturante no Pacífico. Não iríamos sobreviver.

— Tem um dispositivo de flutuação na cabine — continuou. — Podemos usar para não molhar a bolsa. Vamos ter roupas e sapatos secos quando chegarmos à terra firme. E, olhe só, a praia está vazia. Completamente vazia. Talvez a gente nunca mais tenha uma chance como essa. Nós podemos aproximar o barco da costa o máximo que der. Eu pulo primeiro. Você joga o dispositivo de flutuação e nós baixamos a bolsa. Depois, você pula.

Ela parecia tão decidida, tão segura. É engraçado como a coragem de outra pessoa pode ser contagiante. Quando confiamos muito em alguém, essa pessoa pode nos levar a fazer praticamente qualquer coisa.

Não me lembro de nada do trajeto a nado até a praia. Uma cortina preta caiu sobre minha mente, e a realidade se desenrolou além dela. Eu via flashes do que meu corpo estava vivenciando: o encolhimento dos pulmões, a água tão fria que parecia quase sólida quando eu rompia sua superfície. Quando chegamos à praia, arrancamos as roupas encharcadas e, tremendo, vestimos as secas.

Caminhamos pela floresta úmida. Estava frio, embora nem de longe tão gelado quanto à noite, no mar. A névoa pairava, preguiçosa, sobre a vegetação. Depois de horas de caminhada, até mesmo a beleza se torna monótona. As mentes vazias forçavam nosso corpo a realizar os movimentos básicos de respirar, dar o próximo passo. Quando o celeiro vermelho apareceu no horizonte, eu tive certeza de que era uma miragem.

Era uma fazenda de ovelhas. Os animais viraram o rosto para nós, indiferentes, e em seguida se voltaram em outra direção. Dentro do celeiro, desabamos sobre os fardos de feno, olhando pela janela. Cerca de cinquenta metros adiante, havia uma pequena casa. Dois carros na entrada da garagem. Uma senhora idosa lavava louça na pia. De vez em quando, levantava o rosto, dizia algo por cima do ombro para alguém que não conseguíamos ver e continuava a lavar. De repente, por uma porta lateral, um homem idoso saiu da casa. Usava um gorro pesado, como um hipster do Brooklyn. Era muito alto e tinha um ar nórdico. Quando tirou o gorro para coçar a cabeça, grandes tufos de cabelo branco se espalharam. Ele usava um casaco de náilon que parecia leve demais para o frio e estava indo direto para o celeiro.

— Merda — murmurou Jae, agarrando-me pelo pulso e me arrastando para fora.

A porta do celeiro fez um estrondo parecido com um trovão ao bater.

— Quem está aí? — gritou o velho, enquanto Jae me empurrava para dentro de um pequeno galpão de madeira atrás do celeiro.

Nós nos esprememos feito cadáveres em um caixão, quase sendo perfuradas por uma enxada.

O galpão estava escuro como breu e não tinha janelas. Prendemos a respiração, ouvindo o velho resmungar sozinho.

Depois de um tempo, a porta do celeiro bateu outra vez. A cabeça de Jae ficou tão imóvel na curva do meu pescoço que tive medo de que tivesse realmente morrido, até que senti seus dedos se enroscarem na parte de trás do meu casaco.

Ouvimos os passos dele se afastarem.

— Espere — sussurrou Jae contra meu pescoço. — Espere.

Esperamos trinta minutos antes de sairmos do galpão e voltarmos furtivamente para o celeiro. O feno ajudava a nos manter aquecidas, assim como as ovelhas. Jae descansou a cabeça no meu ombro, os olhos fixos na casa.

— Qual é o plano, chefe? — perguntei, baixinho.

— Esperar até escurecer, e aí nós pegamos um dos carros.

— Fico com pena de roubar deles — admiti.

— Eu estava pensando que podíamos deixar o relógio.

— Relógio?

— Eu peguei na casa de Sebastian — confessou Jae. — Um Cartier que estava em uma das gavetas.

Não era ideal, mas dava para o gasto. Não conseguiríamos sobreviver sem um carro.

Então, ficamos esperando. Por mais ou menos uma hora, o sol brilhou, quase nos aquecendo. Assim que a noite caiu, a temperatura despencou outra vez. Tremíamos juntas no feno, ouvindo o ronco lento e constante das ovelhas. A luz estava acesa na cozinha e na sala de estar. O casal de idosos se movia pela casa, seguindo a rotina doméstica. Havia um jogo de hóquei passando na televisão. O velho assistia em pé, andando de um lado para o outro, tomando goles de uma garrafa. De vez em quando, ia até a cozinha para ajudar a esposa e em seguida voltava para a TV. Jae e eu murmurávamos uma para a outra, em voz baixa, as pernas dela no meu colo. Dividimos uma barra de Hershey's esfarelada para comemorar nossa bem-sucedida travessia da fronteira.

Os olhos de Jae percorreram meu rosto.

— O que foi?

— Nada.

Ela estava se esforçando para parecer indiferente, o que só a fazia parecer mais tímida. Eu gostava de saber que podia fazê-la se sentir assim.

— O que você quer? — perguntei, desesperada para dar uma espiada dentro da cabeça dela, ansiosa por uma distração. — Se você pudesse ter qualquer coisa, agora mesmo, o que seria?

Jae deu uma mordida no chocolate, refletindo.

— Uma casa.

— Uma casa — repeti, assentindo. — De que tipo?

— Pequena. Não muito pequena, só… você sabe, aconchegante. Com uma boa cozinha.

— Sabe o que eu sempre quis? Um canto para tomar café da manhã. Daqueles com um banco acolchoado. E uma luminária Tiffany. Piso xadrez preto e branco, bem clássico.

— Você já pensou nisso.

— A cozinha de uma casa que meu pai e eu visitávamos o tempo todo era assim. Nós dizíamos à corretora que estávamos "procurando". Acho que ela sabia que era mentira. Mas sempre dizíamos que, se pudéssemos criar uma casa dos sonhos juntos, pegaríamos a cozinha daquela casa e colocaríamos dentro da casa ao lado.

— Como era a casa ao lado?

— Era no estilo Tudor inglês. Antiga, construída na década de 1920, acho, e não muito grande, talvez dois quartos. Mas era muito bonita. Luz natural. Uma estufa. E uma fonte.

— E tinha jardim?

— Acho que sim.

— Na minha casa vai ter um jardim — disse Jae, engolindo em seco. — Um jardim. Com um monte de flores.

Estávamos chegando ao fim da nossa barra de chocolate. Dei-lhe o último pedaço.

— Que tipo de flor?

— Espere um pouco. Acho que eles apagaram as luzes.

— Hum?

— Olhe. A casa.

— Ah, sim — falei, ficando de pé e espanando o feno das roupas. — As janelas estão escuras.

Jae deixou o relógio Cartier no capô da caminhonete deles. Pegamos o outro carro, um Toyota Corolla. Pelo retrovisor, vi uma luz no andar de cima se acender dentro da casa. Alguns segundos depois, apagou de novo. Árvores lanosas se inclinavam em todas as direções da beira da estrada: espruces, abetos e pinheiros. De vez em quando, eu conseguia vislumbrar o mar e as montanhas cobertas de gelo da costa da Colúmbia Britânica.

A paisagem parecia um sonho. A sensação era de estar embaixo d'água ou na lua. Um mundo desabitado de flora, água e montanhas. Éramos astronautas. Astronautas têm que se preparar para a solidão. Eles treinam para o isolamento da mesma forma que atletas olímpicos treinam para maratonas.

Fomos para o interior. Na foz de uma enseada, encontramos uma cidade madeireira que já tinha visto dias melhores. Ao lado de um McDonald's, havia um centro comercial: uma Dollar Tree, uma loja de colchões, uma de roupas que anunciava uma liquidação de setenta por cento de desconto, uma loja de eletrônicos que havia encerrado as atividades e uma loja de móveis fechada chamada The Brick. Todas as vitrines estavam cobertas com papelão.

Jae estacionou nos fundos do centro comercial. Havia uma entrada de funcionários da The Brick, mas a porta estava trancada com correntes.

— Eu preciso de um alicate — disse Jae.

— Vamos ficar aqui?

— Por que não? A loja está falida. Todas as janelas estão cobertas com papelão. Duvido que alguém vá entrar ou sair. Nós podemos nos esconder aqui por alguns dias, você não acha?

Dei de ombros.

— Acho que sim. Achei que fôssemos procurar outra casa.

— Ainda não — respondeu Jae. — Pelo menos não pelas próximas semanas. Se a polícia já tiver encontrado Sebastian, casas são o primeiro lugar onde vão procurar. Depois deles e dos Carlisle, é um padrão óbvio demais. Sem contar que deixamos as duas cenas de crime em barcos.

Era um argumento razoável. Havia uma loja de ferragens perto do centro comercial. Jae saiu para arranjar um alicate. Comprei comida no McDonald's e fiquei esperando no carro. Ela voltou alguns minutos depois com uma caixa de ferramentas, e nós entramos discretamente pelos fundos.

Havia pilhas de caixas de papelão desmontadas e manchadas de água perto do banheiro dos funcionários. Na copa, um sofá corroído por traças, um micro-ondas pegajoso, sacos de lixo. Uma caixa de donuts vazia sobre uma mesa, um balão de aniversário murcho amarrado a uma cadeira de plástico. Uma mesa de pingue-pongue. Uma pequena televisão que parecia ter sido comprada nos anos 1990.

O depósito não estava muito melhor. Feixes de luz se infiltravam pelas frestas do papelão. A maioria dos móveis tinha sido vendida. Mas havia uma cama king-size e um conjunto de sala de estar. Uma mesa de jantar e cadeiras feias. Móveis aleatórios espalhados pelo showroom empoeirado: um bufê, ainda etiquetado com um adesivo de QUEIMA DE ESTOQUE: 90% DE DESCONTO. Uma poltrona reclinável. Uma pilha de tapetes boêmios.

— Vou me livrar do carro dos velhos — disse Jae, de boca cheia. — Depois eu arranjo um novo para nós.

Eu não queria ficar sozinha, mas não admiti isso em voz alta.

— Não vou ficar chateada se você não quiser isso — continuou ela. — Você ainda pode voltar para casa.

Não. Eu não podia. Tinha sido um capricho infantil, um último rompante antes de aceitar meu destino. Minha casa era o Antes. Só me restava o Depois. Talvez, em algum universo paralelo, pudéssemos ser pessoas boas que se encontrariam, por acaso, em uma feira, em uma livraria ou em um aplicativo de namoro, tomariam apenas as decisões certas e seriam recompensadas com vidas longas, casa própria e vários animais de estimação amados. Nesse outro universo, nunca saberíamos a aparência uma da outra depois de ter matado alguém. Nesse outro mundo, nunca teríamos limpado o sangue de um desconhecido das mãos uma da outra.

33

O tempo passava de forma estranha na loja de móveis.

Em alguns dias, escorria luxuosamente devagar. Em outros, parecia se acumular atrás de mim sem que eu me lembrasse de como havia passado.

The Brick estava longe de ser a casa Tudor dos meus sonhos, com jardim e cantinho do café da manhã, mas era um abrigo. Quando ficou claro que a loja estava abandonada, decidimos ficar lá por algumas semanas. Jae, que sempre se planejava para o apocalipse, traçou uma rota de fuga pela janela do banheiro dos funcionários, caso viéssemos a precisar. A cada três dias, ela saía furtivamente em nossa nova caminhonete roubada para comprar comida no McDonald's ou mantimentos no supermercado Save-On-Foods.

O Natal foi tranquilo: foi alguns dias depois da nossa chegada. Uma garrafa de Sangiovese roubada, uma ida clandestina a um drive-in. Dividimos batatas fritas com molho e um milkshake de chocolate. O Ano Novo foi mais tranquilo: *prosecco* e pingue-pongue na copa, sexo na pilha de tapetes, uma torta de maçã do McDonald's. Conseguimos consertar a TV, para podermos acompanhar as notícias. Os assassinatos de Sebastian Onasis e Evan Barclay — o homem cujo rosto eu havia batido contra a parede, o homem em quem Jae havia atirado — tinham sido noticiados, é claro, mas até aquele momento ninguém havia nos ligado ao crime. Alguns comentaristas tinham elaborado teorias, traçando paralelos entre as tentativas de assassinato dos Carlisle e os assassinatos na ilha de Lopez. Aquela âncora de Nashville apresentou um segmento sobre o caso, criticando os "idiotas" do FBI por não terem feito a conexão. Ficamos gratas pelo fato de as festas de fim de ano terem diminuído temporariamente a urgência da resolução de nossa onda de crimes, mas parecia ser apenas uma questão de tempo até que comparassem as amostras de DNA e chegassem até nós.

Eu ainda tinha esperança de que Serena acordasse e contasse ao mundo sobre o divórcio volátil dos pais, a acompanhante que tinha visto na própria casa, a pensão alimentícia que a mãe pretendia exigir. Mas ela continuava inconsciente. Sua tia Rebecca deu uma entrevista emocionada na qual insistiu que "nunca, sob qualquer circunstância, desligaria os aparelhos". Não enquanto o dedo mindinho de Serena ainda se contraísse ou seus cílios tremulassem de vez em quando. A qualquer momento, garantiu Rebecca, a linda sobrinha abriria os olhos.

Estabelecemos uma rotina. Jae era madrugadora. Eu, não. Quando eu finalmente saía cambaleando da cama, à tarde, ela já havia tomado algum tipo de café da manhã — café e cereal seco, a menos que tivesse ido ao McDonald's, e aí talvez tivesse comido um McMuffin. Havia uma cafeteira muito velha e manchada na copa, que passamos horas higienizando no banheiro até que parecesse seguro usá-la. À noite, brincávamos de casinha: jantávamos assistindo à TV, folheávamos livros baratos roubados da Dollar Tree ao lado de uma lareira de papelão, fazíamos sexo na cama. Se não fosse pela forma como nos assustávamos toda vez que o vento sacudia as portas, nossos dedos procurando a arma, que mantínhamos conosco o tempo todo, teria parecido quase uma vida comum. Amantes indo para a cama juntas, rotina suburbana, felicidade doméstica. Mas brincar de casinha não era diferente de brincar de pirata ou de fora da lei. A fantasia era tão impossível quanto.

Durante esse período, muitas vezes eu tinha a sensação de que não sabia como cuidar de Jae. Ela era estranha em relação à ternura, que recebia como um golpe. Por mais que procurasse maneiras de lhe dar carinho, cada vez mais parecia que gentileza não era o que ela queria de mim. Havia apenas um tipo de afeto que permitia: sexo, do tipo que ficava no limite da violência. Ela não era a primeira parceira com quem eu tinha estado que gostava de um pouco de crueldade, mas suportava isso melhor do que todas as outras. Sorria diante da dor. Sua capacidade de suportá-la me assustava. Ela era forte, e eu sabia. Por que precisava continuar provando isso? Era quase como se estivesse expiando algo, buscando punição, só que eu não entendia pelo quê, nem por que eu precisava ser a pessoa que a aplicava. Mas adorava dar a ela tudo o que queria. Jae ficava linda quando conseguia o que queria.

Era engraçado como a mente dela ainda me parecia um mistério. Eu poderia dedicar a vida a estudá-la, preenchendo caderno após caderno com observações. Mas será que a conheceria melhor? Será que conhecemos o músico famoso depois de ler sua biografia de quinhentas páginas? O terapeuta conhece o paciente depois de desvendar sua ferida psíquica? Um cônjuge conhece a pessoa com quem dorme todas as noites, a pessoa com quem compartilha a vida? Tenho pensado muito sobre isto: "compartilhar a vida". *Quero compartilhar minha vida com você.* Talvez isso seja possível. Você pode compartilhar uma vida, mas não um corpo. Pode passar todo o seu tempo com outra pessoa, mas não está na pele dela, vagando pela configuração de sua mente. Pode sentir que conhece cada pedacinho dela, mas é apenas isso. Uma sensação. Uma que está mais próxima da ficção ou da projeção. Qualquer certeza em relação à pessoa com quem você se relaciona, quem ela é e quem pode ser — o que você chama de conhecimento —, pode ser uma maneira de reduzi-la a um tamanho compreensível. Esse era o tipo de pessoa com o qual eu estava acostumada a me relacionar, o tipo que queria rotular o que eu era em relação a ela, para compensar alguma falta, *yin* e *yang*. Mas as pessoas não são espelhos de parque de diversão: não podemos ficar diante delas e procurar apenas por nós mesmos ou pela nossa ausência. "Os opostos se atraem" sempre me pareceu uma ideia antiquada, medieval e inerte, destinada à obsolescência. Uma profecia autorrealizável para pessoas heterossexuais que não têm imaginação.

Jae nunca me rotulou como Isso, para poder rotular a si mesma como Aquilo. Com suas possibilidades infinitas e misteriosas, ela preservava as minhas. O fato de uma pessoa poder nos conhecer não é o que nos torna dignos de amor. Não deveríamos manter algumas cortinas fechadas, algumas portas trancadas? Quando foi que a transparência absoluta se tornou um pré-requisito para o romance?

Talvez isso fosse utópico demais. Ou talvez essas fossem simplesmente as condições que eu estava sendo levada a aceitar, em detrimento de todas as outras. De qualquer forma, aceitei as condições de Jae. E ela aceitou as minhas.

34

Era 7 de janeiro quando os assassinatos de Sebastian Onasis e Evan Barclay foram finalmente atribuídos a nós. O DNA encontrado na cena do crime foi comparado ao coletado na casa dos Carlisle. A partir de então, não era preciso ser um gênio para deduzir o óbvio: tínhamos fugido para o Canadá.

Nós nos preparamos para o momento inevitável em que a polícia chegaria até nós. Jae continuava a desenvolver nosso plano de fuga. A caminhonete foi estacionada em um ferro-velho próximo, fora de vista. Guardamos uma mochila de emergência na caçamba. Ficamos três dias sem sair da loja de móveis, sobrevivendo com a comida que tínhamos.

No dia 11 de janeiro, Jae finalmente se atreveu a sair do bunker para buscar alguma coisa para comermos. Preparei café e liguei a televisão.

Demorei um minuto para reconhecer o rosto da garota na tela. O cabelo loiro e escorrido emoldurava um rosto magro e pálido como leite azedo. Uma língua se projetou para molhar os lábios rachados. Uma cama de hospital. Soro intravenoso.

A garota voltou os olhos para a câmera. Eram os olhos azuis de Serena Victor.

Lukas estava ao lado dela. A mão mole de Serena repousava em seu colo, e ele a acariciava, obediente, como um gato. Ela olhava pela janela.

— Me contem como foram as últimas quarenta e oito horas — disse a entrevistadora, com gentileza.

Ela era jovem, loira e bonita: Serena, em dez anos.

— Eu não sei por onde começar — respondeu, com a voz rouca.

— Não consigo nem imaginar como deve ser para você. Acordar de um coma, depois de quase quatro semanas, e descobrir que seus pais estão mortos.

— Que estão mortos, não — corrigiu Serena —, que foram assassinados.

Era isso. Tinha chegado o momento com o qual eu havia sonhado acordada por semanas, o momento que finalmente poderia me inocentar. Não parecia real.

A entrevistadora balançou a cabeça de forma solidária e levou a mão ao peito. Lukas parecia atônito, fora de si. A cafeteira apitou, anunciando que o café estava pronto. Não me atrevi a me mover.

Serena respirou fundo, reunindo as palavras.

— A minha mãe… tinha algumas semanas que ela estava em Paris. Com a irmã dela. Nós íamos nos mudar pra lá, juntas. Eu e ela.

— E o seu pai?

— Hum. Não. Minha mãe… bem, meus pais estavam prestes a se divorciar. Já tinha um tempo que ela estava querendo isso. Principalmente por minha causa, eu acho. Ela achava que a nossa casa não era um bom ambiente familiar.

— Como eram as coisas na sua casa?

Serena baixou os olhos.

— Eu não sei como falar sobre isso.

Lukas acariciou os nós dos dedos dela.

— Houve relatos — disse a entrevistadora, cautelosa — do uso que o seu pai fazia de um serviço de acompanhantes chamado Quem Dá Mais. Você pode nos falar sobre isso?

A cabeça de Serena se levantou. Ela parecia confusa.

— O quê?

A entrevistadora olhou para Lukas, nervosa.

— Isso… isso veio à tona depois, hum… depois que ele morreu — disse Lukas. — Que o seu pai…

— Meu pai? *Meu* pai?

A entrevistadora parecia chocada.

— Você não sabia?

Serena parecia dividida entre o riso e o nojo.

— Meu pai está morto. Ele foi *assassinado* e vocês... vocês estão tentando...

— Eu achei que você soubesse — disse Lukas.

— É sério isso, Lukas? Você conhece o meu pai. Ele... ele não é assim...

— Sua mãe sabia? — interrompeu a entrevistadora.

— Como eu vou saber? — retrucou Serena. — Ela está morta.

O tom da entrevista mudou. A garota quieta e frágil desapareceu. Serena parecia querer arrancar o soro do braço e sair da frente da câmera.

— Quando sua mãe disse que planejava se divorciar do seu pai — a entrevistadora tentou, com gentileza —, ela explicou o motivo?

A raiva de Serena se dissipou aos poucos; a expressão frágil retornou.

— Ela só disse que não estava feliz. Eu sei... sei que eles dormiam em camas separadas. — Serena engoliu em seco. — Mas ela nunca me contou detalhes. Não queria me sobrecarregar. Eu já estava muito infeliz. Odiava aquele lugar.

— Odiava que lugar?

— Aquela casa — sussurrou Serena.

Nesse momento, foi Lukas quem interveio.

— Espere. Eu ainda estou confuso. Você disse... teve aquela noite que você foi lá em casa e ficou dizendo que "viu alguém".

— Eu vi. Eu vi alguém.

— Quem? — perguntou Lukas.

Serena balançou a cabeça.

— Vocês vão achar que eu sou louca.

— Nós não vamos achar que você é louca, Serena — disse a entrevistadora.

Ela respirou fundo.

— Tudo começou no outono. Talvez algumas semanas depois do início das aulas. Eu não consigo me lembrar muito bem.

— O que começou?

— Os sons.

— Sons? Que tipo de sons? Tipo... sons na sua cabeça?

— Não — retrucou Serena, impaciente. — *Não*. Não na minha cabeça. Eu não estou louca. Sei que era real. Meus pais se recusaram a acreditar... mas *era* real.

— Você pode descrever os sons?

— Eles vinham... — Serena ficou olhando pela janela por um longo momento. — Eles vinham das paredes.

— Você ouvia sons nas paredes? — repetiu a entrevistadora, lentamente. — Como os de um animal?

— Foi o que achei no começo. Esquilos, talvez. Ou um guaxinim. Eu perguntava aos meus pais se também estavam ouvindo. Diziam que não. Eu tentava ignorar, mas continuava ouvindo. Ouvia passos e o barulho de alguém dando pequenas corridas. A nossa casa é bem velha. A acústica pode ser um pouco estranha; às vezes, um som no fim do corredor parece que está bem perto. Algumas vezes, era assim. Como se um animal estivesse respirando dentro da minha cabeça.

— Então, o que você achava que era?

Serena pareceu envergonhada.

— Eu não sei. Um fantasma. Tem um monte de histórias bizarras sobre a minha casa. Pessoas que morreram lá, tipo atores famosos e tal. Corredores que não existem. Essa é uma lenda real, aliás, que tem, tipo, corredores secretos na casa. Aparentemente, o arquiteto queria construir esses corredores, tipo, para os empregados, eu acho. É claro que ele não fez isso, é só lenda urbana, sabe. Mas, àquela altura, eu estava ouvindo tanta coisa que, mesmo que não acreditasse, sei lá. Eu não descartaria.

— O que seus pais fizeram?

— Chamaram um profissional que faz controle de animais. Ele não encontrou nada. Mas eu continuava ouvindo coisas. E eu disse isso para os meus pais.

— Eles acreditaram em você?

Serena abriu um pequeno sorriso sombrio e sem humor.

— Eles me levaram a um psicólogo.

— E o que ele disse?

— Que não era psicológico.

— Mas nós sabemos que você toma remédio — disse a entrevistadora, com delicadeza — para depressão, não?

— É. Mas isso é diferente de imaginar coisas nas paredes, não é? Foi por isso que eu parei de falar com os meus pais sobre esse assunto. Eles também achavam que eu estava louca. Mas os sons não pararam. Os passos, a... respiração. Foi quando eu comecei a pensar que talvez estivessem certos. Talvez eu *estivesse* ficando louca. A coisa ficou tão feia que eu mal conseguia sair da cama. Eu não queria sair do quarto. Tinha medo do resto da casa. Minha mãe até me tirou da escola por um tempo.

Serena desviou o olhar da janela e olhou para o próprio colo.

— Mas então... — Ela lambeu os lábios. — Descobri que não estava louca. Tinha uma coisa na parede. Uma pessoa.

— Uma... uma pessoa?

Serena assentiu.

— Um dia, eu fiquei acordada até tarde, estudando para as provas. Fui até a cozinha no meio da noite para fazer café e... — uma expressão distante tomou o rosto de Serena — a geladeira já estava aberta. Eu não vi ninguém, então pensei que talvez meu pai ou minha mãe tivesse deixado a geladeira aberta mais cedo sem querer, mas, normalmente, quando alguém se esquece de fechar a porta, a geladeira faz um barulhinho irritante até você fechar. No começo, não fiquei com medo nem nada. Mas então eu vi aquela... criatura.

Serena respirava com dificuldade. Lukas acariciou a mão dela.

— No começo — continuou —, achei que fosse algum tipo de animal grande, porque estava no chão, de quatro, agachado como... sei lá. Um felino selvagem. Um lobo. Vocês sabem, tem coiotes e até pumas, muitos, na verdade, no parque Griffith. Mas então a criatura se moveu, muito rápido, como se fosse correr. Ela estava tentando se mover como um animal, mas tinha alguma coisa errada. A nossa geladeira tem uma luz azul bem forte, então eu consegui ver a criatura. Era um ser humano. Não era um animal. Tinha uma pessoa na minha cozinha.

— Um intruso — disse a entrevistadora.

Serena assentiu.

— A criatura fugiu. Eu não fui atrás nem nada. Estava muito assustada. A criatura saiu pelo jardim dos fundos. Acordei meus pais na mesma hora, mas eles não acreditaram em mim. Quer dizer, *disseram* que acreditaram, mas eu sei que não. Eles não me levaram nem um pouco a sério. Trocaram as fechaduras, mas isso foi... sei lá, provavelmente uns três dias depois? Eu ouvi os sons nas paredes de novo. E dessa vez... — Serena começou a arrancar a pele ao redor da unha do polegar, balançando a cabeça, angustiada. — Eu simplesmente não conseguia parar de pensar que era uma *pessoa*. Tinha uma pessoa vivendo na nossa parede. Pegando comida no meio da noite. Me observando enquanto eu dormia.

— O que você fez?

— Eu vasculhei a casa. Achei que talvez a gente tivesse, tipo, portas secretas ou algo assim. Eu sei que parece loucura.

— Você encontrou alguma coisa?

— Nada. — Serena balançou a cabeça. — Eu procurei em todos os armários, no sótão. Não tinha nada. Isso me deixou ainda mais apavorada. Eu estava surtando. Minha mãe insistia que a gente tinha que se mudar. Meu pai se recusava. Ela me ligava todo dia de Paris, para me atualizar sobre os planos. A escola onde estava me matriculando, essas coisas. Eu fiquei mal por deixar você — Serena olhou de relance para Lukas, como se pedisse desculpas —, mas eu tinha que ir. Estava me sentindo maluca. Então eu... eu dei de cara com ela de novo.

— "Ela"? — perguntou a entrevistadora, alarmada. — Quer dizer, a pessoa que você viu na cozinha?

Atrás de mim, ouvi uma porta ranger. Era Jae, segurando uma sacola do McDonald's com o punho frouxo. Eu me levantei para falar com ela, acenando com urgência para que viesse ver. Jae não se moveu. Seus olhos estavam fixos na televisão, ela estava congelada na porta.

Serena acenou com a cabeça.

— Eu vi a mulher no pátio dos fundos. Ela passou direto pelo portão. Dessa vez, eu reconheci na mesma hora. Eu a conhecia... era minha professora particular.

— Evie Gordon — disse a entrevistadora.

— Não. — Serena balançou a cabeça. — Não era Evie. O nome dela era Jae. Jae Park. Nós a demitimos. Evie Gordon foi a substituta dela.

A máquina de café apitou de novo.

— Eu acho que Jae nunca saiu da nossa casa. Eu acho... acho que ela ficou lá. — A respiração de Serena estava trêmula. — Então ela assassinou os meus pais.

A porta da frente da casa dos Victor estava aberta quando eu cheguei.

Isso era muito estranho. A sala de jantar estava vazia: mais estranho ainda. Na verdade, a casa inteira estava vazia. Não estou contando Dinah e Peter: eles eram apenas carne, àquela altura. Uma casa vazia.

Mas não estava vazia. Havia uma pessoa em um armário. Ela estava amarrada com um fio elétrico. O fio estava desgastado e com marcas de mordida. Arrombei a porta para libertá-la. Quem quer que tenha matado os Victor talvez a tivesse amarrado, pensei. Pior, talvez *os Victor* a tivessem amarrado. Ela não me deu respostas: estava traumatizada e muda. E eu fui paciente.

Jae colocou a sacola do McDonald's no chão, lentamente. Ela ficou parada na porta, observando-me. Um comercial de seguro de carro passou na televisão, indiferente a todo o resto. A máquina de café apitou outra vez. Tive vontade de quebrá-la com as mãos.

— Jae — chamei, finalmente rompendo o silêncio.

Ela estava imóvel. O peito subia e descia com dificuldade. Ela permanecia enraizada no mesmo lugar.

— Serena está mentindo — falei, devagar, instigando-a. — Está tudo bem. Nós achamos... nós achamos que ela fosse ajudar. Mas você sempre foi mais cética, e estava certa.

Jae não se moveu.

Eu não estava entendendo.

— Ela está *mentindo* — repeti.

Jae continuava sem dizer nada.

E eu continuava sem entender.

— O que foi? — perguntei.

Jae não se moveu.

— Não. Não. Eu não vou passar por isso de novo — pedi. — Você não pode usar essa tática outra vez. Fale comigo.

Os lábios de Jae se entreabriram, mas nenhum som saiu.

— Serena está mentindo — tentei de novo, o mais pacientemente que consegui. — Jae, você não *viveu nas paredes*. — Eu me senti maluca apenas por dizer isso em voz alta. — Isso não é... Você não... Jae, ela está inventando isso, ela está pintando você como... como uma personagem de filme de terror, pelo amor de Deus.

Minha voz ressoou de uma forma terrível, ecoando pela copa.

— Diga alguma coisa — implorei.

Jae balançou a cabeça. Com cuidado, tirou o canivete da meia. Seus olhos me seguiam, firmes.

Eu estava começando a entender.

Jae deu um passo para trás.

— Não.

Atravessei a copa e tentei agarrar a parte de trás da camisa dela, mas ela me jogou para longe com uma força que não deveria ter me surpreendido tanto quanto me surpreendeu.

Ela me prendeu contra a parede e encostou a lâmina no meu pescoço.

Sua respiração era um chiado frenético. A minha, também.

Eu queria gritar. Queria reunir toda a raiva contida no meu corpo em uma forma concreta e soltá-la no mundo para causar destruição. Estava com tanta raiva que fiquei paralisada. Tanta raiva que nem parecia raiva. Era mais como luto. Ou horror. Algo que eu nunca havia sentido, algo que nem sabia nomear. Meu corpo resistia, todos os meus ossos e músculos se unindo para expulsar esse sentimento.

— O que você fez? — sussurrei, mas já sabia.

Eu sabia.

Todo o tempo, era Jae.

Era Jae no jardim. Jae no lago de carpas. Jae perto da piscina com a pedra. Jae no armário, com o fio que ela mesma amarrou.

Era Jae, esperando por mim.

Os olhos dela fitaram os meus, desamparados. Meu corpo parecia poroso, penetrável e transparente.

A mão dela se afrouxou ao redor do canivete. Ela me encarou com olhos grandes e feridos. Parecia magoada. Eu a estava magoando. Pobre Jae. Pobre Jae, que tinha matado todos eles. Pobre Jae, que tinha me contado tantas mentiras — será que alguma coisa era verdade? Pobre Jae, que me deixou pensar que tinha sido vítima deles.

Eu me lembrei do grito vindo do armário escuro.

Socorro.

Estava quase chegando ao carro.

Eu ia sair de lá. Ia chamar a polícia, de uma distância segura. Ia para casa, ia ligar para meus pais. Ia ficar chapada com Harvey e assistir a *RuPaul's Drag Race*. Ia me deitar na cama, em minha própria cama, não em uma cama de hotel barato, não no banco do motorista de um carro roubado, não na cama de uma mansão antiquada na Flórida, não na cama de uma loja de móveis fechada. Na manhã seguinte, eu ia acordar naquela cama de novo. E na manhã seguinte também.

Minha vida. Toda a minha vida estava bem ali.

Então eu ouvi "por favor".

Eu poderia pegar o canivete. Não seria difícil. Era incrível, pensei, enquanto observava-a recuar, enquanto a via processar a violência em meu rosto. A violência que eu poderia ter concretizado se tivesse sido mais rápida.

Mas Jae foi mais rápida, é claro. Ela correu antes mesmo que eu tivesse a chance. Em retrospecto, não me surpreende muito. Eu era esperta; mas ela era mais. Meus talentos e habilidades não eram páreo para Jae Park.

PARTE III

Casa dos sonhos

35

Falar sempre foi difícil para mim. Escrever é mais fácil, ou pelo menos eu achava que era. Eu estava sempre escrevendo em meu diário.

Perdi a prática. Tive que apagar muitas introduções e começar de novo. Quero fazer as coisas direito para você.

Vou começar por isto: sou uma boa ouvinte. Não sou boa na maioria das coisas, mas nessa, sim. Os professores escreviam esse tipo de coisa nos meus relatórios quando eu era criança. "Boa ouvinte. Aceita bem as instruções. Quieta." Isso foi antes de eu me tornar uma pessoa ruim.

Quando era pequena, eu achava que ser elogiada por ser boa em ouvir era uma coisa estúpida, como ser boa em comer ou respirar. Mas há uma arte nisso. A voz contém toda a vida subterrânea em nós que quer sair. Vozes são instrumentos poderosos, mesmo que não sejam tão legíveis quanto os rostos, com todos os músculos e parâmetros de controle. Pense na estranheza que sentimos quando ouvimos nossa voz em uma gravação de vídeo ou em uma mensagem de voz. Não é assim que soa na nossa cabeça. Mas a imediaticidade da voz — o vibrato desenfreado, todas as microfrequências sensíveis — contém informações. Às vezes, acho que é ainda mais inteligível do que as palavras. Vem antes das palavras, que a maioria de nós não sabe usar de qualquer maneira, independentemente do tamanho do nosso vocabulário ou da quantidade de livros que tenhamos lido. Quem é que sabe dizer a coisa certa? Mas a voz… A voz é a matéria-prima. O antecedente. Um tremor, um sussurro, uma pausa. Se souber ouvir, diz o suficiente. E eu sou uma boa ouvinte.

Quando eu era criança, era um código para ser boa em fazer o que me mandavam fazer. Na vida adulta, é uma habilidade mais refinada. Exige paciência e prática. Tive muita prática na Casa Victor.

Peter Victor tinha a voz calma de um negociador de reféns vivendo em meio a minas terrestres. A voz de Dinah era superficial, etérea e afetada, como se não passasse da garganta. A de Serena era timidamente profunda, melancólica, esforçando-se para demonstrar a maturidade que ela desejava. Novas vozes iam e vinham. Uma cacofonia durante os clubes do livro nas noites de sexta-feira. Vozes masculinas, em pares, rígidas e desconfortáveis, quando o encanamento precisava ser consertado ou o jardim precisava de manutenção. Eu ficava grata pelas novas vozes quando chegavam. Gostava do jogo de adivinhação. Imaginar a pessoa por trás da voz. Preencher as lacunas.

Sua voz foi uma novidade. Embora eu a ouvisse apenas uma vez por semana, aos domingos, logo se tornou a minha favorita. Sua voz era como a corda mais grave de um violão, ressoando com autoridade e seriedade. Evocava taças de vinho tinto, charutos e mulheres fatais de olhos sedutores em filmes em preto e branco. Que tipo de rosto acompanharia uma voz assim? Eu queria saber.

Escute, Evie. Sei o que está pensando de mim. Sou um pesadelo. Eu me escondo nas paredes. Minto para garotas legais. Faço com que pensem que sou como elas. Sou culpada dessas coisas, mas se tem uma coisa que não sou é ingênua. Eu sabia que aquilo nunca iria acabar bem para mim. Serena iria acabar acordando e contando ao mundo o que sabia. Eu não poderia ser um Retrato Falado ou uma Cúmplice Anônima para sempre. Para começar, nunca fui cúmplice. Posso até não ser uma grande mentora intelectual, mas definitivamente não sou uma capanga. Não, sempre fui a Inimiga Pública Número Um. Você tinha que saber que havia outra história se desenrolando, invisível, paralela à sua.

Parece ruim. É ruim. Eu me entrego para ser julgada, odiada, chutada, o que você quiser. O que fizer você se sentir bem. Empatia e compreensão

são horizontes que nunca vou alcançar. Mas vou navegar até o mais próximo deles que conseguir. Não me importo se nunca me entenderem. Não me importo nem mesmo se você nunca me entender. Eu só quero contar. Tem tantas coisas que eu nunca consegui dizer a você.

36

Primeiro: vômito e mais vômito.

Segundo: finalmente arrebentei a cafeteira que não parava de apitar.

Terceiro: devorei o lanche do McDonald's abandonado no chão.

Quarto: vomitei de novo.

Com os joelhos trêmulos, sentei-me no chão do banheiro, a cabeça entre as mãos. Pensei em ir até a Dollar Tree e pedir o telefone do caixa emprestado para ligar para a polícia.

Então me lembrei de que estava na porra do Canadá.

Fui até a caminhonete que Jae havia deixado no ferro-velho. Apesar de ser uma vadia sorrateira, duas caras e assassina, pelo menos ela teve a decência de não levar o carro. Não teria dificuldade para roubar outro, disso eu tinha certeza. Jae podia bater carteiras e repor todo o nosso inventário em um único dia, se quisesse. A caminhonete provavelmente tinha sido um gesto de piedade, que eu não estava em posição de recusar, por mais que ferisse o pouco de orgulho que ainda me restava. Claro, Jae havia me ensinado a fazer, mas eu nunca tentara roubar um carro por conta própria e em um estado tão exaltado.

Uma vez, perguntei a ela: onde você aprendeu a roubar tão bem? Não apenas roubar. Sobreviver. Ela explicou da seguinte maneira: quando você não tem dinheiro, isso não transforma só a maneira como você pensa, como é percebida, como navega pelo mundo. Transforma o espaço em si. Você vive sob um céu completamente diferente. Seu sol é diferente. Sua lua. O que é claro para os outros é escuro para você — e o oposto também pode ser verdadeiro. A diferença é sensorial. Sua visão, sua audição, seu paladar: tudo muda conforme as circunstâncias. O que é comestível, audível e visível para você pode não ser para os outros. Vulnerabilidades e pontos cegos arquitetônicos surgem como se fossem vistos sob uma luz infravermelha. Todas as coisas são acessíveis. Todas as coisas são habitáveis, basta ter imaginação suficiente. Quando você não tem dinheiro, sua imaginação é forçada a se expandir para além dos limites do que é tolerável para pessoas ricas, que não precisam de imaginação. Quando você é rico, acontece o oposto: o mundo se reduz a particularidades e padrões. Só consigo beber água em determinada temperatura. Só consigo dormir em camas forradas com lençóis de determinada quantidade de fios e em colchões de determinada altura. Não consigo morar em uma casa sem máquina de lavar louça, lavadora e secadora embutidas, vista para o mar. A imaginação se fecha sobre si mesma. O espaço se cristaliza e se torna intransponível, opaco. Quando você é pobre, o espaço faz o inverso: ele se esvazia. Qualquer coisa pode ser uma porta. Qualquer coisa pode ser um lugar para descansar.

Assenti, como se tivesse entendido, porque odiava não entender. Gostava de me imaginar como uma pessoa igualmente astuta, como se pudesse adquirir a sabedoria dela por osmose. Mas não podia. Antes da vida adulta, eu sempre tinha me imaginado como a pessoa que tinha menos, entregando-me a pequenas autocomiserações, acumulando-as com um orgulho obstinado: as inseguranças de aluna bolsista, os bicos e os esquemas para conseguir dinheiro rápido. Na faculdade, eu era a que recebia auxílio financeiro, a que tinha que pegar empréstimos estudantis, a que não podia viajar para Paris por capricho nas férias de inverno, e em vez disso guardava o dinheiro das aulas particulares para um voo para Asheville na classe econômica de uma companhia aérea barata. Como eu era míope por pensar que isso era *passar necessidade*.

Eu tinha estudado em uma escola particular, porra. Formei-me em uma das melhores e mais caras faculdades do país. Sempre tive uma cama quente na qual dormir, três refeições caseiras, pais que ainda estavam vivos. E que me amavam.

Dirigi. Jae também havia me deixado todo o nosso dinheiro, e tínhamos reunido uma quantia razoável, mais ou menos novecentos dólares.

Dirigi sem destino. Sem me preocupar com as leis de trânsito. Como se tivesse um desejo de morte, o que não era verdade, mas também não posso dizer que, nas horas que se seguiram à partida de Jae, estivesse dando muito valor à vida. Eu não estava indo para um lugar em especial, mas se fosse pressionada, se fosse forçada a dizer para onde estava indo, provavelmente teria admitido que estava tentando voltar para casa. Não para Los Angeles. Para Hendersonville, Carolina do Norte. Como eu ia chegar à Carolina do Norte saindo da ilha de Vancouver era um mistério para mim — sinto muito, mas essa não era minha maior preocupação. Eu estava pensando mais em como seria recebida quando chegasse. Será que meus pais iriam me receber de braços abertos, depois que meu rosto tinha sido exibido em todas as televisões do país, sorrindo acima da legenda ASSASSINA? Eles acreditavam na minha inocência antes de eu matar Sebastian, será que continuariam acreditando?

Mesmo assim, não pude deixar de nutrir alguma esperança de que, se eu surgisse humildemente diante da porta da minha mãe, ela a abriria. Eu já fui uma pessoa boa. Ou pelo menos já fui boa em fingir que era boa. Será que ela me ouviria se eu explicasse exatamente como tinha acontecido, por mais improvável que parecesse? Que outras opções eu tinha, depois que Jae havia confessado que Evie Gordon, a Robin Hood de Hollywood, na verdade tinha sido ela o tempo todo? Jae tinha me enganado. Tinha mentido para mim. Era possível — melhor, provável — que tivesse até mesmo armado para que eu levasse toda a culpa. Jae sabia que eu ia à casa dos Victor todo domingo. Sabia o horário. A que outra conclusão eu deveria chegar?

Enquanto dirigia sem rumo por um país desconhecido, ensaiei um discurso que nunca faria. *Mãe, eu fui enganada.* Deixei-me enganar por uma mente criminosa. Eu mesma mal consigo acreditar, mas é a verdade. Vou começar do início. Eu fui a primeira a chegar à cena do crime sangrenta na casa dos Victor. O sangue ainda estava úmido, porque era recente, o que provavelmente deveria ter sido a primeira pista de que a verdadeira assassina estava por perto. Eu ia chamar a polícia, mas então ouvi alguém gritar por socorro: tinha uma mulher amarrada debaixo da escada — não vou me adiantar, para não prejudicar a dramaticidade da narrativa, mas lembre-se dessa mulher, mãe, é tudo o que vou dizer — e então a garota para quem dou aulas particulares chegou em casa, presumiu que eu e a mulher estávamos tentando roubar a casa e me atacou. Eu a nocauteei em legítima defesa. Foi um acidente, eu juro. O problema é que, em seguida, o namorado dela apareceu e me viu curvada sobre o corpo "morto". Naturalmente, nós fugimos. Eu tinha acabado de ver cadáveres pela primeira vez na vida. Tinha acabado de resgatar uma pessoa que eu achava que era vítima de tráfico sexual ou sequestro ou… para ser sincera, eu não fazia ideia — ela nunca disse nada, deixou que eu mesma preenchesse as lacunas. E parabéns para Jae — esse é o nome dela, Jae —, porque eu caí feito uma patinha. Mas a culpa não é só dela: eu fui a idiota que fez todas as perguntas erradas. Que parou de fazer perguntas. Uma coisa importante que você precisa saber sobre Jae — por favor, não sei nem explicar o quanto isso é importante — é que ela é muito gostosa, tá, ainda mais depois que ela se limpou. Reviravolta na trama. Tudo bem, é o seguinte, não tem como contornar esta parte: talvez eu tenha dormido com ela. Mãe, não faça essa cara. Eu estava sozinha e, como eu disse, o retrato falado não faz justiça a Jae. Enfim, as coisas ficaram muito loucas durante a nossa fuga. Você não faz ideia de como é. O pânico, a adrenalina. O medo. Nós roubamos um barco. Eu apontei uma arma para a cabeça de um adolescente. Eu matei um homem. É engraçado pensar nisso agora: quantas vezes fui chamada de assassina na televisão? Quanto tempo leva para você se tornar aquilo do que é rotulada? No meu caso, dez dias. Eu nunca iria conseguir provar minha inocência, não é? É patético que esse tenha sido o salva-vidas ao qual me agarrei. Talvez nunca tenha sido uma acusação injusta: talvez fosse o toque de um clarim. O verdadeiro núcleo que sempre orbitei. Uma profecia prestes a se realizar, à espera de que eu aceitasse a verdade sobre quem sempre estive destinada a ser.

Uma assassina. Eu era uma assassina.

Pelo menos, quando eu for para a prisão, vai ser por um crime que realmente cometi. Estou tentando seguir seu conselho, mãe. Você sempre diz que, por pior que seja a situação, é preciso enxergar o lado positivo.

* * *

Perdi o controle do carro e caí em uma vala. Não foi de propósito. Só uma idiotice comum. Coração partido, raiva, desespero etc., é constrangedor, você entende — essas coisas provavelmente também contribuíram. Tudo aconteceu muito rápido. Em um minuto, estava fantasiando com o meu quarto de quando era criança; no seguinte, estava sonhando em colocar as mãos em torno do pescoço de Jae. Então, estava em uma vala com o capô soltando fumaça.

— Merda — murmurei. — Merda, merda, merda...

Pisei no acelerador. A caminhonete fez um som patético.

Eu estava em uma grande rodovia. Não havia nada ao redor além de florestas e montanhas.

Saí do carro e abri o capô, olhando para o maquinário lá dentro, torcendo para que fizesse algum sentido.

Luzes vermelhas e azuis dançaram atrás de mim.

Sirenes.

Comecei a rir.

O policial parou atrás de mim. Ouvi a porta da viatura se abrir e se fechar.

— Senhora? — disse. — Está precisando de ajuda?

Eu me virei, colocando os óculos escuros no topo da cabeça. Abri um sorriso deslumbrante.

— Olá, policial, como o senhor pode ver, eu caí nesta vala.

A expressão dele mudou ao ver meu rosto famoso.

— Ah, não... — Ele procurou o walkie-talkie. — Ah, não...

— Seria ótimo se pudesse me dar uma mãozinha.

— Re-reforço — gaguejou ele. — Preciso de reforço. Eu...

Levantei as mãos lentamente, em sinal de rendição.

— Deite-se no chão! — berrou ele. — No chão!

Fiz o que ele mandou. Não havia por que adiar o inevitável. A cavalaria chegou logo depois, com pompa e circunstância, helicópteros, cães e carros que diminuíam a velocidade na rodovia para assistir ao espetáculo. Eu entendo. Também teria desacelerado. Não é todo dia que se tem a chance de assistir à captura de uma assassina em série.

— Onde está Jae Park? — gritou um policial, na minha cara. — Onde ela está? Onde está Jae Park? Onde está Jae?

Onde está Jae?, perguntei-me placidamente, olhando pela janela da viatura da polícia. Ela poderia estar em qualquer lugar. Pensei em mentir só para sacaneá-los, da mesma forma que Jae havia me sacaneado. Que rastro de pistas falsas eu poderia espalhar?

O problema era o seguinte: como mentir sobre uma mentirosa? Por onde começar?

37

A primeira coisa que você precisa saber é que quase tudo o que eu disse era verdade, Evie. É claro que isso não vai significar quase nada para você, vindo de mim. Não menti sobre a minha infância, sobre os meus pais ou sobre a Casa Carmel. Não menti sobre nosso despejo nem sobre o câncer da minha mãe. Minhas mentiras foram, na realidade, omissões, principalmente sobre as aulas preparatórias do vestibular. Sobre outras coisas, em especial no que diz respeito aos Victor, menti seguindo o roteiro que escreveu para mim. Você era particularmente crédula em se tratando dos Victor, pronta para enxergar o pior neles e o melhor em mim.

De fato trabalhei como garçonete em um serviço de bufê por um breve período durante a faculdade, mas não foi assim que conheci os Victor. Eu fui professora particular de Serena. Esse foi meu terceiro emprego depois que larguei a faculdade, junto com as entregas do DoorDash e o trabalho de motorista do Lyft. Serena gostava muito de mim. Na verdade, ela gostava um pouco demais de mim. Corava toda vez que eu dizia alguma coisa. Mal conseguia manter contato visual. Sempre me pedia para as aulas serem no quarto dela. Depois que elogiei sua coleção de vinis, começou a aparecer em nossas aulas com camisetas de bandas que eu havia mencionado de passagem. O gosto musical dela era sonhador e gótico, cheio de *shoegaze* e pós-punk difuso dos anos 1980 e 1990. Ela dizia coisas com o objetivo de me impressionar ou me fazer rir. Eu estava sendo paga, então sempre ria ou agia como se estivesse impressionada. No início, ficava lisonjeada com a atenção meio abobalhada. Mas logo passou. A mudança aconteceu de forma imperceptível, uma rotação sutil nos meus níveis de tolerância. Serena era inquieta e estava sempre ansiosa para agradar, e deixá-la à vontade era uma tarefa difícil. Cada aula era como percorrer uma corda bamba: ser gentil, mas não indulgente. Ser calma, mas não fria. O problema era que eu havia me tornado dependente daquelas aulas particulares. Nós nos encontrávamos duas vezes por semana, por duas horas. Era quase metade de minha renda semanal.

Finalmente, aconteceu: Serena criou coragem e me convidou para assistir a um show dos Breeders com ela. Tinha comprado dois ingressos. Inventei uma desculpa esfarrapada sobre já ter planos naquela noite. Disse que sentia muito. Tentei parecer sincera.

No dia seguinte, recebi uma mensagem de texto da sra. Victor. Ela me demitiu por "comportamento inadequado". Meu supervisor respondeu rapidamente por e-mail: também me dispensou. Quando me candidatei a outras agências de aulas particulares, ninguém retornou. Eu tinha sido colocada na lista proibida.

Poucas semanas depois, recebi um telefonema da cadeia. Era meu pai.

A delegacia parecia o campus de uma escola de Ensino Médio de subúrbio, com arbustos geométricos bem cuidados e tijolos cor de café. Eu disse à recepcionista que estava lá para buscar Jordan Park. Ela respondeu que não havia um detento com esse nome no sistema.

"Mas ele me ligou daqui", insisti.

Uma mulher na sala de espera interveio e disse que ele provavelmente havia sido levado para Santa Ana.

"É isso que fazem em Irvine", disse ela em voz alta, mais para a recepcionista do que para mim. "Desovam os problemas em outro lugar."

Eu já tinha ouvido rumores sobre isso no Condado de Orange. Pessoas arrancadas de bancos, destituídas de seus pertences, carrinhos e barracas, e levadas para cidades próximas.

Eram oito da noite quando o encontrei. Ele estava dormindo nos degraus da biblioteca pública. A cabeça estava inclinada em um ângulo estranho, os olhos entreabertos, um hábito que me perturbava desde criança. Eu o sacudi para acordá-lo. Ele me encarou, desorientado, em seguida vomitou nos meus sapatos. Quando terminou, começou a tremer.

A ambulância demorou uma hora para chegar. O trajeto até o hospital levou mais vinte minutos. Ele foi levado para a emergência, onde foi tratado como um indigente. Perdi a paciência. Não é pedir muito, insisti, que meu pai seja tratado com um pouco de bondade. Um pouco de dignidade.

Seis horas depois, a enfermeira me disse que ele estava morto.

Uma convulsão. A intoxicação alcoólica tinha causado danos cerebrais irreversíveis.

Eu não tinha dinheiro para pagar a conta. Dei ao hospital o endereço do apartamento do meu pai, e mais tarde descobri que ele tinha sido despejado seis dias antes. Eu estava ficando na casa de um amigo, Minho, em Northridge, havia semanas. Sempre que a namorada dele reclamava da frequência com que eu ficava lá, dormia no carro.

Durante uma semana inteira, meu pai tinha dormido em outro lugar — onde, eu não fazia ideia.

Depois que o corpo dele foi preparado no necrotério, eles me encaminharam para um serviço funerário local, mas eu sabia que não poderia pagar. Fui informada de que havia outras opções. O corpo poderia permanecer no hospital por até duas semanas. O cadáver poderia ser doado a uma instituição de pesquisa, ou o condado providenciaria um enterro ou a cremação, sem custo adicional. Eu não sabia para qual instituição de pesquisa doá-lo, então escolhi a segunda opção.

Não me lembro das horas que se seguiram. Apenas dirigi. A luz do sol inundava o carro, intensa e debochada. Não comi nem bebi. Não tomei banho e não chorei. Se alguém cruzasse meu caminho e perguntasse meu nome, eu não tinha certeza se seria capaz de responder.

Aceitei uma corrida do Lyft em Silver Lake. Aceitei outra em Eagle Rock. Aceitei corridas em Pasadena, Alhambra, Burbank. Eu me lembro de estar sentada no carro, a mente girando nos mesmos circuitos sem saída, sem chegar a um destino específico. Acabei em frente à casa dos Victor.

Foi Peter quem atendeu à porta. Também não menti sobre isso.

Ele ficou confuso ao me ver. Levou alguns minutos para reconhecer que eu era a professora particular de Serena. Ele não sabia que Dinah tinha me demitido. Apenas me disse que era dia de semana, então Serena não estava em casa. Mencionou que eles iriam viajar no fim de semana seguinte para visitar universidades na Europa, durante as férias de Serena. Fingi que sabia disso e tinha me esquecido.

Fui ao Starbucks para carregar meu celular. Não tinha novas mensagens. Perguntei a Minho se podia ir para a casa dele. Ele disse que não. A namorada estava chateada. Implorei, mas ele não mudou de ideia. Digitei as palavras "meu pai morreu", o polegar pairando sobre o botão de enviar. Fiquei olhando para a disposição das letras. P-a-i. M-o-r-r-e-u. Quanto mais eu olhava, mais engraçadas e surreais elas pareciam. Tentei falar com Kevin Ahn, mas ele tinha bloqueado meu número. Mandei mensagem para uma garota com quem eu tinha saído uma época na UCLA, mas com quem não falava havia cinco anos. Ela não respondeu.

Quando voltei para a rua, meu carro não estava mais lá. Naquele estado de desorientação, havia estacionado em um local proibido, e tinha sido rebocado. A taxa de liberação mais a taxa do guincho iriam me custar quinhentos e sessenta dólares. Eu não tinha como pagar, então voltei para o Starbucks. Dormi do lado de fora, embaixo de uma mesa com cadeiras empilhadas. Conheci uma mulher mais velha, Sylvia, que ficou com pena de mim. Ela me ensinou a arrombar vários modelos de carro: na maioria das vezes, ela fazia isso apenas para ter um lugar quente para dormir e abandonava o carro pela manhã. Fiz isso por sete dias.

Então me lembrei de algo que Peter tinha me dito. Eles iriam sair de férias.

Você sabe como as ideias nascem. As ruins, as boas, todas nascem da mesma maneira. Pequenos germes sórdidos. Aquele tinha encontrado um hospedeiro, um lugar escuro e vegetal onde poderia desenvolver dentes e tentáculos. Los Angeles nunca fica totalmente escura, mas a hora mais sombria é por volta das três da manhã. Fui a pé e cheguei antes do nascer do sol. Pulei a cerca no jardim dos fundos, passei furtivamente pelo lago de carpas e pela ponte, pela piscina, pela hera, pela hortelã. Tentei forçar a maçaneta da porta dos fundos, mas ela se abriu sem esforço, convidando-me a entrar no interior frio e escuro. Eu me lembrei de algo que Serena havia me contado muito tempo antes, sobre o arquiteto original da casa, que queria construir passagens secretas para os empregados por trás das paredes. Ela disse que esses corredores eram um mito.

Não são. Eu os encontrei. Ao contrário dos Victor, sabia como procurar.

38

O engraçado de ser procurada em vários estados é que ninguém sabe exatamente para onde mandar você. O estado da Califórnia estava à minha caça por causa dos Victor. A Flórida, por causa do ataque aos Carlisle. Washington, por Sebastian Onasis e Evan Barclay. O Canadá não estava atrás de mim. O FBI estava envolvido, o que era quase um elogio. Minha onda de crimes tinha cruzado fronteiras estaduais e internacionais. Eu era uma ameaça em escala global.

Em uma cadeia em Victoria, um agente especial do FBI me interrogou em uma sala iluminada. Fui algemada com uma corrente frouxa e me deram café quente e comida. Ele se apresentou como agente especial Cruz. Era baixo e atarracado como um lutador de luta livre e tinha cabelos e dentes bonitos. Sorria muito. Eu estava com medo, e ele sabia disso. O interrogatório foi, na maior parte do tempo, uma troca de detalhes biográficos superficiais, a fim de me deixar bem confortável para que, quando chegasse a hora, eu me entregasse com mais facilidade. Sim, eu sou da Carolina do Norte. Sim, eu frequentei uma faculdade cara. Sim, eu morei em Nova York. Sim, eu me mudei para Los Angeles. Sim, eu dei aulas particulares de preparação para o vestibular.

— Como era? — perguntou ele.

— Sei lá. Era um trabalho. Dava pra pagar as contas.

— Você gostava de dar aula particular?

— Era tranquilo.

— Eu odiei fazer o vestibular — disse ele, com um sorriso conspiratório destinado a me deixar à vontade. Eu não estava à vontade. — Fui muito mal.

Ele parecia ter se saído muito bem na vida de modo geral. Eu não disse isso em voz alta. Daquele momento em diante, iria guardar todos os meus comentários sarcásticos para mim mesma. Eu era uma nova mulher. Bem-educada, simpática e inocente. Não havia espelhos na sala de interrogatório, mas ajustei minha expressão de modo a parecer virtuosa.

— Quantos alunos você tinha?

Cruz estava se sentindo confortável. Já havia feito interrogatórios como aquele tantas vezes que talvez acreditasse genuinamente que eu também estava à vontade. O café, as batatas fritas, o cômodo iluminado, com janelas — e não uma sala de interrogatório escura com uma cadeira bamba e o termostato ajustado para fazer o suspeito transpirar. Somos apenas duas pessoas conversando. As algemas são um acessório engraçado. Ignore-as. Somos só dois camaradas batendo papo.

— Em geral, uns cinco por semana.

— Você queria ser professora particular?

— Eu era boa nisso — respondi.

— Mas isso não é o mesmo que querer dar aula particular, ou é? Estou vendo aqui que você tem vários diplomas. Bacharelado em Artes, mestrado em História da Arte. Foi a segunda melhor aluna da turma no Ensino Médio. Excelente aluna a vida toda. O que você queria fazer? O que você queria ser?

Para que tinha servido todo aquele esforço? Era isso que ele estava me perguntando. A verdade era que eu não sabia. Nunca soube. Só gostava de estudar. Era a coisa mais próxima que eu tinha de uma rede de segurança. Ou talvez fosse uma espécie de síndrome de Estocolmo. Era algo que eu entendia. A estrutura clara, as referências fáceis de navegar. Toda semana havia dezenas de oportunidades para alcançar o sucesso. Eu tinha feito tudo aquilo pela nota máxima. Pelos elogios. Era o que me diferenciava dos outros. O sucesso era uma droga. As notas máximas não eram cumulativas. Eu não estava acumulando créditos para trocá-los por algum propósito maior, uma *raison d'être*. Queria ser bem-sucedida — um termo vago que permanecia unidimensional —, mas não tinha um modelo de como isso funcionava fora da escola. Era meu domínio, e eu era a imperatriz. Fora daqueles muros, eu não era ninguém.

— Acho que eu só era boa na escola.

— Você queria dar aula? — perguntou Cruz.

— Eu gosto de ensinar.

— Você gostava de ensinar Serena Victor?

Encarei Cruz. Era a primeira vez que ele mencionava os Victor e, apesar da casualidade que tentou demonstrar, não conseguiu contornar a importância daquela menção. Algo novo havia entrado na sala.

— Gostava — respondi, calma. — Era muito fácil trabalhar com ela.

Ele sorriu para mim. Eu sorri de volta. Ele apoiou o rosto no punho. Eu o imitei. Ficamos olhando um para o outro, como amantes em um impasse. Quando não deu em nada, surgiu uma nova agente do FBI. O nome dela era agente especial Afuye.

— A situação é a seguinte — disse, de pé, curvada sobre mim. Cruz permaneceu na sala, ainda me observando como se eu fosse a pintura mais interessante do museu. — A Califórnia já deu início ao processo de extradição. O Canadá está cooperando. Eles não querem você aqui, e tenho certeza de que você não está muito interessada nos meus conselhos, mas acredite em mim: você também não quer estar aqui.

— Eu quero um advogado.

Afuye parecia entediada. Ela se sentou na cadeira à minha frente.

— Vai ser um processo muito longo. Você está preparada? Porque pode ser muito mais fácil. Nós podemos ajudar, mas, para isso, precisamos que você coopere. Por exemplo, pode nos dizer onde está Jae Park.

Eu ri. Eles ainda não tinham entendido.

— Vocês nunca vão encontrar ela.

— Nós temos muitos recursos.

— Não importa. Vocês não vão encontrar Jae. Ela pode estar em qualquer lugar. Ela ficou escondida na casa de uma família por semanas sem ser pega.

— Jae não pode ficar foragida para sempre.

Idiotas. Um dia eu já tinha sido como eles. Quase senti pena, mas iam ter que aprender a lição como eu: da maneira mais difícil. Nunca subestime Jae Park.

39

Um cheiro podre tomou conta da casa. Seria fácil concluir que vinha de mim mesma. Eu achava que não. Poderia ser o frango assado do Whole Foods que os Victor tinham deixado apodrecendo no lixo, ou o pote de plástico com melão que Serena tinha se esquecido de jogar fora antes da viagem pela Europa, azedando na mesinha de cabeceira. Uma faxineira foi até a casa, uns três dias depois da minha chegada, e jogou tudo isso fora. Ela não entrou nas paredes quando terminou. Entrou e saiu pela porta da frente. Depois que foi embora, o cheiro permaneceu. Talvez fosse eu, afinal.

Ainda acho que era a própria casa, finalmente livre para exalar o mau cheiro natural. Sem os Victor, ela havia se libertado, como uma mulher que se livra do espartilho. Não havia mais para quem manter as aparências. Manchas de infiltração, vazamentos, gesso descascando. Escadas que rangiam, embora ninguém as usasse. Pisos que estalavam sem serem pisados. Era uma casa muito antiga, e acho que queria morrer.

Havia, é claro, a alternativa: eu não era o único fantasma por lá. Havia outros. Criados, talvez, ou crianças. Uma antiga atriz de Hollywood, bêbada. Um irmão lunático de volta da guerra, perambulando em um quarto trancado. Eu via figuras assim às vezes, mas minha visão não era a mais confiável naqueles dias. Mesmo com os Victor fora, eu passava a maior parte do tempo entre as paredes, na escuridão, para não ser pega caso eles antecipassem o retorno.

Mesmo dentro das paredes, havia muito a explorar. A casa tinha o próprio labirinto de corredores, como uma contranarrativa estrutural, uma matriz de espaços sem equivalentes lógicos. Às vezes, corredores surgiam do nada. Uma vez, encontrei um poço de elevador que ia do sótão até o escritório de Peter Victor. Quando procurei de novo, tinha desaparecido. Não havia uma lógica prescritiva na arquitetura, exceto o niilismo. A falta de lógica era a regra. Os corredores eram espaçosos o suficiente para que um homem de ombros largos conseguisse se esgueirar sem tocar nas paredes, tinham a mesma altura de todos os outros cômodos. Estavam por toda parte, criando espaço para si mesmos como órgãos, insistindo em sua importância anatômica.

Em pouco tempo, eu já conhecia cada centímetro da casa deles, como se fosse minha. Sabia o grau radial exato da torneira para um banho perfeitamente quente. Sabia que nunca usavam o banheiro do terceiro quarto de hóspedes no primeiro andar, e que, portanto, era seguro usá-lo no meio da noite ou durante o dia, quando não havia ninguém em casa. Tornei-me muito boa em controlar minhas funções corporais. Sabia as datas de validade das mostardas trufadas e geleias de figo caras, do queijo de soja e das tiras de *tempeh*, a comida vegana exótica de Serena. Tinha desenvolvido gostos próprios: quais pinturas a óleo eu apreciava, quais velas, quais biscoitos gourmet e quais sabonetes. Era cuidadosa, é claro. Nunca pegava quantidades que pudessem levantar suspeitas. Eu sabia que uma hora eles iriam voltar, e voltaram. O plano inicial era ficar algumas noites, ganhar tempo até descobrir como voltar à minha antiga vida. Mas o caminho parecia impossivelmente longo, e eu não conseguia encontrar a entrada. Tinha vivido de pagamento em pagamento. Estava endividada. Por onde começar? Quem me daria um empréstimo, como eu daria o primeiro passo? Quem me empregaria, onde eu dormiria à noite? Estando dentro da casa dos Victor, via quanto espaço havia para mim e como seria fácil ficar. Nem precisava viver como uma clandestina. Eu era entérica, encaixada dentro deles como uma boneca Matrioshka.

Quando os Victor voltaram, a casa se recompôs. Estufou o peito e passou a se comportar bem. Eu não conseguia mais ouvi-la respirar. Havia muitos outros sons. Ainda era fácil me alimentar das sobras, beber água das torneiras e retornar aos corredores secretos. Os Victor eram criaturas de rotina. Antes de ir para Paris, Dinah seguia o mesmo roteiro todos os dias: da cama para o chuveiro, do chuveiro para a cozinha, do bule para o pátio. Fazia ioga. Meditava junto ao lago de carpas. Preparava uma salada elaborada que nunca comia inteira. Tudo isso eu aprendi por meio dos sons. O único membro da família que eu observava regularmente era Peter.

Descobri um pequeno buraco em um corredor. Usando o dedo mindinho, consegui alargá-lo. Dava diretamente para o escritório de Peter, entre as prateleiras de uma estante de livros. O cômodo não era muito interessante. Ele trabalhava lá à noite, depois do jantar, no computador. Às vezes, trabalhava pela manhã, ao telefone. Eu queria descobrir como ganhava dinheiro, mas não importava quantas ligações eu ouvisse, não conseguia entender. Meu bacharelado em Economia, que eu não havia concluído, não tinha me ajudado a entender nosso despejo, tampouco me ajudou lá. Qualquer informação relevante desaparecia em meio a jargões e uma linguagem intraduzível: ODC, *subprime*, *tranche*, *triple-B*. Acabei concluindo que essa intraduzibilidade era proposital. O jargão do mundo financeiro era apenas uma forma de obscurecer os fios vermelhos do destino. De transformar em um jogo a relação entre credores e devedores, a conspiração da interdependência. Eu me lembro da testa franzida do meu pai enquanto ele examinava os extratos bancários depois do nosso despejo. Ele os passou para mim, na esperança de que eu os compreendesse melhor. Por que eu não conseguia entender? Tinha todos os recursos de minha educação. Mas eu não entendia e me sentia uma idiota por isso. Hoje acho que ninguém entende. Nem Peter, nem qualquer um deles. É uma encenação. Maus atores também podem decorar falas. Sobem ao palco e falam com confiança, como uma criança em uma aula de língua estrangeira: memorização sem compreensão. Palavras, números, pessoas: nada disso era real para eles.

Havia um quadro na parede do escritório de Peter que me interessava. Era uma reprodução de David Hockney, famosa o suficiente para que até mesmo eu a reconhecesse. Havia uma piscina. Uma figura nadava nela, usando o que parecia ser uma sunguinha branca. Estava embaixo d'água e parecia prestes a bater na parede. A outra figura estava de pé diante da primeira, na borda da piscina. O homem tinha cabelo loiro liso, como um vilão do Ensino Médio em um filme dos anos 1980. Vestia calça branca e um blazer salmão, as mãos pendendo casualmente ao lado do corpo enquanto observava o nadador. O interessante não era a pintura em si, mas o fato de Peter Victor recriar habitualmente aquela cena com absoluta literalidade.

Toda segunda-feira, Dinah ia a algum lugar e ficava fora o dia inteiro. Nesses dias, Peter "trabalhava de casa". Começava no escritório, que eu podia observar pelo buraco. Assim que o carro da esposa saía, ele fazia uma ligação. Às vezes, masturbava-se enquanto esperava. Por fim, levantava-se da cadeira e ia para outra parte da casa. Nesse momento, eu ia pelo corredor até o quarto principal, que tinha vista para o jardim e a piscina. Era seguro ficar observando de lá. Dinah estava fora; e Serena, na escola. Eu podia ouvir claramente o que acontecia do lado de fora, já que Peter e Dinah sempre deixavam a janela aberta.

Primeiro, Peter abria o portão dos fundos para alguém. Algum tipo de profissional do sexo, sempre mulher. A aparência de feminilidade parecia ser a única exigência. Fora isso, as mulheres eram completamente diferentes. Negras, brancas, coreanas, mexicanas. Jovens, velhas, de meia-idade. Magras, gordas, baixas, altas e todas as gradações entre uma coisa e outra. Notei que algumas mulheres iam à casa em mais de uma ocasião. A maioria eu via apenas uma vez.

Peter Victor não transava com essas mulheres, mas pedia que se despissem. Quando estavam nuas, pedia que entrassem na piscina. Certa vez, uma mulher de meia-idade se recusou, dizendo que não sabia nadar. Peter lhe disse que não importava, e que ela poderia ficar na parte rasa. Ele lhes pedia que prendessem a respiração embaixo d'água. Ficava de pé na borda diante delas e as cronometrava. Ele não se masturbava. Não as empurrava. Na verdade, nem mesmo as tocava. Elas ficavam submersas por conta própria. Quando emergiam, engasgando-se e ofegantes, perguntava se elas estavam bem. Elas sempre diziam que sim. Ele pedia que fizessem isso várias vezes, cronometrando. Certa vez, uma mulher conseguiu prender a respiração por quase quatro minutos. Era jovem e bronzeada, com cabelo escuro liso e praticamente sem peito. Após cerca de uma hora, as mulheres saíam da piscina e Peter lhes entregava uma toalha.

Nunca entravam na casa, nem mesmo para usar o banheiro. Depois que iam embora, ele voltava para dentro e eu retornava ao corredor. Em geral, era nesse momento que Peter se masturbava no escritório. Depois que percebi que esse era o fim da rotina, eu parei de observá-lo e fui explorar outros lugares.

O ritual de Peter à beira da piscina fez com que eu me perguntasse quanto tempo conseguiria ficar debaixo d'água se fosse uma das mulheres. Em um sábado, depois que Dinah foi para Paris e Peter e Serena foram passar um fim de semana prolongado em Monterey, fui até a piscina. Fazia semanas que eu não saía da casa. Fiquei tomando sol no rosto por quase uma hora antes de tirar a roupa e entrar na água. Tapei o nariz e afundei silenciosa e pacificamente até o fundo. A falta de oxigênio esticou as fibras do meu cérebro como um caramelo, e olhei para cima. Eu estava no mar. Pensei em como seria fácil permanecer lá, com os corais e os peixes. Sabia o que me aguardava se voltasse à superfície. A cada minuto que passasse, o horizonte seria outro oceano mais distante, a correnteza mais forte, os tubarões mais famintos. O sal espirraria, o mar abriria a garganta e o trajeto a nado até terra firme seria traiçoeiro demais. Não havia terra para onde nadar. Nós nos mantínhamos à tona, trabalhando, trabalhando e trabalhando, mas a boca não parava de se expandir, sempre pedindo mais. Seria preciso algo torpe, violento e belo para mudar a inclinação do eixo do mundo. Robin Hood invertendo os termos da dívida, recebendo o pagamento em quilos de carne. Fogo tremeluzindo em rostos vermelhos, multidões e mansões sombrias. Sangue e bolo. Será que eu tinha salvação? Já estava no fundo do poço. Ou haveria outro nível abaixo daquele, um alçapão? De repente, fiquei com medo e, em pânico, voltei à superfície. Agachei-me na borda de pedra calcária da piscina e cambaleei de volta para dentro da casa.

Os Victor voltaram no dia seguinte. Ouvi os passos lentos e arrastados de Serena em seu quarto, que era o cômodo mais próximo de onde eu dormia. Ela parecia ser o membro menos perigoso da família, caso eu fosse pega.

E uma vez de fato fui. Por Serena, ironicamente. Ela ficou acordada até tarde, estudando. Achei que já tivesse ido dormir quando fui até a cozinha buscar comida. Fugi pelo jardim dos fundos e, depois de várias horas agachada nos arbustos, consegui voltar pela cozinha. Houve uma pequena comoção, e as fechaduras foram trocadas, mas não acho que Peter e Dinah tenham de fato acreditado que Serena tinha visto uma pessoa se esgueirando pela casa. Depois disso, eu a ouvia com frequência procurando por mim. Ela chegou perto, várias vezes. O único outro membro da família que parecia perceber minha presença era Pickle, o cachorro, mas ele era velho e senil, fácil de enganar. Ele latia para mim, tentando desesperadamente alertar a família sobre a intrusa. Eles não davam atenção. Apenas afagavam sua cabeça de pelos brancos e desgrenhados e falavam com ele com voz de bebê. Às vezes, eu o deixava lamber o molho das latas vazias antes de descartá-las.

Sonhava com frequência em ir embora. A primeira vez que pensei seriamente em uma estratégia para deixar a casa foi quando minha substituta chegou. Você. Nas tardes de domingo, eu esperava pacientemente no corredor entre a cozinha e a sala de jantar, aguardando sua chegada. Você quase nunca dava aula para Serena no quarto dela, como eu fazia. Ficavam na sala de jantar. Você era mais rígida do que eu, lidando habilmente com todas as tentativas de Serena de desviar sua atenção. Você se portava com autoridade e andava pelos corredores com naturalidade, como se fosse dona de uma casa como aquela. Até ouvi-la fazer as mesmas perguntas de resolução de problemas que eu já havia feito centenas de vezes era, de certa forma, estimulante. Como professora, eu adotava um distanciamento calculado, o que em geral produzia bons resultados. Não era cruel, mas era econômica nos elogios. Os alunos se esforçavam para impressionar a professora difícil de decifrar.

Sua abordagem era diferente. Você era mais controladora, solidária e muito menos paciente. Acima de tudo, eu percebia que você ficava ansiosa para resolver os problemas você mesma, e resolvê-los da maneira correta. Ouvindo você ensinar, fiquei surpresa com o quanto sentia falta daquilo.

Depois que você passou a frequentar a casa, fiquei mais ousada. Várias vezes, fiz pequenas alterações no escritório de Peter. Mudava os livros de lugar. Escondia canetas e documentos. Uma vez, cheguei a riscar a lápis o quadro favorito dele. Não sei dizer o que me dava coragem. Talvez quisesse assustá-lo. Talvez quisesse confirmar que ainda existia. Fazia pelo menos dois meses que eu morava nas paredes. Às vezes, em momentos de paranoia, imaginava que já havia passado para o outro plano, que era mais um fantasma na casa. Ainda criança, quando roubava coisas e ninguém notava, eu acreditava ter desenvolvido o poder da invisibilidade. Naquele período, essa suspeita voltou. Se ficasse na frente de Peter, ele me veria? Se colocasse as mãos em torno do pescoço dele, como tantas vezes fantasiava, será que deixaria uma marca? Se segurasse sua cabeça debaixo d'água, ele afundaria? Seria preciso força física: eu sabia disso. Eu não tinha a força de Peter. Se quisesse machucar alguém, machucar de verdade, teria que recorrer à violência à moda antiga. Teria que usar as mãos. Mas, para fazer isso, primeiro eu precisava me certificar de que ainda era real. De que um dia já tinha sido real, uma pessoa de carne e osso, com um passado. Uma pessoa nascida de uma mãe e de um pai, cujos nomes eram Mila e Jordan, que moraram em uma casa modesta, mas bonita, na avenida Carmel e tiveram uma filha chamada Jae. Nome que escolheram por causa do *blue jay*, o gaio-azul, o pássaro que minha mãe mais gostava de desenhar. Segundo meu pai, meu nome significava tanto "talento" quanto "boa sorte". A intenção era que eu fosse o canal natural entre os dois.

Olhe só até onde eu tinha chegado. Até onde eu ainda iria.

A coisa mais ousada que fiz foi confrontar Peter. Não foi um grande confronto, no entanto, considerando o quanto ele estava bêbado. Não pareceu nem um pouco surpreso. Estava sentado ao lado da mesa, com um copo vazio na mão, para o qual olhava, distraído. Quando entrei pela porta, como uma pessoa comum, ele sorriu para mim. Serena estava passando o fim de semana com Lukas, então Peter estava sozinho. Mais cedo naquele dia, pela primeira vez, ele havia contratado duas mulheres para submergirem juntas. Acho que já fazia algum tempo que queria fazer algo assim. Uma era uma mulher de meia-idade, talvez chinesa. A outra era negra e parecia muito mais jovem. Elas entraram na piscina juntas e desapareceram sob a superfície enquanto Peter as observava, bebendo vodca às onze da manhã. De repente, a mulher mais velha subiu à superfície, engasgando-se, e se agarrou à borda da piscina. Seu rosto estava vermelho-escuro e inchado, e ela massageava o pescoço enquanto a outra mulher, claramente uma desconhecida, esfregava suas costas timidamente. Peter levou água para ela e pediu desculpas. Ele foi gentil. Em seguida, pediu que submergisse de novo.

Aquilo continuou por mais de uma hora. Talvez tenha sido por isso que o visitei no escritório naquela noite, muito depois de as mulheres terem ido embora e de minha própria náusea ter passado, depois de Peter ter se embriagado até ficar em um estupor tão intenso que eu sabia que poderia dizer o que quisesse, e ele iria achar que não tinha passado de um sonho.

Sentei-me na cadeira em frente à mesa. Ele me observava com olhos enevoados, semicerrados. Por trás dos óculos, as íris eram do mesmo tom de cinza dos fios que marcavam o cabelo loiro-escuro. Ele não era feio, para quem gosta desse tipo de homem.

— Minha esposa está em casa — disse Peter, arrastando a língua.

— Não, ela não está — retruquei. — Ela está em Paris.

— Ah, ótimo.

— Ela sabe?

— Sabe o quê?

— Por que você faz aquilo?

Ele abriu um sorrisinho malicioso.

— Faço o quê?

Indiquei com o queixo a reprodução de David Hockney.

— Aquilo.

Ele esticou o pescoço para olhar.

— Minha esposa me deu isso de presente de aniversário — disse, e arrotou — há dois meses. Me deu bem na frente da minha filha. Fazendo a maior pose de inocente… Dinah. Um joguinho de poder tolo de uma mulher tola.

— Então Serena não sabe, mas sua mulher sabe.

Aquela expressão terrível e astuta voltou.

— Sabe o quê?

Eu me levantei da cadeira e comecei a andar pelo escritório. Sentia-me embriagada, como se o estupor dele fosse contagioso. Peguei um peso de papel de cristal e imaginei golpear sua cabeça com ele. Quando me virei para encará-lo, ele estava dormindo. Deixei o peso cair, espatifando-se. Cortou minha mão ao se quebrar, e fiquei aliviada ao ver o sangue. Limpei a mão ensanguentada no rosto e na camisa dele. Seus olhos piscaram brevemente, mas ele estava bêbado demais. O que eu poderia fazer? Aquela não era uma sala de interrogatório. Eu não era uma detetive tentando obter uma confissão. Eu já sabia o que Peter havia feito. Ele era esperto: foi o arquiteto de tanto sofrimento, mas nunca sujou as mãos. Quando a polícia chega para expulsar alguém da própria casa, dando trinta minutos para empilhar tudo o que tem no jardim da frente enquanto os vizinhos assistem, Peter e seus colegas não estão em lugar algum. A invisibilidade dele era muito diferente da minha.

Eu causei muito mal às pessoas. Arrependo-me da maioria.

Mas não me arrependo do que fiz com Peter Victor.

40

Ei, Jae, aqui vai uma pergunta de vestibular: quantos bodes expiatórios são necessários para matar uma família e escapar impune?

Quando o FBI desistiu de tentar fazer um acordo comigo em troca do paradeiro de Jae — eles realmente acreditavam que eu estava protegendo a mulher que tinha arruinado minha vida — fui extraditada para a Califórnia. O promotor público de Los Angeles me indiciou pelos homicídios qualificados de Peter e Dinah Victor, e fui mandada para Los Angeles acompanhada de um delegado federal. Eles chegaram a pensar em me transportar em um voo comercial, mas acabaram chegando à conclusão de que, devido à minha notoriedade, eu atrairia muita atenção indesejada. Fui levada para Anacortes em uma van do FBI. De lá, fui transportada até a Califórnia. Quando cheguei a Los Angeles, encaminharam-me para uma prisão federal no centro da cidade. Havia uma multidão enorme do lado de fora segurando cartazes pouco criativos (VAI QUEIMAR NO INFERNO e PELA VOLTA DA PENA DE MORTE etc.), esperando para me ver ser escoltada para dentro. Um pequeno grupo de apoiadores gritava que adorava meu trabalho.

O processo de admissão foi tão humilhante quanto se poderia esperar. Fui despida e fotografada de todos os ângulos possíveis. Cotonetes foram enfiados na minha boca para coletar amostras da DNA. Tiraram minhas impressões digitais e fizeram o teste de tuberculose. Recebi uma camisa e uma calça beges combinando com as paredes, o piso e o teto da mesma cor. Meu quarto — eles os chamavam de "quartos", não de celas; e de "unidades habitacionais", não de blocos de celas — era o 105, bem embaixo da escada. Não havia barras nas portas, e as janelas eram de vidro temperado. Os beliches se projetavam da parede como prateleiras, e o colchão grosso de espuma de polietileno me lembrava os tapetes de ginástica do colégio. Havia um vaso sanitário e uma pia de alumínio com design futurista, e tudo era bege, exceto o colchão, que era verde-escuro.

Meus pais foram para a Califórnia. Quando os vi, chorei muito, como não fazia desde criança. Eles foram carinhosos comigo, mais do que eu merecia, assim como sabia que seriam. A generosidade deles só piorou as coisas. Eu mal conseguia olhar para eles. Os carcereiros não os deixavam me tocar. Durante a primeira visita, minha mãe fez um movimento automático para me abraçar — o que era permitido; eu tinha quase certeza de que era permitido —, mas não deixaram que ela chegasse a menos de um metro e meio de mim. Minha mãe estava assustada. Meu pai, também. Eles fingiam que não, como se estivesse tudo bem, mas eu sabia.

À noite, na cela, eu tentava me convencer de que era só dos carcereiros que eles tinham medo — das armas, das ordens vociferadas —, embora soubesse que uma pequena parte deles tinha medo de mim. Evie Gordon. A assassina em série que havia assombrado os jornais e as telas de TV por semanas. A assassina responsável pela equipe da SWAT que tinha invadido a sala de estar e a cozinha deles, que atendia a todas as ligações e vigiava todos os seus movimentos.

Meu pai hipotecou a casa pela segunda vez para me ajudar a contratar um advogado. O nome dele era Patrick Heath. Eu o encontrei pela primeira vez na sala de visitas do centro de detenção. Ele era exatamente onze meses mais novo do que eu, tinha uma aparência irlandesa e orelhas de abano. Cabelos escuros e espessos, rosto confiável e, embora tivesse ombros largos e fosse alto — pelo menos um metro e oitenta —, a postura curvada e o sorriso manso o faziam parecer muito menor do que era. Heath tinha estudado Teatro na UCLA e, como a carreira não dera muito certo, foi fazer Direito na UC Berkeley. Crescera a poucos quilômetros do centro de Los Angeles, em Manhattan Beach. Descobri que ele era meio judeu e tinha uma noiva que também era advogada ("direito societário", admitiu, tímido, "para pagar as contas"). Heath me acompanhou à primeira audiência, quando foram apresentadas as acusações, e eu me declarei inocente. Depois que a data do julgamento foi marcada, passamos muito tempo juntos naquela sala de visitas. Heath acreditava que eu era completamente inocente no caso do homicídio dos Victor e que eu havia agredido os filhos dos Carlisle e matado Sebastian Onasis e Evan Barclay em legítima defesa. Talvez ele fosse apenas muito bom em fingir que acreditava nessas coisas. Afinal, era ator.

Heath depositava uma confiança desmedida em mim. Acho que ficou impressionado com meus vários diplomas e com o fato de eu entender todas as suas referências culturais. Achava que eu ia dar um depoimento "poderoso" no tribunal.

Na primeira vez que nos encontramos, ele me pediu para contar o que tinha acontecido na casa dos Victor com o máximo de detalhes possível. Contei a ele sobre como havia encontrado os corpos. Falei do pânico e da confusão que senti. Contei que corri e ouvi o "socorro" vindo de trás da porta. O "por favor". Contei que encontrei a mulher imunda e aterrorizada amarrada embaixo da escada. Descrevi o corredor. Descrevi como a havia desamarrado. Descrevi como Serena havia chegado em casa e tentado chamar a polícia. Descrevi como ela havia me atacado com o abajur. Afastei o cabelo curto e mostrei a ele a cicatriz no couro cabeludo.

O problema de ser considerada uma criminosa é que você não sabe mais quando está atuando ou não. Havia um leve tremor em minha voz enquanto contava essa história a Heath e, se você me perguntasse se era produto de um medo genuíno ou algo que havia aprendido a produzir como mecanismo de sobrevivência, acho que não conseguiria dar uma resposta honesta. "Evie" não era mais uma identidade estável. O animal irracional que vivia em minha pele era uma coisa. Mas havia também a maneira como eu aparecia por trás das janelas de interrogatório, imortalizada em tinta de jornal, pixels de televisão e páginas da internet — pequenos fragmentos de mim recolhidos de uma cena de crime e transformados em uma figura tridimensional que também atendia por "Evie". Quando ria, quando chorava, quando comia a carne de procedência duvidosa que levavam para o meu "quarto", quando me sentava, quando ficava de pé, quando meu rosto se contraía inconscientemente, quando tossia, coçava o nariz, cruzava ou descruzava os braços, eu era forçada a me ver não de dentro da minha própria cabeça, mas como os outros me viam. Eu não era nada além de superfícies para serem lidas e julgadas. Tudo o que fazia parecia uma performance. E a diferença não importava mais. Mesmo quando chorava, não sabia mais se era algo que havia aprendido a fazer para gerar empatia, mudar uma opinião, sobreviver.

— Onde eu estava mesmo?

— Quando achou que Serena ia matar você. — Heath me lembrou, com gentileza.

— É — continuei. — Então peguei a primeira coisa que pude para me proteger. Foi o vaso. Quando Serena me atacou com o abajur, joguei o vaso nela. Não pensei.

Heath não fazia anotações enquanto eu falava. Ele me observava da mesma forma que imagino que um diretor de teatro observa um ator durante uma cena.

— Ela caiu. Os olhos dela meio que se reviraram para trás. Eu tinha quase certeza de que estava só inconsciente. Mas é claro que temi pelo pior. Queria chamar a polícia. Mas Jae... Eu ainda não sabia o nome dela... Jae implorou para eu não chamar. Mas, no fim das contas, a gente não teve escolha. Lukas chegou. O namorado de Serena.

— Então vocês fugiram.

Olhei para o rosto de Heath em busca de julgamento. Não encontrei, embora não significasse muita coisa. Acho que não tenho talento para ler pessoas. Achei que tivesse lido Jae corretamente e veja como as coisas terminaram.

— Nós fugimos.

— Você e Jae.

— Isso.

— Vocês ficaram juntas o tempo todo?

— Sim — admiti. — Ficamos.

Em todos os sentidos!

Eu não disse isso.

* * *

Na maior parte do tempo que passava confinada no "quarto", eu sonhava acordada. Jae e eu em um Maserati roubado, o mascote do Monopoly amarrado e amordaçado no porta-malas. Nós dirigíamos pelo litoral dos Hamptons, o vento no cabelo, bebendo uísque de um pequeno cantil. Parávamos em uma bela casa: colunas no estilo colonial, Range Rovers, Teslas e Porsches estacionados ao longo da entrada circular. Há uma festa acontecendo lá dentro. Vamos de braços dados até a porta da frente. Uma mulher com um vestido de grife elegante atende. Ela parece assustada quando dá de cara conosco. Já há muito sangue em nós, em delicadas constelações. Cruzamos a soleira da porta e entramos no saguão de mármore. Ela recua. Damos mais um passo. Ela cai. A queda chama a atenção dos convidados. A música para. Faz-se silêncio. Jae saca uma faca. Eu sorrio.

Perguntava-me o que Jae acharia se soubesse de minhas fantasias. Será que gostaria delas? Será que entraria na brincadeira?

Então me lembrava de que a odiava com todas as forças.

41

Eu amava suas visitas aos domingos. Logo se tornaram a coisa mais importante de minha vida.

Acredite ou não, mesmo sem saber, foi você quem me encorajou a deixar os Victor. Não diretamente, é claro. Você não fazia ideia de que eu existia, e esperava que continuasse assim. Mas não conseguia deixar de pensar em você o tempo todo. Não havia muito mais para ocupar minha atenção. Sua voz rouca, a maneira decidida como você andava pela casa, as coisas impiedosas que murmurava quando Serena saía da sala. Você tem o hábito de fazer isso, sabia? Esse seu monólogo interior, tão urgente que extravasa. Havia tanta vida em você. Será que poderia haver tanta vida assim em mim?

Na manhã seguinte ao meu enfrentamento com Peter, decidi ir embora de vez. A casa estava silenciosa. Eu me esgueirei por todos os corredores, ouvindo atentamente cada cômodo. Eu não sabia que dia da semana era. Não conseguia nem mesmo determinar a hora do dia pelas paredes do quarto de Serena, já que a entrada do corredor ficava dentro do armário dela. O melhor lugar para isso era o armário embaixo da escada da entrada, que podia ser acessado pela rede interna de corredores através de uma porta secreta. Naquele armário, pelo menos dava para saber se era dia ou noite.

Eu sabia que a melhor maneira de sair seria pelos fundos. Fui me esgueirando do corredor para dentro da casa. Era final da manhã ou início da tarde, pelo aspecto da luz do sol. Entrei na cozinha. Estava vazia. Pensei em pegar comida para levar, mas queria estar o mais leve possível e, além disso, não fazia ideia de quando Peter e Serena iam voltar. Minha determinação era tão efêmera que eu não tinha certeza se algum dia teria coragem suficiente para ir embora outra vez. Saí da casa na ponta dos pés, protegendo os olhos do sol. O jardim estava ainda mais exuberante do que me lembrava. Alguém havia se ocupado em plantar flores.

Se não fosse pelas margaridas-amarelas, eu me pergunto que outro rumo as coisas poderiam ter tomado. Será que poderia medir em níveis de serotonina, cortisol e adrenalina a onda de ternura, angústia e indignação que me invadiu quando entrei no jardim? Uma sensação que me fez cair de joelhos. Eu não via aquelas flores desde criança, e lá estavam elas, florescendo com um desprendimento selvagem. Era a flor favorita da minha mãe. Justiça. É isso que elas simbolizam. Eu tinha uma série delas tatuada na lateral do corpo, sobre as costelas. No jardim, ao lado delas, inacreditavelmente, havia uma flor com um bulbo branco virginal, emoldurado por pétalas vermelhas. Eu sabia que eram cravinas, porque sempre tínhamos um buquê delas na mesa da cozinha da Casa Carmel. Eram as favoritas do meu pai.

As lembranças, assim como as casas, são vulneráveis ao tempo, desgastam, desbotam e desmoronam. Eu tinha deixado as minhas virarem ruínas. Viviam principalmente na Casa Carmel, um lugar proibido. As paredes que minha mãe havia pintado com tanta delicadeza para pendurar suas aquarelas. O teclado Yamaha ao lado do qual meu pai se ajoelhava para me ensinar as canções inglesas populares que adorava, "Hey Jude" e "Your Song", canções que até hoje não consigo ouvir sem me emocionar. O lago de luz matinal que atravessávamos na cozinha, onde minha mãe preparava o repolho refogado que a mãe dela fazia para ela em Kiev, o que ela não conseguia fazer ter o mesmo sabor do *kimchi* do qual meu pai dizia não sentir falta, a mesa onde eu lia e fazia o dever de casa de matemática, onde minha mãe se inclinava para beijar meu rosto em momentos aleatórios simplesmente porque eu estava lá, e ela sentia vontade. Porque eu era dela. Porque me amava.

— Mãe — sussurrei.

Fazia semanas que eu não dizia uma palavra em voz alta.

— Levante-se — disse uma voz atrás de mim.

Por um único, maravilhoso e aterrorizante momento, tive certeza de que ia ver minha mãe atrás de mim. O cabelo escuro, os fios que caíam sobre o rosto, os mesmos que eu puxava quando ela me segurava no colo. Os dedos longos e elegantes que passava pelo meu cabelo. Talvez meu pai estivesse ao lado dela.

Lentamente, eu me levantei e me virei.

— Quem é você? — perguntou Peter Victor.

Eu corri. Pulei o canteiro de flores em direção ao portão, passando a toda a velocidade pela piscina, onde quase escorreguei e caí. Dedos agarraram a parte de trás da minha camisa e me puxaram com força. Tentei rastejar para longe, arrastando-me pela pequena ponte, mas Peter me imobilizou sob os joelhos. Ele parecia desvairado e estranho, o hálito azedo de vodca. Tinha bebido naquela manhã. Os olhos fitavam os meus sem de fato me ver.

Ele achava que eu era uma das mulheres.

Aquelas que ficavam debaixo d'água.

Eu consegui me desvencilhar, derrubando-o de costas. Na luta, ele acabou caindo no lago de carpas. Sua mão agarrou meu pescoço, tentando me puxar para baixo com ele. Estava bêbado demais: o aperto era selvagem, mas instável. Ele respirava com dificuldade, levantando-se com dificuldade e submergindo quando eu o empurrava. Enquanto lutávamos, sua respiração foi se tornando mais irregular. Ele estava perdendo. Por fim, a cabeça dele emergiu para uma única respiração ofegante, bolhas escapando do nariz. O rosto estava ficando roxo. Poderíamos estar lutando assim havia cinco minutos ou uma hora, eu não fazia ideia. A única coisa que sei é que as bolhas pararam, e depois a respiração ofegante também. Ele estava morrendo. Estava morto.

Dinah foi mais sorrateira, surgindo atrás de mim. Estava com o celular. Emitiu um som, não exatamente um grito, quando chegou perto o suficiente para ver quem éramos. O marido morto e uma assassina. Vi meu reflexo na água escura. Uma desconhecida me encarava de volta.

Eu me lembro desse momento de reconhecimento. O choque de Dinah. Meu choque. O fato da morte de Peter. Lembro-me de me levantar. O que não me lembro é de ter matado Dinah, mas não há dúvida de que fui eu. Às vezes, vislumbro pequenos flashes, imagens desconexas e impressionistas. Uma pedra de granito chutada de um penhasco. Uma melancia esmigalhada com um martelo. Uma margarida-amarela, imaculada, intocada.

42

Como todo mundo, Heath estava desesperado para saber por que Jae tinha feito aquilo. Ele tinha visto a entrevista de Serena. Imagino que praticamente todo mundo no país tenha visto aquela entrevista. Eu ainda não conseguia entender por completo o alcance da nossa fama. Na prisão, ficava isolada do circo da mídia. De acordo com Heath, era por Jae que todos estavam fascinados.

As pessoas queriam saber como tínhamos nos conhecido. Duas professoras particulares, especializadas na preparação para o vestibular. Nós nos conhecíamos antes? Quando começamos a planejar os assassinatos? Depois que Serena deu um nome ao famoso retrato falado, jornalistas e detetives amadores da internet desenterraram todos os podres que conseguiram encontrar. Jae tinha uma mãe que havia morrido de câncer de ovário em Kiev. O pai havia morrido em decorrência de uma lesão cerebral em um hospital de Santa Ana. Ela havia estudado no Colégio Irvine. O professor de matemática de Jae relatou que ela era incrivelmente inteligente, de um jeito quase assustador. A professora de linguagens contou que ela demonstrava interesse por escrita criativa, embora fosse tímida e pouco comunicativa em sala de aula. A professora de artes disse que ela era a melhor da turma, assim como o professor de música. Jornalistas descobriram que ela havia gabaritado o vestibular.

Não demorou muito para que surgissem mais histórias escandalosas. Um amigo de infância, Cho Minho, contou à imprensa que ele e Jae haviam tocado juntos em uma banda punk chamada Garotos Sanguinários ("não foi ideia minha", eu me lembrei de Jae dizendo secamente). Ele disse que a mãe preparava um almoço extra para ele levar para Jae, depois que souberam que o pai não a deixava levar comida coreana para a escola, temendo que a filha fosse alvo de bullying por causa disso — mesmo que a maioria dos colegas de classe no Irvine também fosse de famílias asiáticas. Uma ex-colega de classe da UCLA, Divya Choudhary, disse a um jornalista que tinha saído algumas vezes com Jae — elas não eram "namoradas", só "ficavam". A mulher a descreveu como "calada" e "misteriosa". Divya terminou tudo quando descobriu que Jae também havia dormido com sua colega de quarto.

Destruidora de Corações Lésbica e Problemática era uma história muito melhor do que Órfã Gênia Simpática. A imprensa explorou ao máximo essas novas histórias. Mas a maior revelação foi sobre o pai de Jae. Ele era alcoólatra. Em 2009, os Park foram despejados da casa de três quartos que haviam comprado na avenida Carmel. Jordan, provavelmente devido aos problemas relacionados ao álcool, teve dificuldade de manter um emprego no fim da vida. Nas semanas que antecederam sua morte, ele estava morando ilegalmente em um complexo de apartamentos e foi preso duas vezes por embriaguez e desordem. Tal pai, tal filha: essa era a insinuação.

Eu contei a Heath que Jae era praticamente muda. Nós mal nos falávamos. Ele me implorou que dissesse o contrário. Que confiasse nele.

— Nós não conversávamos — insisti. — Como eu disse, ela estava traumatizada.

— Você passou *quatro semanas* com ela.

— E daí?

— É muito difícil acreditar que vocês passaram um mês juntas sem dizer nada.

— Eu não sei o que dizer. É a verdade.

Heath não acreditava em mim, justo. Ele tinha um bom detector de mentiras, e aquela era uma das minhas maiores mentiras. Mas eu não podia admitir a verdade. A dignidade tinha pouca serventia para mim na prisão, mas era a única coisa que me restava. Para o pequeno número de pessoas que realmente acreditavam na minha inocência — meus pais, meus amigos, alguns esquisitos da internet, dois carcereiros e, é claro, Heath — Jae era uma vilã irredimível. Admitir que havia dormido com ela? Que a *amava*?

Eu não conseguiria encarar a humilhação. Estava sob vigilância para evitar automutilação, então não tinha com o que me matar, mas preferia morrer asfixiada com o meu próprio vômito do que permitir que alguém tivesse pena de mim por ser uma idiota apaixonada.

— Está tudo bem — disse Heath, gentil — se você tiver sentimentos complicados em relação a ela. Pode confiar em mim.

— Sentimentos complicados? Tipo síndrome de Estocolmo? É isso que você acha?

— Não foi isso que eu falei.

— Então, o que está tentando dizer?

Heath escolheu as palavras com cuidado.

— Eu acho que você está tentando proteger Jae.

— Você tem o direito de achar coisas erradas — retruquei. — É um direito que você tem como americano.

Ele riu de maneira pouco simpática.

— Se você não a está protegendo, então está se protegendo. Porque tem vergonha de alguma coisa.

— Virou terapeuta agora? Você tem razão. Eu tenho vergonha de muitas coisas.

— Me ajude a te ajudar. É só isso que eu estou pedindo.

— Tá bom.

— Me fale sobre a Jae que você conheceu.

Observei Heath do outro lado da mesa. Ele uniu as pontas dos dedos e apoiou o queixo nelas, observando-me de volta. Eu poderia permanecer daquela maneira por um longo tempo. A cadeia havia me tornado paciente.

— Por quê?

— Porque quanto mais eu souber, mais vou poder ajudar no seu caso — respondeu Heath. — É Jae que eles querem. Mas até a encontrarem, e se o que você me disse sobre ela for verdade, é possível que isso nunca aconteça, você é a única pessoa que podem processar. Mas você é um bode expiatório, Evie. Eles não querem mandar você para a cadeia. Você não cometeu nenhum crime.

— Cometi, sim — apressei-me em corrigir Heath. — Eu matei Sebastian.

Heath colocou o rosto entre as mãos. Ele estava exasperado comigo.

— Ele estava tentando *matar você*.

— Eu invadi vários domicílios. Apontei uma arma para a cabeça de um garoto.

— Evie.

— Eu roubei um barco. Dois barcos. Ah, meu deus… *três barcos*.

— Evie, você só estava tentando *sobreviver*…

— Eu roubei vários carros.

— Foi Jae. Ela era a criminosa experiente.

— Mas eu não fui ao mínimo cúmplice?

— Eu não sei — disse Heath, cansado. — Foi?

Uma vez Jae me perguntou: "Qual foi a pior coisa que você já fez?".

"Bullying", eu respondi. E eu fazia bullying. Isso era verdade. Tinha um sabe-tudo na minha turma de matemática do sétimo ano que competia comigo para ver quem tirava as melhores notas. Só de sacanagem, eu tirava as coisas dele do armário e as jogava no banheiro feminino, depois o desafiava a ir lá pegá-las. Tinha uma garota que usava aparelho e comia coisas estranhas no almoço, do tipo que gruda no dente — casca de maçã, pipoca —, e eu tirava fotos dela com meus amigos, dando zoom de propósito, e ria delas. Isso foi no Fundamental. No Ensino Médio, eu fazia cyberbullying com uma garota que fazia parte do conselho estudantil comigo no primeiro ano. Algumas vezes, meus amigos participavam. Na maioria delas, fazia tudo sozinha. Era tudo eu. Era eu que ria. Eu que gostava de humilhá-los.

Jae nunca fez nada assim. Eu a chamava de santa. Temia que não fosse cruel o suficiente para tolerar alguém tão ruim quanto eu.

43

Depois que matei os Victor, tive que tomar algumas decisões rápidas.

Eu não podia simplesmente sair correndo para a rua. Tinha limpado os respingos de sangue no banheiro, mas ainda me sentia exposta. Não sabia para onde ir. Havia muitos policiais patrulhando aquelas colinas. A rua era estritamente residencial: mansões com sistemas de segurança caros, câmeras que monitoravam a área vinte e quatro horas por dia, sete dias por semana, de todos os portões. Uma mulher de olhar desvairado fugindo da cena de um crime recém-cometido nas colinas de Los Feliz seria presa na hora.

Então, bolei outro plano. Eu me amarrei para que, quando a polícia chegasse, pensasse que eu era uma quase vítima de quem quer que tivesse matado os Victor. Eu poderia fingir que estava traumatizada. Quando chegasse ao hospital, escaparia. Esse plano era obviamente arriscado, mas eu não via outra opção. Fugir era impossível e, além de me entregar, fingir que eu havia sido atacada era a única maneira de explicar o fato de meu DNA estar por toda parte. Escolhi o corredor embaixo da escada por várias razões. Primeiro, pensei que, se meu plano desse errado, poderia me soltar rapidamente e escapar para outro corredor. Segundo, sabia que havia um rolo de fio elétrico lá dentro, que antes ficava conectado à linha de telefone fixo. Terceiro, se tivesse coragem, poderia tentar fugir pela porta da frente, no fim das contas. Não era um plano infalível, de forma nenhuma, mas teria que servir.

Voltei para o vão debaixo da escada. Primeiro, amarrei os pulsos à viga. Foi mais difícil do que eu esperava, e exigiu muito esforço com os dentes e os dedos. Em seguida, provoquei uma queimadura frenética e dolorosa com o fio, para parecer que eu estava lá havia muito tempo.

Depois de amarrada, dois novos problemas se apresentaram. O primeiro foi Pickle, o cachorro, que latia e corria pela casa o mais rápido que sua artrite permitia. O segundo foi que meus ouvidos estavam zumbindo. Não sei se isso aconteceu durante a briga com Peter ou com Dinah. Algo tinha atingido a lateral da minha cabeça. Eu mal conseguia ouvir. Estar lá, embaixo da escada, era como estar no ventre de uma criatura marinha. Os sons eram abafados pelas inalações cavernosas da casa. Eu me perguntava se a casa sabia que os Victor estavam mortos.

Ouvi passos ao longe. Aproveitei a chance e gritei por socorro. A porta estremeceu, depois ficou imóvel. Estremeceu novamente. Eu me recompus. A qualquer momento, a polícia iria me encontrar e eu teria que entrar em cena. Uma nova encenação ia começar.

A porta se abriu com força. A luz invadiu o espaço. Não era a polícia.

Era você.

Dirigir me deixava sentimental. Passei horas e horas com a cabeça encostada na janela. Eu nunca havia saído da Califórnia antes. Olhava para as montanhas, grandes e azuis, pulsando como hematomas frescos contra o céu. A Califórnia é linda, pensava. O Arizona é lindo. O Novo México é lindo. A terra se revelava, quente, vermelha e macia como o interior de uma boca, e o horizonte se afinava, tornando-se tão plano quanto a borda de uma régua. No Texas, era possível ver as tempestades se aproximando a quilômetros de distância. Era emocionante vê-las chegando e saber que a química que governava aquelas nuvens de tempestade não era tão diferente da que me governava. Ninguém pode carregar todo esse peso. Uma hora precisa vir abaixo.

44

Os dias se arrastavam e se misturavam. Na cadeia, havia duas opções de café da manhã: uma era um pequeno disco de ovo, com bordas perfeitamente gelatinizadas, como se tivesse saído de uma lata, acompanhado de uma torrada e iogurte natural. A outra eram panquecas de micro-ondas, daquelas pequenas, do tamanho de moedas, com um pacotinho de manteiga e xarope, e duas salsichas Jimmy Dean. Havia três opções de almoço: mortadela e queijo no pão branco, presunto e queijo no pão branco, ou queijo e tomate no pão branco. Saco de batatas fritas genéricas e uma maçã Granny Smith. No jantar era quando havia mais variedade. Macarrão ziti assado borrachudo, frango com bolinhos de massa recheados, ensopado de carne. A noite do taco era minha favorita. Eu não tinha permissão para interagir com as outras prisioneiras — apresentava alto risco para a ordem e a segurança da casa prisional —, mas os carcereiros me disseram que esse era o prato favorito delas também. É bom termos coisas em comum com outras pessoas.

Durante o dia, eu lia muito. Nós podíamos ter dez livros por vez, mas os de direito não contavam, e Heath havia me emprestado muitos. Nós tínhamos um espaço para guardar material jurídico embaixo da cama. Quando não estava lendo, eu me exercitava. Não tinha permissão para usar a academia nem a sala de recreação, mas três vezes por semana me deixavam correr no pequeno pátio, de manhã cedo, antes de as outras presas acordarem. Minha cela era grande o suficiente para eu fazer alguns exercícios no chão: flexões, abdominais, ioga. Eu mantinha a cela limpa. Dormia muito mal, em intervalos de no máximo vinte minutos.

Tínhamos que acordar cedo todos os dias e, muitas vezes, uma luz dolorosamente intensa iluminava a cela tarde da noite. Eu tinha certeza de que eles faziam isso de propósito.

Meus pais continuavam a me visitar. Os carcereiros ainda os impediam de me tocar. Minha mãe não podia me apertar contra o peito nem me garantir que entendia todas as minhas decisões. Para ser sincera, nós não conversávamos de verdade, nem sobre meu caso nem sobre nada sério. Eu perguntava a quais programas de TV estavam assistindo, como estava o clima na Carolina do Norte e se havia alguma fofoca interessante. Eles toleravam essa superficialidade pelo máximo de tempo que conseguiam, mas, inevitavelmente, queriam mesmo era falar sobre mim. Sobre o que eu tinha feito. O que *não* tinha feito: era isso que queriam ouvir. Mas eu não conseguia falar. Ficava molhando os lábios, limpando a garganta. Não sabia por onde começar. Quando tentava encontrar o início, o tempo se dobrava de maneiras não naturais. Não importava quantas versões diferentes Heath apresentasse, quantas maneiras diferentes encontrasse de colocar a culpa em Jae, eu não conseguia evitar a sensação de que a culpa era minha. Eu tinha feito tudo o que diziam que eu tinha feito. Eu era todas as coisas horríveis das quais me chamavam.

Várias semanas sem acontecimentos relevantes se passaram. Meu primeiro julgamento, na Califórnia, ainda estava a meses de distância. O fato mais interessante que aconteceu foi o governador da Califórnia ir à televisão dizer que acreditava que eu era culpada e que merecia prisão perpétua pelos meus crimes. O governador da Flórida respondeu no dia seguinte: "Não se preocupe, amigo. Já que seu estado não pode matá-la, o nosso vai fazer isso". Eu nem havia matado alguém na Flórida.

Alguns dias depois, acordei cedo para correr e fiz um movimento errado com o tornozelo. Isso foi emocionante apenas pelo fato de eu ter ido à enfermaria. Na prisão, ir a novos lugares era sempre emocionante. Depois da enfermaria, deram-me um sanduíche de queijo com mortadela, embora eu tivesse comido a mesma coisa nos últimos seis dias. Li *Ratos e homens*, de John Steinbeck, que já havia lido quatro vezes. Havia muitos livros dele na biblioteca do centro de detenção.

Às três da tarde, um carcereiro me disse que eu tinha visita. Isso era estranho. Não podíamos receber visitas depois das três nos fins de semana, a não ser de advogados, e Heath só ia me ver na terça-feira. Fui levada para a ala norte, no quinto andar. Heath estava me esperando na sala de visitas.

— O que foi? — perguntei.

— Eu queria contar pessoalmente — respondeu, nervoso, ainda de pé. — Pensei em ligar, mas achei que seria melhor assim.

— Você está agindo de um jeito estranho e assustador. Sente-se.

— Desculpa.

— Sente-se.

— Evie.

— O que foi?

Heath se sentou.

— Encontraram Jae.

Eles não a encontraram. Ela se entregou. Há uma diferença muito importante.

Os detalhes da enganação dela foram descritos em um artigo viral da *New York Magazine*. Heath me entregou um exemplar. O título era: "A garota nas paredes". Subtítulo: "Como Jae Park sobreviveu no espaço liminar".

Jesus Cristo.

> Jae usava um gorro cinza e uma máscara hospitalar para evitar ser reconhecida. Seu *modus operandi* era sempre o mesmo. Atacava lanchonetes de fast-food — lojas da rede Subway eram seu alvo preferido — para roubar o dinheiro do caixa. Apesar de estar armada com uma faca e de cometer assaltos, foi descrita como educada. Um funcionário relatou que Jae certa vez levou gelo para uma adolescente encarregada de preparar sanduíches que ficara tão assustada com a entrada dela que queimara a mão no forno da lanchonete. Em um Subway próximo ao Maior Dinossauro do Mundo, em Alberta, um funcionário disse que Jae levou sacos de pão para todos depois de trancá-los em um banheiro.

É claro que nenhum desses funcionários sabia que a ladra conhecida como A Assaltante do Subway Canadense era Jae Park, criminosa no topo da lista dos mais procurados dos Estados Unidos. Não era apenas o disfarce: ela era eficiente e profissional demais para ser pega.

Houve uma ocasião, perto de Golden, na Colúmbia Britânica, em que Jae escapou por pouco. O gerente derramou óleo no chão, e ela escorregou. Os funcionários descreveram a cena como algo saído de um desenho animado dos Looney Tunes. Um policial chegou ao local, mas Jae conseguiu atordoá-lo usando a arma de choque que ele mesmo trazia e fugiu. Ela só voltou a estar sob custódia da polícia dois meses mais tarde.

Depois que roubar Subways se tornou perigoso demais, Jae passou a morar em uma loja da Home Depot perto de Edmonton. Ela dormia atrás de uma parede de exposição de solo no setor de jardinagem, onde construiu um elaborado miniapartamento para si mesma. Ficava ao lado do depósito da Home Depot e, entre essas paredes, Jae dormia sobre tapetes roubados do departamento de pisos. Ela conseguia até mesmo acessar câmeras de segurança para observar a movimentação dos funcionários. Roubava regularmente comida da copa e, à noite, dos displays junto aos caixas. Assim como no Subway, a rotina corporativa da Home Depot era previsível. Os funcionários nunca descobriram o esconderijo de Jae: só foi descoberto porque ela revelou a localização depois de se entregar para a polícia.

TRECHO DE "A GAROTA NAS PAREDES:
COMO JAE PARK SOBREVIVEU NO ESPAÇO LIMINAR"

45

Eu estava tão acostumada à solidão que levei dias para me adaptar à existência de fugitiva que passei a compartilhar com você. O simples fato de outro ser humano me dirigir a palavra era avassalador. Ter alguém falando comigo significava que eu estava viva. Até encontrar uma maneira de explicar tudo — uma tarefa que ficava mais difícil, ao invés de mais fácil, com o passar do tempo — era melhor não dizer nada. Permanecer reservada e misteriosa era fácil, tão fácil que eu me perguntava por que a maioria das pessoas optava por abrir mão disso na vida cotidiana.

Deixei que você tirasse as próprias conclusões, e você tirou, a maioria delas com uma generosidade que eu não merecia. Esse foi o primeiro dos meus muitos erros.

Talvez, se você tivesse agido de maneira diferente, eu tivesse falado mais cedo. Se fosse mais gentil, dócil e ingênua. Mas, claro, você não é nada disso. Sua mente é afiada e desconfiada e, de todos os obstáculos que enfrentei, esse foi o mais difícil de superar. A impressão que eu tinha de você como professora particular era de que gostava de fazer as coisas de determinada maneira e esperava que fossem feitas exatamente como você queria. Você era respeitosa com os Victor, mas orgulhosa demais para ter deferência, mesmo que fosse a falsa deferência profissional. Nunca conheci alguém como você. Era como cortejar um cabo de alta tensão. A eletricidade irradiava de você, violenta e imprevisível. Mesmo em repouso, havia algo impiedoso e inflexível em seu rosto. Eu podia imaginá-la na escola: uma tagarela que discutia com os professores, uma intrometida que só tirava nota máxima. Demolindo obstáculos, tirando-os do caminho por meio da mais pura e assustadora audácia. Dando ordens aos outros alunos, liderando clubes, comandando equipes. O oposto do tipo de aluna que eu havia sido — taciturna e problemática, assustando as pessoas apenas para que não pudessem me assustar. Um olhar sombrio e o cheiro de má reputação: cigarro, lavanderias automáticas e almoço gratuito na escola.

Eu gostava de observar você dirigindo. Como ficava à vontade ao volante, confiante e implacável. Você falava muito sozinha, murmurando para si mesma, em geral comentários cruéis sobre os outros motoristas. Ainda não sei se você se dava conta de que estava fazendo isso ou não. Você é inquieta, na maior parte do tempo. O joelho estava sempre balançando, as mãos apertando o volante, os olhos perscrutando o horizonte em busca de predadores. Esse ímpeto puro que representava era exaustivo. Você é temperamental, mas de uma maneira que não me importava, porque, ao contrário da maioria das pessoas mal-humoradas que conheci (em geral, homens), você não fazia da sua raiva minha responsabilidade. Muitas vezes, era teimosa, e acho que estava acostumada a fazer os outros se submeterem à sua vontade. Não tinha ideia de como eu podia ser paciente. Quando percebeu isso, nossa convivência foi tranquila.

Você é surpreendentemente atenciosa, uma qualidade que eu achava que poderia constrangê-la se eu a mencionasse. Você não é exatamente gentil, mas é observadora. Quando eu estava com fome, cansada ou com sede, você resolvia a situação. Eu me sentia cuidada. Também gostava de cuidar de você, dessa forma silenciosa e não creditada. Nós nunca perguntávamos uma à outra se estávamos bem, porque somos parecidas. Suas necessidades a envergonham. Crises emocionais, traumas internos e externos, medos, ansiedades, fraquezas de qualquer tipo são assuntos privados e vergonhosos, com os quais temos que lidar sozinhas. Você nunca me pedia garantias e, de modo geral, não precisava de consolo. Sua presença não sugava minha energia. Seu estado emocional não era contagioso. Você era autossuficiente e capaz, o próprio planeta, a própria órbita, satisfeita em cruzar com a minha só de vez em quando.

Você é inteligente, mas não tanto quanto pensa. Sua inteligência é importante para você, por isso eu sempre entrava no jogo. Além de roubar ou consertar o carro, não sabia o que mais fazer para agradar. Não entendi de imediato por que eu queria tanto fazer isso. Talvez me sentisse em dívida. Você me salvou. Poderia ter me abandonado dezenas de vezes, mas nunca fez isso. Apesar de toda a frustração que causei, não exigiu saber sobre meu passado nem quis se apropriar da minha privacidade. Fiquei esperando por perguntas que nunca vieram. Uma vez, no Texas, foi por um triz. Uma das minhas regras fundamentais era nunca perder o controle, e eu perdi. Estava anoitecendo e as primeiras notas de "Hey Jude" tocaram no rádio. Lá estávamos nós. Eu, criança. Meu pai, de cabelo cheio, bonito e gentil, ajoelhado ao meu lado no carpete, guiando meus dedos pelo teclado. Desliguei o rádio com um gesto agressivo, deixando-nos imersas em um tipo de silêncio carregado, significativo, que exige explicação. Seus olhos se voltaram para mim, curiosos, mas você não disse uma palavra. Foi o maior gesto de gentileza que poderia ter feito. O silêncio é uma forma de intimidade.

Apesar de tudo que compartilhou comigo, permaneceu impenetrável. Talvez isso explique o fascínio que exercia sobre mim. Você era escorregadia e evasiva, dando apenas o suficiente para me apaziguar antes de mostrar uma nova face, provando o quanto eu ainda tinha a aprender. Como eu, você era ardilosa e performática, hábil em evitar vulnerabilidades. Claro, nós éramos diferentes em muitos aspectos cruciais, mas também havia momentos em que você se sentia próxima o suficiente para provar a comida que eu comia, para sentir minhas feridas como se fossem suas. Desde Minho, que levava o *kimbap* feito pela mãe dele para eu almoçar na escola, eu não conhecia alguém que tivesse tanta facilidade para compartilhar. Não sentimentos — esses você raramente compartilhava —, mas água, comida, cigarros. Poucas horas depois de nos conhecermos, você já estava cuidando de mim, passando-me garrafas de água para beber, a borda ainda molhada. Eu teria aceitado qualquer coisa que me oferecesse.

Pouco tempo depois, na Flórida, você pintou e cortou meu cabelo. Eu estava tão tensa que mal conseguia respirar. Dei a mim mesma pequenas tarefas nas quais me concentrar, para me distrair de sua proximidade. Você me derrotou com facilidade. Segurou meu maxilar com uma autoridade cheia de ternura, zombando de cada esforço que eu fazia para a ignorar. Quando terminou, você disse que eu estava bonita. Uma crueldade. Em poucos dias, cada terminação nervosa minha era um filamento submetido a seu magnetismo. Todas as câmaras de meu coração se moldaram em torno de sua forma.

É claro que as coisas iam desmoronar. Assim que ameacei Tom Craddock com o canivete, na Louisiana, passou a ser apenas uma questão de tempo até você descobrir a verdade sobre mim. Não podemos mudar nossa química fundamental. Quando chegou a hora, coloquei uma faca no seu pescoço para ter certeza de que você entenderia. Olhe, Evie, olhe nos meus olhos e encare isso. As luzes estão acesas, mas não tem ninguém em casa. Nunca teve.

Peter Victor foi o primeiro. Depois Dinah. Depois, Evan Barclay. E você. Parece frieza, já que é a única das minhas vítimas que não está de fato morta, mas é em relação a você que me sinto mais culpada. Se eu não tivesse matado os Victor e a arrastado comigo para a estrada, você ainda estaria em Los Angeles. Teria dado aula particular para Serena como se fosse um domingo qualquer, e eu teria escutado através da parede. Você teria voltado para o carro sem mim, teria ido para casa, ou para a casa de outro aluno, ou teria saído para jantar. Talvez tivesse se encontrado com seus amigos ou com uma namorada. Eu não fazia ideia do tipo de vida que você tinha sacrificado pela minha. Fui egoísta demais para imaginar qualquer uma que não me incluísse. Muitas vezes sonhava acordada em encontrar você no trânsito, em um sinal vermelho ou um posto de gasolina. Você olharia para mim com frieza e indiferença, como se eu fosse parte da paisagem, e desviaria o olhar. Eu daria qualquer coisa que você pedisse, mas não podia oferecer aquele mundo melhor e mais bonito. Você não escolheu a vida para a qual a arrastei. Você não me escolheu.

Eu sabia o que precisava fazer.

46

Jae confessou tudo. Confessou ter matado os Victor. Confessou ter matado Sebastian Onasis e Evan Barclay sozinha. Disse que afogou Peter no lago de carpas. Que atacou Dinah com uma pedra. Disse que fez isso porque quis. Embora a transcrição da confissão não tenha sido publicada na íntegra, jornalistas conseguiram obter os principais trechos, que foram amplamente reproduzidos e analisados por aficionados por crimes reais na internet, por apresentadores de podcast e por aquela mesma âncora de Nashville, que chamou a confissão de "um disparate".

— Mas por que você decidiu matá-los? — perguntou a agente especial Afuye. — Os Victor fizeram alguma coisa com você?

— Não — respondeu Jae. — Comigo, não.

— Com outras pessoas?

— É, eles fizeram coisas com outras pessoas. Tudo o que uma pessoa faz acontece com outras pessoas.

Jae também confessou ter morado na casa dos Victor. Descreveu a rede interna de corredores, que facilitavam muito a locomoção em segredo. A casa estava sendo administrada por Abigail Victor, a irmã mais velha de Peter. Embora o testamento deixasse bem claro que quem deveria herdar tudo era Serena, Abigail tinha questionado o documento na justiça. Havia rumores de que a casa estava lacrada como uma cena de crime. Os jornalistas que tentaram investigar as declarações de Jae sobre a arquitetura foram impedidos de entrar pela polícia de Los Angeles, que instalou um portão no local. A casa era patrulhada por policiais, que muitas vezes pegavam adolescentes destemidos tentando invadir o imóvel.

Houve também os crimes que não aconteceram e que Jae confessou ter cometido, como ter me coagido a fugir com ela. Ela descreveu a cena como um sequestro. Disse que fui forçada a entrar no carro sob a mira de uma arma. Que ela ordenava, sob pena de retaliação violenta, para onde eu deveria dirigir, onde eu deveria parar, quando comer, quando dormir. Que, além de implorar pela minha vida, gritar com ela e xingá-la, eu me recusava a falar com ela. Havia respeitado meu desejo.

Declaração da srta. Jae Park [21 de março, 9h45, interrogada pela agente especial Aisha Afuye]

AGENTE ESPECIAL AFUYE: Por que você manteve a srta. Gordon viva?

PARK: Não sei.

AGENTE ESPECIAL AFUYE: Ao que parece, teria sido mais fácil se livrar dela.

PARK: Talvez.

AGENTE ESPECIAL AFUYE: Mas você não fez isso.

PARK: Não.

AGENTE ESPECIAL AFUYE: A srta. Gordon resistiu?

PARK: Resistiu. Ela era inteligente.

AGENTE ESPECIAL AFUYE: Como ela escapou?

PARK: Nós estávamos em um hotel barato no Canadá. Consegui invadir um quarto vazio pela janela. Normalmente, à noite, eu a trancava no banheiro para poder dormir um pouco.

AGENTE ESPECIAL AFUYE: Você fazia isso toda noite?

PARK: Toda noite. Não durmo muito, então não a deixava trancada lá dentro a noite toda. Só algumas horas. Mas naquela noite eu estava muito cansada, e ela deve ter percebido. Estava perdendo muito o controle do carro na estrada. Acho que pensou que eu tivesse apagado.

AGENTE ESPECIAL AFUYE: Então, o que ela fez?

PARK: Ela inundou o banheiro. Nós estávamos no segundo andar. Abriu as torneiras do chuveiro e da pia até transbordarem, e o quarto de baixo deve ter percebido o vazamento. A água também inundou o nosso quarto, mas eu estava dormindo. O gerente do turno da noite foi investigar. Eu tive que deixá-la sair e, assim que a soltei, ela pegou a chave do carro e fugiu. Pensei em atacar o gerente do turno da noite, mas me pareceu arriscado demais.

AGENTE ESPECIAL AFUYE: Então a srta. Gordon levou o carro?

PARK: É. Como eu disse, ela é esperta.

AGENTE ESPECIAL AFUYE: E o que você fez, já que ficou sem carro?

PARK: Roubei outro.

47

Embora raramente disséssemos uma à outra como nos sentíamos, meu corpo deixava claro. Eu queria você. Mas você nunca foi cruel com o poder que tinha. Acho que, milagrosamente, talvez eu também tivesse algum. Talvez essa tenha sido a lição. O poder faz parte de todo romance. É essencial para a transação. Será que é possível cortejar alguém sem pagar por isso? Ser cortejada sem abrir mão de alguma coisa? Existe algum tipo de romance sem barganha, sem negociação, sem dívida? Eu não tinha dinheiro para dar. Você também não. O dinheiro não influenciava nossa atração. Não tínhamos nada. No nosso caso, o poder era outra coisa, que fluía livremente entre nós, de sua boca para a minha e vice-versa. Isso era poder ou era algo para o qual não tenho palavras? Eu tinha muitas respostas. Mas, depois de tudo, são poucas as coisas que sei.

48

Heath entrou com um pedido de arquivamento do meu caso na Califórnia, o que foi mais fácil do que eu esperava. Como explicou, o argumento da promotoria já era frágil de qualquer forma. Eles não tinham provas concretas contra mim. Não tinham uma confissão. O testemunho mais contundente era o de Tom Craddock, mas ele estava prejudicando a própria credibilidade ao evangelizar para todos que lhe dessem ouvidos sobre como havia sido "salvo pela graça de Deus". Os filhos dos Carlisle haviam se tornado figuras controversas quando relatos sobre os atos ilícitos que haviam cometido bêbados vieram a público: dirigir sob o efeito de álcool, destruir um Mustang, provocar um acidente de lancha que deixou uma adolescente em coma. A única outra testemunha ocular era o segurança do Walmart em Indio, que foi a todos os programas de notícias e descreveu como havia me interrogado — sozinha, sem Jae à vista — e quase conseguido uma confissão.

Washington tinha um caso mais sólido — eu enfrentaria essas acusações depois de ser julgada pelos assassinatos dos Victor —, mas o estado as retirou também. Jae Park era a pessoa que queriam, e já a tinham. Ela se entregou voluntariamente. Declarou-se culpada.

O público, é claro, ainda acreditava que tudo era um absurdo. Os pregadores permaneceram em seus púlpitos, indiferentes aos fatos. A âncora de Nashville ainda liderava quase diariamente os clamores pela minha execução. No entanto, depois de três meses, fui libertada da prisão. Voltei para a Carolina do Norte, para morar com a minha mãe.

Nas primeiras três semanas, a rua foi invadida por manifestantes. Depois que você cria uma turba, é muito difícil dispersá-la. Odiar-me era uma religião: dava às pessoas propósito, senso de comunidade, camaradagem e até amizades — quem sabe até romance. Tenho certeza de que posso levar o crédito por pelo menos alguns namoros. Um defensor da campanha #EvieCulpada, um pouco deprimido, um pouco solitário, cansado da mão direita calejada, cruza o olhar com outro do lado de fora da minha casa. Vans de notícias ficavam estacionadas na rua vinte e quatro horas por dia, sete dias por semana, documentando a hostilidade. Pensei em falar com cada membro da turba, um por um, talvez preparar um bolo para eles, mostrar como era uma boa menina. Mas então me lembrei de que não sabia fazer bolo e que nunca tinha sido uma menina muito legal, mesmo antes de ser uma assassina em série.

O número de pessoas foi diminuindo a cada semana. Um mês depois, havia apenas cinco manifestantes acampados do lado de fora. Eu sentia um pouco de pena deles. Deve ser difícil ter uma causa moral, acreditar em algo com tanta veemência, e depois ter isso tirado de você. Os que ficaram eram evangélicos. Não cuspiam em mim nem nada do gênero. Três deles eram estudantes universitários e os outros dois estavam na meia-idade. Um dia, quando saí para levar minha mãe ao trabalho, perguntei o nome deles. Um dos manifestantes abriu a boca para responder, mas outro deu um tapa no braço dele para calá-lo antes que pudesse falar. Dois dias depois, também tinham desaparecido. A maioria das ofensas era feita online. A hashtag #EvieGordonÉCulpada ainda era tendência nas redes sociais, com números estáveis. A Flórida foi o único estado que nunca retirou as acusações contra mim. Os Carlisle estavam preparando um novo processo por agressão para apresentar ao promotor público. O governador, ao que parecia, os incentivava pessoalmente. Pegar Jae Park não era suficiente: queriam o conjunto completo. Heath me mantinha atualizada sobre esses desdobramentos, caso precisássemos nos preparar para um novo julgamento.

Na maior parte do tempo, eu ficava em casa, a casa da minha mãe, assistindo ao Animal Planet. Ninguém na minha cidade natal queria me contratar. Tentei a livraria, a biblioteca e a escola pública onde meu pai trabalhara. Tentei os restaurantes locais, o shopping e o cinema. O adolescente que me recebeu na porta estava comendo pipoca clandestinamente de uma pochete: a pipoca voou de sua boca quando me viu passar pelas portas automáticas.

Então, eu ficava em casa. Fumava. Fazia palavras cruzadas. Não lia livros. Não assistia ao noticiário. Uma eleição inteira passou sem que eu percebesse, assim como o escândalo de estupro envolvendo um âncora de telejornal querido, um vazamento de petróleo, um furacão de categoria 5 no Texas, a ascensão de um grupo nacionalista branco no Panhandle da Flórida e uma disputa global com a Rússia. Eu não assistia a nada que pudesse ser considerado mentalmente estimulante ou emocionalmente angustiante. Limitava-me a reality shows, seriados de comédia e esportes. Engordei, e então, quando percebi que estava gorda, emagreci muito. Fotos minhas, tanto da versão gorda quanto da magra, apareceram em tabloides e foram ridicularizadas online. "Assassina grotesca expõe celulite em passeio noturno"; "Evie Gordon perde peso: lipoaspiração ou consciência pesada?".

Eu corria pelo menos oito quilômetros todo dia, às vezes de manhã e à noite. Ouvia podcasts enquanto corria, do tipo alegre, sobre cultura pop e banalidades, para abafar o barulho da minha própria mente. Não suportava qualquer tipo de silêncio, nem mesmo quando dormia. Adormecia ao som de *Friends*, *The Office* ou *Parks and Recreation*. Minha depressão não era do tipo que faz a pessoa chorar. Era mais um tipo de pavor existencial ah-a-futilidade-do-homem, dormir-quem-sabe-sonhar, chorar-por-este-palco-repleto-de-malditos-tolos. Isso me causava repulsa. Eu não falava a respeito com ninguém, embora minha mãe, é claro, percebesse, porque eu não conseguia sair de casa. Quando saía, mesmo para fazer algo tão simples quanto ir ao supermercado, tudo em que eu conseguia pensar era quanto cada pessoa que eu encontrava devia odiar a própria vida. Essa era a característica mais estranha da minha depressão. Projetava-se para fora, imaginando os sofrimentos de todos que via, presunçosa e arrogante. Eu sentia falta de quando meu maior desejo era a imortalidade. Depois de tudo, a ideia de viver para sempre me deixava fisicamente enjoada. Um castigo de Sísifo que eu não desejaria ao meu pior inimigo.

Recebi algumas propostas de agentes literários para escrever um livro de memórias. Era dinheiro fácil. Minha agente era uma baby boomer lésbica muito doce e bem-intencionada que morava em Seattle. "Não muito longe de onde Sebastian e Evan foram assassinados!", disse ela no e-mail com a proposta, como se isso fosse uma credencial atraente. Escrevemos uma proposta e conseguimos um contrato de publicação. O dinheiro que ganhei com a assinatura do contrato me ajudou a pagar o restante dos honorários de Heath e cerca de um quarto dos empréstimos estudantis que eu ainda tinha. Na maior parte do tempo, estava deprimida demais para realmente escrever o livro, mas isso era um problema para o meu eu do futuro.

Meus níveis de serotonina tinham movimentos e aberturas, como uma ópera. Eles percorriam meu corpo em ondas tão poderosas que me deixavam sonolenta. Visitas faziam meu humor despencar. Um lixeiro sorriu para mim uma vez e eu comecei a chorar. Como ele pode sorrir? Que motivo tem para sorrir? O pavor existencial era tão chato. Havia dias em que eu não falava com ninguém. A mera ideia de falar era impossível. Minhas bochechas ficavam duras. Se pedisse à minha boca para sorrir, não conseguiria. Eu tinha muito medo da minha própria mente. Queria que tudo voltasse ao normal. Que todos os meus hormônios voltassem ao nível do mar.

Eles voltaram, mais ou menos. Depois de mais ou menos treze meses, a névoa começou a se dissipar. O tédio significava que eu estava insatisfeita. Se estava insatisfeita, talvez tivesse o impulso de buscar satisfação. Eu tinha uma direção. Minha mente começou a desejar estímulos outra vez. Conseguia assistir a dramas na televisão com minha mãe, do tipo sério que recebia indicações ao Emmy. Lia romances. Assistia ao noticiário e me emocionava com as tragédias. Tinha quase certeza de que não iria conseguir um emprego, mas, como tantos outros desempregados da minha geração, ainda podia recorrer a um refúgio fiel: a pós-graduação.

Depois de meses de pesquisa, decidi me candidatar a um doutorado em Sociologia. O doutorado apresentava algumas vantagens: (1) seria financiado e eu teria uma bolsa para me manter; e (2) adiaria o restante dos meus empréstimos estudantis. Embora a maioria dos programas de maior prestígio ficasse na Califórnia, eu me recusei a me inscrever em qualquer um deles ou em qualquer programa em uma cidade grande. Queria ficar perto dos meus pais.

Fui aceita em três programas diferentes. Escolhi a Universidade da Carolina do Norte, em Chapel Hill, e comecei no outono seguinte. Passei a usar meu nome do meio, Theodora, Theo, para abreviar. Theo Gordon, muito prazer. Theo, sou eu. Repetia o nome para mim mesma no espelho, *Theo*, *Theo*, *Theo*, para me convencer de que eu era ela. Deixei minha mãe cortar meu cabelo curto e tingi-lo de castanho. O bom era que Theo podia ser quem ela quisesse. Decidi que seria simpática. Como Theo Gordon, estudante do primeiro ano de Sociologia, muito simpática, instalei-me em um estúdio no alojamento destinado aos estudantes da pós-graduação. Embora tivesse solicitado um, não esperava conseguir um logo no primeiro ano. Talvez estivessem com medo de me dar uma colega de quarto. Afinal, eu já tinha sido uma assassina famosa.

O primeiro semestre foi tranquilo. Eu não estava nervosa. Tinha a autoconfiança perturbadora de alguém que não tem algo a perder ou alguém para impressionar. Ninguém me achava muito simpática. Pelo contrário, ganhei fama de ser grosseira ou distraída, dependendo da generosidade de quem me avaliava, porque muitas vezes não respondia quando as pessoas me chamavam de "Theo". Eu não era tão boa assim em ser Theo. Como estava usando outro nome, as pessoas demoraram um pouco para descobrir quem eu era. No evento de orientação e boas-vindas, uma garota do meu grupo ficou me encarando por trinta minutos do outro lado da mesa de canapés antes de finalmente me seguir até o corredor e perguntar se eu era parente de Evie Gordon. Um rapaz do meu grupo, Vivek, estava fumando um cigarro no corredor, ouviu a pergunta e começou a rir.

— Gabby — disse ele, soprando uma nuvem de fumaça —, esta *é* Evie Gordon.

Depois disso, nos seminários, Gabby e seu grupinho de amigos passaram a me evitar e trocar olhares sempre que eu falava em sala de aula. Vivek era legal comigo: nós fumávamos juntos depois dos seminários. Ninguém do meu grupo queria falar comigo, e tudo bem. Eram todos muito mais jovens. Eu estava começando a achar que voltar para a universidade tinha sido uma péssima ideia. Mas eu não podia abrir mão de adiar meus empréstimos estudantis.

Foi no segundo semestre que tudo desmoronou. Eu tinha começado a dar aulas: sentia muita falta de ensinar. Na primeira semana, correu tudo bem, ou pelo menos achei que sim. Eu dava aula principalmente para calouros. Apenas uma das minhas alunas me reconheceu, uma gótica fanática por crimes reais chamada Mei. Ela sempre chegava atrasada, mas seus textos eram fenomenais e sempre ficava depois da aula para me sondar sobre os Victor. Tinha uma voz alta, engraçada e anasalada. Outra aluna deve ter nos ouvido falar sobre o assunto um dia e pesquisou meu nome no Google. Mencionou-o casualmente para os pais.

Em menos de vinte e quatro horas, duzentas reclamações foram enviadas à universidade. Em quarenta e oito, uma petição para "TIRAR A ASSASSINA EM SÉRIE DO CAMPUS" já contava com 6.745 assinaturas. No fim da semana, as reclamações tinham chegado a setecentas, a petição já tinha catorze mil assinaturas e os números continuam crescendo. O programa daquela mesma âncora de Nashville fez uma reportagem sobre o assunto. Assisti ao vídeo no meu celular, no refeitório do campus, completamente bêbada às duas da tarde, como acontecia nos dias em que eu não tinha que dar aula. Já fazia meses que estava indo para a faculdade embriagada.

Abandonei o curso. Voltei a morar na casa da minha mãe. Fiquei deprimida de novo. Comecei a frequentar o AA e me dediquei aos Doze Passos como se fosse uma faculdade. Logo fiquei sóbria e voltei a me dedicar aos exercícios físicos. Terminei o livro. Minha editora odiou. Disse que não fazia sentido. Voltei a beber.

Um filme sobre Jae foi lançado, um de terror. O título era *A garota nas paredes*. Serena Victor era a protagonista. Fizeram Jae parecer a garota japonesa do filme *O grito*, o que muitos críticos consideraram racista. O filme recebeu críticas ruins, no geral. Jae era uma personagem de Wes Craven, uma garota embaixo da escada, um bicho-papão. Eu era uma personagem secundária no filme. A atriz que me interpretou era muito gostosa, o que me deixou feliz. A atriz que interpretou Jae não se parecia em nada com ela. Era muito pequena e feminina, com olhos grandes e redondos e um sorriso de Freddy Krueger. Nossas personagens nunca se beijaram. Não transamos. Eu era basicamente pouco mais do que um adereço, sendo intimidada em todos os lugares — de quarto de hotel barato a casa de férias —, vivendo sob ameaça de morte, choramingando no banco do passageiro em uma breve sequência de montagem.

Um mês depois do lançamento do filme, minha mãe me acordou no meio da noite. Grogue, deixei que me arrastasse para a sala de estar. A TV estava ligada. O rosto de Jae estava na tela: era uma imagem dela no dia da audiência de acusação, vestindo macacão laranja.

"Jae Park escapa de prisão federal."

Eu ri.

Tinha que reconhecer que aquela desgraçada era muito consistente.

A agente penitenciária que havia ajudado Jae a fugir seria julgada no ano seguinte, na Califórnia. O nome dela era Rosa. Sua cara estava em todos os canais de televisão. Tinha vinte e cinco anos, rosto em forma de coração e longos cabelos castanhos. Era muito bonita. Alegou ter sido "seduzida" e "enganada".

Olhe, garota. Eu entendo.

Dormi mal por quase um ano após a fuga de Jae. Ficava vigiando as frestas das portas, procurando passos, observando as sombras que se moviam pelo gramado. Comecei a fazer longas caminhadas à noite, em que meus olhos identificavam formas assombrosas nas silhuetas das caixas de correio, nos bosques escuros atrás das casas. Espiava pelas janelas dos carros e ouvia os sons das corujas piando. Seguia os rastros de animais no mato. Caminhava pelo bosque e ficava olhando para as árvores. Às vezes, imaginava que a via elegantemente empoleirada em um galho. Sem me convidar para chegar mais perto, mas também sem me afugentar. Os olhos frios de Mona Lisa, a boca linda, meio divertida.

Eu voltava para casa. Quando entrava, encostava o ouvido nas paredes e ficava atenta para ver se ouvia sons de alguém respirando.

— Jae? — sussurrava para a ventilação do banheiro, passando os dedos pelo papel de parede. — Jae?

A insônia faz coisas impensáveis com a mente. Às vezes, eu ouvia vozes falando comigo, mas não sabia dizer se eram fruto do terror ou dos meus desejos.

Cerca de um ano após a fuga de Jae — e é claro que ela ainda não tinha sido capturada — recebi um pacote pelo correio, sem remetente. Dentro havia um caderno.

Abri na primeira página. Havia o desenho de uma casa. O traço era simples e limpo, bonito. Era uma casa no estilo Tudor inglês, como aqueles dos livros de histórias. Com um chafariz e uma estufa.

Havia mais desenhos. Uma cozinha, com um cantinho para café da manhã e uma pequena luminária Tiffany. O piso era um xadrez clássico em preto e branco: dava para ver os traços da caneta, cada ladrilho cuidadosamente preenchido. Raios de sol entravam por uma claraboia.

Havia um jardim. No jardim, fileiras e mais fileiras de cravinas e margaridas-amarelas, etiquetadas com os nomes em inglês e latim. No gazebo, nós duas.

Havia palavras, depois dos desenhos. Páginas e páginas.

> Falar sempre foi difícil para mim. Escrever é mais fácil, ou pelo menos eu achava que era. Eu estava sempre escrevendo em meu diário.
>
> Perdi a prática. Tive que apagar muitas introduções e começar de novo. Quero fazer as coisas direito para você.
>
> Vou começar por isto: sou uma boa ouvinte. Não sou boa na maioria das coisas, mas nessa, sim.

Era assim que começava.

49

Eu te amei, Evie. Eu te amo. É tudo que eu sei.

50

Evie Gordon, a Robin Hood de Hollywood, está aposentada. As pessoas acham que ela não existe. Na verdade, as pessoas acham que ela nunca existiu: Evie Gordon não passou de uma assassina em série psicopata que fez tudo aquilo por diversão.

A propósito, a maior parte do país ainda acha que fui eu que matei todo mundo.

A verdade é que Evie Gordon *de fato* se aposentou. Ela não ronda mais as colinas de Bel-Air, embora ainda pense nisso às vezes. Nos últimos tempos, o que mais faz é dirigir. Vai a bairros caros e procura um Tesla. Um Porsche. Um Mustang vintage. (Teslas, na maioria das vezes.) Ela os segue. Ela os segue até em casa.

Estou em Los Angeles para me encontrar com Patrick Heath, meu antigo advogado. Os Carlisle estão me processando, pedindo dois milhões de dólares em danos morais. Estamos nos preparando para o julgamento. Em um acesso de tédio, apatia, nostalgia ameaçadora, como queira chamar, decido seguir alguns carros. Faz quase cinco anos desde a última vez que estive em Los Angeles, então, a princípio, quando sigo o Tesla pelas colinas de Los Feliz, ladeadas por casas em estilo Tudor inglês, casas coloniais espanholas e chalés suíços, não reconheço de imediato a rua à qual ia todo domingo.

A vizinhança está praticamente igual. A memória muscular assume o controle e me leva direto para a casa mais famosa do bairro.

Caminho pela entrada, atravesso o fosso (sim, um fosso de verdade), pelo exuberante jardim da frente repleto de suculentas e limoeiros, até a enorme porta de carvalho, que, da última vez que estive aqui, estava escancarada.

Hoje ela está fechada, então toco a campainha.

Um homem atende. Não deve ter mais de um metro e setenta de altura. Tem pele escura e os dentes mais perolados e bonitos que já vi.

— Pois não? — diz o homem. — Posso ajudar?

— Não está me reconhecendo? — pergunto.

O grande sorriso começa a se sumir.

— Sinto muito. — Ele tem um leve sotaque britânico. — Acho que nós não nos conhecemos, e eu não estava esperando visitas. Qual é o seu nome?

— Evie Gordon.

— Evie — repete, incrédulo. — Evie Gordon?

— É. Desculpa não ter ligado antes. Eu não sabia quem estava morando aqui. Nem estava planejando vir.

— Evie Gordon — repete, dando um passo para trás. Não por medo, mas para me convidar a entrar. — Evie Gordon, por favor, entre.

Entro no hall e ele começa a falar animadamente. Apresenta-se como Ajani Effiong. É um diretor de cinema inglês. Talvez eu já tenha visto seu último filme, *Animators*? É de zumbis. Peço desculpa por não ter visto. Ele diz que não preciso me desculpar. Explica que acabou de se mudar para Los Angeles para trabalhar em um filme baseado em uma história em quadrinhos. Diz que está há pouco tempo na cidade. Antes, ele e a mulher viviam em Dublin. Diz que, como diretor de filmes de terror, não conseguiu resistir à Casa Victor. Ele a chama de Casa Victor. Mantém um fluxo constante de conversa. Eu gosto do café tal, não gosto do cachorro do vizinho, quero ter um cachorro, mas não tenho tempo, minha esposa é artista e odeia a casa, diz que está cheia de espíritos maus, eu não sinto os espíritos maus, na verdade, a casa é um pouco decepcionante, para ser sincero, tem toda essa conversa sobre passagens secretas e mistérios, mas não passa de uma casa muito comum, não encontramos qualquer corredor secreto, e procuramos, procuramos muito, minha esposa quer pintar todos os cômodos, se engravidarmos aqui, ela acha que o bebê vai ser estranho, eu disse que isso é bobagem, não é bem a casa que nós achávamos que seria, mas é linda, ela finalmente está se acostumando, eu acho, diz que Los Angeles está cheia de fantasmas, eu digo que isso é bobagem, é uma cidade tão nova que não tem história, não tem cultura, ela diz que não, que tem coisas antigas aqui, coisas além dos Estados Unidos, essas coisas não desaparecem, essa terra está arruinada, eu digo que é claro que está arruinada, toda terra está arruinada, ah, mas tem um restaurante mexicano do qual gostamos no fim da rua, não tem comida mexicana boa em Dublin.

— Minha esposa não está em casa — explica. — Ela tem uma exposição em breve. É artista plástica. Espero que chegue a tempo do jantar. Nós podíamos convidar você para jantar. Tenho certeza de que ela iria adorar conhecê-la. Eu adorei. Nós lemos muito sobre você. Eu até tenho o seu livro. Desculpa... ainda não li, mas vou ler. Ouvi coisas muito interessantes sobre ele.

Ele me encara com franqueza, sorrindo.

— Posso oferecer alguma coisa? Um chá? Água? Quer dar uma olhada na casa?

Eu me dirijo à escadaria principal.

— Você está bem? — pergunta ele, o sorriso desaparecendo.

— Acho que quero dar uma olhada sozinha — digo. — Tem problema?

— Não, imagine. Tem certeza de que está bem? Você não parece bem.

Não estou me sentindo bem. Estou me sentindo insana. A casa tem paredes, elas me cercam, têm peso material, eu poderia senti-las se as tocasse. Coloco a mão no corrimão. É real. Eu me pergunto se a casa sabe que estou aqui. Há novos quadros nas paredes: grandes, cores fortes, formas abstratas, bocas que se espalham ensanguentadas por rostos geométricos. São olhos novos. Será que me reconhecem? A porta do pequeno espaço embaixo da escada ainda está lá, redonda e sinistra, chamando-me. Como eu pude um dia ter achado esse lugar tão bonito? O que havia de bonito nele?

— Eu sinto muito — diz Ajani. — Sinto muito mesmo.

— Pelo quê? — pergunto, virando-me para ele.

— Eu fiquei tão empolgado — diz, com um sorriso constrangido. Uma expressão de profunda vergonha cruza seu rosto. — Quando eu a vi. Eu não pensei. Não é empolgante para você. É muito diferente para você.

Uma coisa terrível aconteceu aqui. Aconteceu com você. Você viu coisas horríveis.

— Eu que vim até aqui — digo.

— Eu tenho medo de deixar você sozinha.

— Eu não vou fazer nada.

— Ah, não, não, você me entendeu mal... eu não tenho medo pela casa. É só uma casa. E, além disso, eu sou só o inquilino. — Ajani sorri. — Fico preocupado com você.

— Eu estou bem — digo. — Mas queria ficar sozinha, se não se importar.

Depois que Ajani sai, vou até a porta embaixo da escada. Ela se abre com facilidade para mim. Uso a luz do meu celular para iluminar o espaço. Vejo você, em um truque de luz, como a vi uma vez, muitos anos atrás. Olhos assombrados no escuro.

O corredor é baixo, no início, por causa da escada. Deveria terminar lá. Deparo-me com uma parede. Eu me abaixo.

Qualquer coisa pode ser uma porta.

Você me disse isso uma vez.

Tateio a parede. Olho fixamente para a escuridão e espero que minha visão se ajuste. Empurro.

O corredor se revela. Cresce, assim como uma casa, e se expande, assim como um corpo. Faz uma curva estranha, intestinal, que sigo por algum tempo, aprofundando-me nas entranhas da casa. Uma escada, curva e frágil, leva ao andar de cima, para outro corredor escuro, estreito, mas alto. Abro uma porta que me leva a um armário, que se abre para um belo quarto com teto abobadado, pintado de um verde-azulado profundo. O quarto está vazio, exceto por um cavalete. Esse já foi o quarto de Serena um dia. Através do labirinto de corredores, volto para o andar de baixo, passando pela sala de jantar e chegando à cozinha. Posso ouvir Ajani do outro lado da parede, o assobio de uma chaleira. Ele está murmurando para alguém ao celular.

— Vou deixá-la em paz — diz ele. — Acho que ela passou por algo muito intenso.

Eu me agacho e pressiono o ouvido contra a parede. Está quente, como uma bochecha, como algo com sangue. Ilumino as tábuas do piso com a lanterna do celular. Há algo riscado na parede, de forma muito tênue.

E-V-I-E.

Sou eu.

É você.

Traço os dedos sobre as letras, imaginando você no meu lugar, gravando--as muitos anos atrás. Cada órgão do corpo se suspende e se agita como uma casa em um tornado. Uma estrutura, tijolos e argamassa, móveis e eletrodomésticos, facilmente arrancada do chão como um brinquedo nos dedos de uma criança.

Você esteve aqui.

Não havia endereço de remetente na carta. Faz sentido. Afinal de contas, talvez eu ainda guardasse ressentimento. Poderia entregar as páginas para a polícia e levá-los diretamente a você. Seria inútil: você escaparia de novo. Daria um jeito. Você sempre dá um jeito. Mas eu nunca a entregaria. Estava sendo sincera em Washington. Você poderia ter me contado tudo quando eu ainda tinha a chance de olhar nos seus olhos e dizer que nada do que você tinha feito importava. Que eu não me importava com os outros. Nunca me importei. Fiquei com raiva por você ter mentido para mim. Mas minha raiva nunca foi por causa deles. Era pesar por mim mesma, pelo futuro, pelas esperanças que eu tinha para a vida. Acho que eu sempre soube que tinha sido você. Lá no fundo, em algum canto escondido da mente, eu já sabia e tinha feito as pazes com isso. Você controlava a abertura do meu campo de visão, mas eu via você, Jae. Via mais do que você imagina.

Você escreveu na sua carta: "Você não me escolheu". Como se o que aconteceu entre nós fosse tão impessoal quanto um casamento arranjado. Como se eu fosse tão culpada quanto uma bagagem levada para dentro de um vagão de trem. Mas você não foi algo que eu sofri. Não foi algo que aconteceu comigo. Claro, uma conspiração de tempo, espaço e circunstâncias nos colocou juntas no mesmo lugar, mas são meros acidentes de longitude e latitude. Eu estava em um determinado lugar em um determinado momento. Aparecemos como esfinges em uma encruzilhada. Apresentamos enigmas uma para a outra. Não sou mais inteligente do que qualquer outra pessoa. Só fiquei por mais tempo. Você me permitiu ir mais longe do que os outros. Não confunda destino com beleza. Sempre há escolhas: centenas, milhares, milhões. Sempre há paredes para pressionar, para ver o quanto cedem. Eu escolhi você, Jae. Ninguém nunca a escolheu antes? Eu escolhi tantas vezes.

Não sei quanto tempo fiquei parada lá, olhando para o espaço escuro, escutando. Tempo suficiente para ouvir Ajani chamar meu nome, confuso.

A casa emite um som, como uma inspiração humana aguda.

Eu me viro.

— Jae?

Uma expiração. Tento me lembrar de como era sua respiração, mas já faz muito tempo. Observo a escuridão. Não ouço mais sons. Prendo a respiração, escutando. Esperando.

Uma tábua range.

Eu não deveria esperar por isso, mas espero. É claro que espero. Por que mais eu teria vindo até aqui? Por que outro motivo, senão por você?

— Onde você está?

Silêncio.

Minha cabeça dói com o esforço de escutar. De olhar.

— Evie?

Ouço uma porta se abrir.

É Ajani, do hall de entrada.

Olho mais uma vez. Nada.

Volto pelos corredores até o quarto embaixo da escada, a porta e a luz do hall. O sol está se pondo lá fora. Ajani deixa mais janelas abertas do que os Victor jamais deixaram.

— Onde você estava? — pergunta ele. — Você desapareceu por um bom tempo. Eu estava procurando.

Onde eu estava?

Eu estava com você.

AGRADECIMENTOS

Não posso começar esta lista de agradecimentos com outra pessoa que não minha agente literária, Stephanie Delman — a mulher, o mito, a lenda —, que mudou minha vida de formas que ainda não consigo acreditar. Sua dedicação incansável me emociona todos os dias. Obrigada por me ajudar a navegar pela insanidade de publicar meu primeiro livro com tanta paciência, alegria e risadas, e por me lembrar de celebrar sempre que eu me convencia de que era o alvo involuntário de uma brincadeira elaborada no estilo de *O show de Truman* (ainda estou esperando essa grande reviravolta...). Obrigada a Khalid McCalla, que me tirou da obscuridade: sem você talvez eu ainda estivesse dando aulas de preparatório para o vestibular, sem brincadeira. A Emma Finn, minha agente no Reino Unido: acordar com suas mensagens animadas e contagiantes diretamente do Reino Unido me fez repensar minha aversão a acordar cedo. E a Alison Malecha, a extraordinária responsável pela venda de direitos internacionais: obrigada por levar este romance a países que eu nunca acreditei serem possíveis. Sou grata a Elizabeth Pratt e a todos da Team Trellis pelo entusiasmo e cuidado. Como uma fanática de longa data por cinema e televisão, preciso agradecer a Jasmine Lake, Mirabel Michelson e Addison Duffy, da UTA, pelo trabalho incrível que fizeram para tornar esses sonhos realidade. Obrigada a Zakiya Dalila Harris, Alison Wisdom e Danya Kukafka: esse processo teria sido muito mais complicado sem a generosidade de vocês.

Para minha editora Jessica Williams, "obrigada" parece ridiculamente insuficiente. Sua visão brilhante e sua profunda compreensão deste livro e destes personagens nunca falharam. Nunca, nem nos meus sonhos mais loucos, pensei que encontraria uma editora em quem pudesse confiar tão profundamente. Obrigada por sempre entender minhas referências e rir das minhas piadas mais estranhas. A minha editora no Reino Unido, Lettice Franklin: é um privilégio extraordinário ser editada por você. Obrigada por emprestar seu cérebro deslumbrante a este livro. Peter Kispert, obrigada por defender este romance e por estar sempre a um rápido e-mail de distância. Sou profundamente grata pelo cuidado e pela generosidade do feedback inicial de Victoria Cho. Obrigada à revisora Stephanie Evans e à equipe da HarperCollins pelo trabalho incrível que fizeram neste livro.

Este romance provavelmente não existiria sem os brilhantes professores e amigos que tive a sorte de encontrar durante os quatro anos que passei no departamento de doutorado em Letras da UC Irvine. Obrigada a meus ex-alunos da UCI por sua inteligência e entusiasmo: aprendi muito com vocês.

Não sou nada sem minhas pessoas. Zoë, sempre minha primeira leitora e também a minha favorita: obrigada por acreditar em mim, neste livro e em todas as outras centenas de milhares de palavras que fiz você ler. Nenhum feedback é mais importante para mim do que o seu. Margaret: há tantas piadas internas que eu gostaria de fazer, mas estou me forçando a ser franca, como um presente, porque você merece por aturar minhas loucuras há quase duas décadas. Minha vida e minha escrita são muito melhores porque eu conheço você. Jess: você leu este romance quando ele era apenas um rascunho de dez mil palavras e me incentivou a continuar quando minha confiança em mim mesma e no meu trabalho estava no ponto mais baixo. Sua gentileza e seu apoio inabalável significaram muito para mim. Rae, minha querida melhor amiga de alma, assistente de pesquisa e valente defensora de vilões (parabéns!): obrigada por ser a Thelma da minha Louise até o fim dos meus dias. Ryan: tenho muita sorte por um dos maiores "ouvintes literários" do nosso tempo ser também um dos meus melhores amigos. Você é o melhor líder de torcida e a melhor rede de apoio que eu poderia querer. Alexandra: obrigada pelas décadas de amizade e sororidade, e por tornar todas as nossas muitas viagens de carro menos aterrorizantes do que as de Evie e Jae (com exceção de Slidell).

E, por fim, e mais importante, a minha família. Simplesmente não existem pessoas melhores no mundo. Há tantas peças que precisaram se encaixar para que eu pudesse construir uma vida em torno dessa coisa que amo, e cada uma dessas peças só existe graças a vocês. Obrigada por me darem tanta confiança, liberdade e amor. Mãe, pai, Jake e meu bebê Ozzy: sem vocês, nada disso teria sentido.

Este livro foi impresso pela Vozes, em 2025, para
a HarperCollins Brasil. O papel do miolo é avena 80g/m^2,
e o da capa é cartão 250g/m^2.